宇宙
读故事 看社会

夜行者系列小说

夜行实录 2

徐浪 著

中国友谊出版公司

图书在版编目（CIP）数据

夜行实录.2 / 徐浪著. — 北京：中国友谊出版公司，2019.10
ISBN 978-7-5057-4845-3

Ⅰ.①夜… Ⅱ.①徐… Ⅲ.①短篇小说—小说集—中国—当代 Ⅳ.①I247.7

中国版本图书馆CIP数据核字（2019）第216682号

书名	夜行实录.2
作者	徐 浪
出版	中国友谊出版公司
发行	中国友谊出版公司
经销	新华书店
印刷	三河市冀华印务有限公司
规格	880×1230毫米 32开 12.5印张 279千字
版次	2019年10月第1版
印次	2019年10月第1次印刷
书号	ISBN 978-7-5057-4845-3
定价	49.80元
地址	北京市朝阳区西坝河南里17号楼
邮编	100028
电话	（010）64678009

如发现图书质量问题，可联系调换。质量投诉电话：010-82069336

序

听闻徐浪兄弟的《夜行实录》第二本出版了，我很开心。

跟徐浪的相识，说来也巧。他曾以一名粉丝的身份，加了我的微信，旁敲侧击地问了我一些与日本华人团体相关的问题。尽管我觉得有些蹊跷，但是本着对粉丝应该耐心的原则，还是详细地介绍了一番。而且，我当时并不知道他是徐浪。

这件事过去差不多半年，在盛夏的某个下午，一个自称周庸的人大大咧咧地给我打了一通电话，想约我在北京见面。于是在东城区一个老四合院的庭院里的葡萄架树荫下，伴随着挥之不去的蚊群和几只环绕脚边的流浪猫，我第一次见到了徐浪本人。

其实我已经记不清当时都聊了什么，只记得跟话痨的周庸比起来，徐浪是个举止很有分寸而且富有幽默感的清秀小伙。也许是出生在冰雪城市的缘故，徐浪本人生得白白净净，聊起天来却风风火火，转眼间一个下午就过去了。临走的时候我拿出手机："浪兄，加个微信吧。"

徐浪冲我不好意思地一笑："我早就有你微信了，连你住哪儿都知道。"

我后背一紧，感觉不知道在什么时候，自己就被这个人悄悄摸清了生活。

就这样，我们之后基本每个月都会见上一面，坐在小院子里聊聊各自最近碰上的奇怪事。无论是芍药居小区门口的神秘白花、北五环夜里在路边游荡的偷拍者，还是自动售卖机里面的山寨安全套，都一度是我们的谈资，更是揭开很多案件谜底的重要线索。

我们也曾经聊过，为什么爱写案子。

我的答案是，我喜欢从完整案件的视角，用平静的语调，去告诉和我同处"观察者"角度的人们，每一起案件中的犯罪者，是如何从一个普通人堕落为恶魔的；而徐浪的答案是，他能够从书写这些案子的过程中，回到那一个个抽丝剥茧、揭穿真相的时空里，让自己再体会一遍那一步深似一步的探索过程。或者可以说，我喜欢扮演旁观者，而徐浪更喜欢揭秘者这个身份。

我爱看徐浪写的故事，胜过他在跟我聊天中提到的案件内容。原因是在书写这些案件的过程中，作为写作者，他可以有更多的时间，将一些错综复杂、离奇怪异的事件进行复盘，并从中找到它们合理性的隐含脉络，将一些看似无关的小事联系起来，描绘出一个大事件的全貌。

在聊天过程中，通过彼此的语言碰撞，我们总能发现一些事件中的黑色幽默，或是让人意想不到的与其他事件的联系。这些内容一旦被固定为文字，就会显得理性很多，也能够引发更多的思考。

我和徐浪无论在行事还是写作方面，都存在着类似的区别。而这样的区别，让我想起曾和他一起去京西一处废弃电厂探秘的过程。

闲来无事，我喜欢在卫星地图上，一遍遍地搜索那些远离城市、看似奇怪的地点，鬼使神差地找到了这个厂房、锅炉、冷却塔都保留着原样的发电厂遗迹。而徐浪，则是从一些朋友的交谈中，偶然得知在那处群山中，有一条从未见列车经过、已经锈迹斑斑的铁道，通往山中不知名的地方。于是一个靠卫星地图搜索，一个凭直觉沿废弃铁道寻找源头，我们两个竟然不约而同地萌生了要去看看这处废墟的想法。

那是一处曾经是"建设小三线"时期重点工程之一的发电厂，坐落于京西——门头沟的深山里，已经停运快40年了。

探险的过程我在这里就不详述了，但徐浪那天留给我的印象，是他眉飞色舞地沿着办公楼、食堂、澡堂这些地方转了一大圈。当然这些都已经是废墟，门窗、设备和所有的金属管道已经全部消失，只剩一些杂物、墙上的标语和角落的废旧报纸，还在默默地暗示着这些地方原本的功能。

而我，则醉心于通过一些当时曾在这里工作、生活过的人，和他们的后代在网上写下的回忆片段，来推测当时这座发电厂的规模、供电用途、历史，以及它最终被废弃的原因。

直到我们走进装着锅炉和发电机的厂房，里面的设备早已被搬空，剩余巨大空间的那种空旷感，加上从二十几米高的窗口透进来的阳光，以及楼内依稀可见的废弃楼梯、工作层，让这一场景充满了废土上荒芜气氛的同时，给人一种神秘、安静而温暖的庇护感。如果这次探险是一篇"夜行实录"，那么来到这个场所，无疑就是谜底揭开的那一刻。

我们都没有说话，静静地站在一栋黑暗大楼的一层的中央，伸长脖子，使劲地向上仰望着那束斜射进来的阳光，以及在它照耀下熠熠生辉的浮尘。

如果这世上形形色色的事件，就如同纷纷扬扬的尘埃一般，无序地飞舞在我们周围，那么我相信我们所做的事情，就是用那一束束光线，让这些尘埃在我们眼前现出原形。

——天天在写日本凶案的李淼

目　录
contents

01　去世三个月的闺蜜给她发了条微信，回还是不回 /001

02　别买低价二手名牌，它们很可能来自太平间 /019

03　有个"半仙儿"跟我抱怨，事儿太多，时间都不够用啊 /035

04　去世两年的朋友突然发微博，他的墓里放了个别人的骨灰盒 /057

05　我在燕市破了个绑架案，被救的姑娘说我是个大傻缺 /077

06　姑娘向我求助：总有人半夜敲门，还在我家门口烧纸 /097

07　中国五十万个姑娘干模特，能上外国杂志的可没几个 /115

08　我跟扒手头子蒸了个桑拿，他说他们也经常反扒 /133

09　女孩失踪前从宾馆拿了一张假地图，一周后上了热搜 / 147

10　老同学被香港女友骗了十几万，路虎还被她开跑了，他说车是假的 / 167

11　全职主妇浑身是伤，还有人在网上招募杀手要她的命 / 185

12　新手妈妈失踪前去了一家倒闭的健身房，假教练不肯赔偿要陪睡 / 201

13　常常有添加剂被端上餐桌，只有这家小龙虾让我蹲马桶都飘着香 / 225

14　东北老乡逼我跳楼，就因为捏脚没点套餐 / 245

15　有人谈恋爱花钱如流水，有人谈恋爱赚了大钱 / 269

16　有家培训班专帮富豪训媳妇，挨揍不能叫，挨骂还得笑 / 295

17 女孩被拐到城中村，被强制看了整整一周"天线宝宝" / 313

18 秃头少女人间蒸发，线索只有一段凄惨语音和两个陌生男人 / 333

19 中国内每天有大量的人死于癌症，这几个死前还抱团去割了包皮 / 349

20 许多人借钱不还，只有他把追债公司整倒闭了 / 369

后　记 / 386

·本故事纯属虚构·

01

去世三个月的闺蜜
给她发了条微信，回还是不回

事件：跟踪狂偷拍事件

时间：2015年9月27日

信息来源：粉丝求助

支出：5000元

收入：2万元

执行情况：完结

2015年9月27日，一篇求助的微博@了我，同时被@的还有好几个粉丝比我多的微博大V。发微博的人，自称是王怡然的妈妈，说她的女儿王怡然死得又冤又惨，求大家帮忙申冤。

我给她发了条私信，说这事儿发微博没有用，刑事案件得找警察。

她很快回信，说警方已经结案了，王怡然被鉴定为死于心脏骤停，非他杀，但她不这么想。王怡然的尸体是她发现的，脖子和胸部都有瘀青，而且在出事前一天，王怡然曾跟她说，最近被人跟踪，还收到了奇怪的短信。她想细问的时候，王怡然说忙工作，第二天再说。第二天她给女儿打电话，没有人接，她觉得有点儿心慌，马上跑到王怡然租住的地方，一看果然出事儿了。

我琢磨了一下，觉得这事如果真有隐情，拿到一手资料，可以高价卖给大媒体。我答应帮她调查这事儿，但如果查出真相，要给我独家版权，不能随便接受别人采访。

当天下午六点，我叫上周庸，开车到了王怡然生前租的房子。房子在城南的一个老小区里，地点不错，离地铁站很近。

王怡然的妈妈在楼下等着我们,我看到她鬓角全白,穿着很朴素,但左手戴了一枚镶着蓝钻的戒指,一看就价格不菲。

给我俩开门后,王怡然妈妈没进屋,一直站在门口,说一见到屋里的东西,就想女儿。

"怡然她爸爸走得早,这世上就剩我一个人还活着,就是为了把这事儿搞清楚。"

周庸劝她:"阿姨,您别想不开,您闺女肯定希望您能高兴点。"

王怡然租住的房子,是一间特别小的一居室,目测在三十平方米以内,除了桌子和床,只有一个简易衣柜。

她在尚文路上班,晚上总加班,家住北郊,离公司太远,就在直达公司的地铁沿线租了这房子,方便睡觉和上班。

距离王怡然出事已经三个月了,尸体已经火化,检查尸体什么的,完全不可能。

在屋里转了一圈,没找到有用的线索,我问王怡然妈妈,王怡然平时使用的手机、电脑都在哪儿。王怡然妈妈从挎包里掏出电脑和手机,说就知道我们会要。

我们让王怡然妈妈好好休息,等我们的消息,然后带着王怡然的电脑和手机离开了王怡然的住处。我俩去了附近的德国餐厅,点了烤肘子和酸菜。等上菜的时候,我查看了王怡然的电脑和手机。

王怡然的电脑没有设置密码,手机是安卓系统,还被 root [1] 过,

---

[1] root:root 是安卓系统的一个术语,它使用户可以获取安卓操作系统的超级用户权限,进而帮助用户越过手机制造商的限制,得以卸载本身预装的软件,或执行需要系统权限的动作。

这能省去很多破解的麻烦。

我把手机连上电脑,打开 cmd 命令窗口,找到手机的 "/data/system" 目录文件夹,打开后,在 "ls-l" 文件夹里,找到了两个文件——"gesture.key" 和 "password.key"。root 过的手机,只要删除这两个文件,再重启,就能解锁。

我把手机扔给周庸,让他今晚别睡了,翻翻有什么线索。

第二天早上六点,我还没睡着,周庸敲我房间门说自己困得不行了,要睡会儿。我让他说完有什么发现然后再睡。

他告诉我,王怡然在微信里确实跟同事聊起过自己被跟踪,还有人给她发奇怪短信的事;王怡然出事的当天,就在她死亡前的几个小时,订了份外卖;王怡然有份快递在代收点没取。

我让周庸在沙发上补了会儿觉。十一点多,我用王怡然的手机给那个同事发了微信,约她出来见一面。

那姑娘可能吓蒙了,以为出现了灵异事件,"对方正在输入"的状态显示了好几分钟,才发来一句话:"你是谁?"我自称是王怡然的表哥,正在调查王怡然突然死亡的事,对那个跟踪王怡然的变态很在意,想当面聊聊。她说中午就可以,但时间不能太久,下午还要上班,最近工作特别多。

我跟她约在世纪百货侧面的一家日式自助餐馆见面。

这姑娘到了以后,自我介绍说她叫李丹。王怡然和她是一家会计公司的职员,上班地点在尚文路的一栋写字楼里。写字楼每层只有一间厕所。有一天,王怡然上厕所回来,告诉李丹自己好像被偷拍了,刚才身后有个兜帽男一直拿手机对着她。

李丹觉得王怡然遇到的可能是随机偷拍,安慰她别害怕。

结果第二天，事变大了。

6月2日上午，王怡然正在打印文件，忽然收到两条短信。一条是："今天你穿蓝色短裤真好看，衬得腿特别白，好想摸摸啊。我能摸摸吗？你同意我就去找你。"另一条是："你不要不理我啊。你一下班我就跟你回家。你是不是就住地铁站边上的小区，一单元803室？如果我敲门，你要给我开门，我们一起睡觉，好不好？……你要是不给我开门，我就一直在外面等着，等到你出来。"

那天晚上，王怡然加班后，特意找了个男同事送她回家。

周庸觉得奇怪："我在她手机里怎么没看见这些短信？"

李丹说："可能删了吧，谁愿意在自己手机里留那么恶心的东西。"

之后两天，王怡然没再收到短信，李丹也把这事儿忘了，结果6月5日，王怡然没来上班。傍晚时，公司接到通知，说她出事儿了。几天后，同事们去东山殡仪馆，参加了王怡然的追悼会。

在这段时间里，王怡然的手机一直没有开机，周庸开机后，也没收到奇怪的短信。说明王怡然死后，变态就没有再发过信息，他可能知道王怡然去世这件事。

按李丹的说法，王怡然是在公司被变态盯上的。吃完饭，我俩决定跟着李丹，去李丹公司看看。

会计公司所在的写字楼属于国内挺有名的一家地产公司，每层面积很大。包括她们公司在内，十七层总共有九家公司，如果王怡然是在去厕所的时候被盯上的，那个变态极有可能是同楼层其他公司的员工。

趁下午上班时间走廊里人少，我让周庸把风，避开写字楼的摄像头，在对着厕所进门的位置，装了个摄像机。我问了李丹她们公司的 Wi-Fi 密码，给摄像机连上 Wi-Fi。

为了不让人察觉，我俩去一层大堂坐着，通过手机应用监控厕所门口的情况。

周庸觉得这样效率太低，变态如果不在这儿上班就是在浪费时间。

我告诉他从犯罪心理学来说，大多数犯罪分子会选择在熟悉的地方反复作案。

既然变态选择了这儿，就有一定概率回到这儿作案。

下午五点，我正琢磨要不要出去吃个饭，周庸忽然使劲儿一拍我："徐哥，有个男人右拐了！"写字楼的厕所，左男右女，一个男人往右拐，肯定是进女厕所了。

我俩跑向电梯，并给李丹打电话，让她报警。

上楼后，我俩拦住了几个来上厕所的姑娘，告诉她们厕所里面有变态，然后朝厕所里面喊话："出来吧哥们儿，看见你进女厕所了，别逼我进去把你揪出来！"

喊完没两分钟，一个戴眼镜、短发、不太高的男人，从女厕所里走出来："我就是走错了。"

周庸一把抓住他，说我们眼看着你探了两下头才进去的。我在后边踢了周庸一脚，提醒他别把摄像机的事说漏了。

在一群人的围观下，我俩给这哥们儿搜了身。他身上只有钱包和手机，我让他把手机解锁，翻了翻，发现里面并没有什么偷拍的内容。我想了想，让李丹去女厕里查看马桶水箱。

李丹在第二个隔间的马桶水箱里拽出来一个操作杆，上面连了一台微型摄像机。我研究了一下，从机器里抽出一张 SD 存储卡，递给李丹,小声告诉她,用电脑看看是否能打开,如果能打开,备份一遍里面的文件。

五分钟后,她回来把卡递给我:"都在电脑里了。"

我点点头,让她找张王怡然的照片,递给偷拍那哥们儿。他说不认识,我说:"既然不认识,你跟在人家后面偷拍什么?"

他特别不屑:"都说没见过了,你是警察吗?"

我掏出手机,给他拍了几张正面照,说如果我把照片发到网上,他很可能会被"人肉"搜索,到时候可能他家人都会受到影响。这哥们儿考虑了一下,说:"好,我都说,但别让这么多人看着。"

我把他拉到男厕所的隔间里,让周庸在外面守着。"说吧。"

他问:"能给根烟吗?"

我说:"不行,写字楼里禁止吸烟。别跟我这儿演电影了,快点说!"这哥们儿告诉我,他在十九层上班,平时喜欢嫖,但工资不高,所以每个月只能嫖一两次。有一次他逛一个色情网站,看见有人高价收购偷拍作品。他发现还挺赚钱的,就开始偷拍,用赚来的外快去嫖。

选择十七层,是因为每天上下电梯时,发现好多漂亮姑娘都在这一层下电梯,其中就包括王怡然。我问他为什么在厕所里偷拍完,出去还要跟着拍。他说长得漂亮的姑娘,拍到脸会更值钱。警察到了后,我把他和设备都交给了警方。

按这哥们儿的说法,王怡然出事那天,他一直在公司上班,同事都能证明。我和周庸去楼上问了一下,发现确实是这样。问完以后,因为电梯人太多,走楼梯回十七层时,周庸问我:"徐哥,你真要把他正面照发到网上吗?"

我说:"当然不会,那是吓唬他的。祸不及家人,这种事应该让法律解决,我最讨厌'人肉'搜索这类的网络暴力行为。"

周庸说既然偷拍那哥们儿洗清了嫌疑,是不是就不用检查他拍摄的内容了。我想了想,决定还是让李丹替我们看看,确认没有漏掉任何线索。

过了一会儿,李丹激动地告诉我们,有重大发现。她把视频复制到手机里,拿给我们看。视频是刚拍的,里面有一个"姑娘"掀开裙子,但没坐下,站着小便,完事还抖了一抖。

周庸说:"女装大佬啊!"

李丹说,女厕总共有三个隔间,找偷拍那哥们儿的设备时,第一个隔间门开着,没有人;在第二个隔间里找到了设备;第三个隔间门是关着的,但外面发生了这么多事,里面的人一直没出来。我赶紧让李丹再去看一眼,李丹看完出来说第三个隔间里已经没人了。

我把厕所门口的摄像头倒回半个小时前。我看见偷拍那哥们儿被带走,围观人群散了后,一个穿着洋装的身影低头出来,往电梯方向走了。看不见脸,但手有点儿大。

我问李丹:"你认识这人吗?"

她说:"不认识,应该不是我们这层的。穿得这么花哨,如果我见过肯定有印象。"

我让李丹带我们去这栋大楼的物管处,看大门口的监控。李丹跟管监控的大哥说手机可能丢在门口了,想看一下被什么人捡走了。管监控的大哥很好说话,检查了她的员工卡,就把大门监控调到三点十分,让我们自己看。只见洋装"姑娘"出了大楼,在路边打了辆出租车走了。周庸偷偷记下了视频里的车牌号。

李丹跟物管大哥说，可能手机没丢在大门口。谢过物管大哥之后，我们就出去了。

她回去上班之前，我们答应有什么消息会通知她，然后我和周庸找了家咖啡店坐下，开始研究那辆出租车。车牌号燕B39××××，车身侧面印着出租车公司的名称。我们给出租车公司打电话，说有东西落在车上了，车牌号是燕B39××××，问客服能不能提供司机的联系方式。客服查了一下，给了我们张师傅的电话。

我让周庸打电话过去——燕市本地人之间，很多事都讲究局气，要有理有面，一般不会拒绝一个燕市人。果然，没聊几句，张师傅就把这事当成了自己的事，告诉我们，他在尚文路拉上那奇怪的"姑娘"到了中山二路。因为路口窄，他就没开进去。这"姑娘"打扮比较特别，他多看了两眼。"肯定是老爷们儿，我在后视镜看了一路，那喉结，特明显！"

中山二路我很熟，我们最常去的Whisky Bar就在里面，路口的湘菜馆，是燕市最好吃的湘菜馆子。

中山二路，走到最里面，有两个特别老的小区，那"姑娘"有可能是住在这儿。但这两个小区没监控，只有路上有几个公共监控，我们看不了。

我和周庸商量了一下，决定采取最笨的方法——蹲点。我俩在路口蹲了两天，轮流去旁边的快餐店休息，终于等到这"姑娘"出现。

10月1日上午八点半，"姑娘"穿着一身白色长裙，戴了一顶金色的假发，拎了一把劣质小提琴，出现在路口。

"姑娘"站在路边打了一会儿车，没打到，拿出手机好像在叫车。

我让周庸趁机赶紧去附近的停车场,把宝马 M3 开出来。

等"姑娘"叫的车到了,我俩正好在后面跟上。

车一直往北开,我俩跟在后边,最后到了城北一个半地下的场馆,这儿正在举办一场漫展。

"姑娘"掏出一张卡,检票小哥看了一眼,就让他进了场。我俩找到售票处,买了两张票。

进门的时候周庸问检票小哥,"女装大佬"用的是什么卡,为什么可以免票?

检票小哥一脸鄙夷,说一看就知道我们就没怎么来过漫展,那是活动方邀请的 Coser[1],Cos[2] 的是宫园薰[3]。

周庸问清是哪几个字,拿手机搜了一下,说一点儿都不像啊。

我问检票小哥这种 Coser 多不多,他说:"挺多的,你进去上个厕所就知道了。"

我和周庸进去来到洗手间,果然看到有两个穿裙子的人站在小便池边上。

从厕所出来,周庸问我怎么看。

我说:"不怎么看,对每个人的选择表示尊重。"

---

[1] Coser:即Cosplayer,是参与角色扮演的表演者。

[2] Cos:即Cosplay,中文一般翻译为"角色扮演",是指利用服装、饰品、道具还有化妆等手段来扮演动漫、游戏中人物角色的一种艺术行为。

[3] 宫园薰:新川直司所创作的漫画《四月是你的谎言》及其衍生作品中的登场角色。

Cos宫园薰的"姑娘"还挺受欢迎，一直有人凑上来合影，我俩一直跟到下午三点多。等这"姑娘"终于展示完自己往外走时，我俩在大门口拦住他："合个影吧。"

我已经提前把手机背景换成王怡然的照片，假装自拍忘记打开相机，故意给这"姑娘"看到屏幕，并盯着他的脸。他完全没反应。如果他心里有鬼，这么突然见到王怡然的照片，不应该这么平静。

和他合了个影，我问："前几天，我好像在尚文路看见你了。"

他说："是吗？我总去GO秀商场六层，那里有很多动漫和游戏周边，还有做衣服的店。"

我说："不是，我是在写字楼里看见的你。"

他说："啊，知道了，漫展Coser报名，我去现场确认。"

我让周庸拖住他，给李丹发了个微信。她很快给我反馈，说写字楼十八层确实有个漫展策划公司。

想了想，我觉得还是应该坦诚一些，拍了拍"姑娘"肩膀："朋友，你希望我管你叫哥们儿还是姐们儿？"

他想了想，说："姐们儿吧。"

我说："姐们儿，为什么9月28日那天，你去十七层女厕上厕所？"

他很坦然，说："因为十八层厕所满了。很多女装大佬扮女装是为了好玩，但我不是，我是真的很喜欢女装。穿上女装时，我就感觉自己是个女孩子，就会顺着感觉走进女厕所。"

女装大佬离开后，王怡然妈妈打来电话，说她被人打了，肯定有人不想她把事儿闹大。这是在警告她。

我让阿姨先别着急，然后约她在王怡然租的房子见一面，打算顺便告诉她，跟踪王怡然的人查清楚了，和王怡然的死没关系。

晚上七点，我俩到小区时，王怡然妈妈已经到了。见了面，周庸想起王怡然有个快递还在代收点没取，就下楼去拿。

他下楼取快递时，我问阿姨发生了什么。

王怡然妈妈说，昨晚她买完菜回家，忽然冲上来两个男人，戴着口罩和帽子，推倒她踢了两脚，还把她的钻戒抢走了。

"我在那房子住了二十来年，小区里就没发生过抢劫的事儿，明摆着是冲我来的，而且我最近在网上发的微博、帖子什么的，全都被删了，肯定有人花钱删帖呢。"

我劝她赶紧报案——蓝钻戒指，肯定在两克拉以上，得好几十万吧。她说报了，警方当成独立的抢劫案处理，不相信和她女儿的死有关系。

这时，周庸回来了，手里拿着快递。

阿姨夸了周庸两句，把手上的快递包裹撕开，从里面掏出一沓东西。"都是怡然的照片啊。"可是越看越不对劲，说，"小徐，你看看，这……"

我接过来，确实全是王怡然的照片，但所有的拍摄角度都表明是偷拍，而且拍的都是王怡然穿着清凉的样子，不是热裤就是短裙。拍摄地点也不是她公司，就在她租住的这个小区。在这堆照片里，夹着一张纸条，上面写着"我想和你交个朋友"。

周庸一把拽住我："徐哥，什么情况？我汗毛都竖起来了。"

我检查了快递，寄件人处写着"朱一鹏"。我打电话过去，发现是一家网店的老板，他的店专门提供打印照片的服务。向他询问快递的事儿，他查了单号，说是三个月前的订单，买家信息他也不知道，只能查到对方账号名称叫"贼冷"。如果找网购平台官方调查，估计需要很长时间。我们决定先从变态跟踪狂如何得到王怡然的个人信息这儿入手。

变态从别人手里买来信息的可能性不大。倒卖个人信息的人，一般都是几个G的信息一起卖，变态很难从中挑选目标下手。变态很可能是在王怡然的生活轨迹里得到了她的个人信息，比如趁她扔垃圾时，把外卖或快递上的信息记下来，或者干脆是送外卖或送快递的人。

就因为这样太容易泄露个人信息，我的外卖和快递，从来不写门牌号，只让送到楼下，每次都会把单子撕下来，用迷你碎纸机处理掉。

周庸说："这打击面太广了，那么多人，怎么查啊？"

我说："快递员和外卖员都比较忙，不一定有时间每天偷拍，可以先从小区翻垃圾的人开始查。"连续两天，我俩一直盯着小区里的几个垃圾箱，尤其是当有美女扔垃圾时，看有没有人翻垃圾，自己倒像变态似的。但翻垃圾的都是大爷大妈，不是捡水瓶，就是收纸壳。到第三天，周庸受不了了："徐哥，咱还是费点力气挨个儿联系外卖员和快递员吧，整天盯着垃圾箱看，实在是太变态了。"

外卖软件记录显示，王怡然订的最后一份外卖，就在她出事之前不久。我正打算联系外卖员，却发现这是一家由商家自己配送的店铺，叫"如意排骨饭"，此时店铺正休息。

我打了店铺的电话，提示关机，地址写着圆庄一栋大厦的地下一层。挺近的，我俩决定开车去看看。到大厦后，我找了一圈，没找到地下入口。我们问了一下看门的保安，他乐了："你别开玩笑了，地下一层全是停车场，根本没有店铺。整个大厦的商业区域，也没叫这个名字的饭馆。"

我们白跑一趟了，这是家"幽灵外卖"。

网上有很多外卖黑中介，如果想开外卖店，不需要有店面，只要花 500 到 1000 元，这种黑中介就能无中生有地"变"出店铺和经营许可证。

这种"幽灵外卖"，很多人都在不知道的情况下吃过，根本不能保证卫生。

没办法，找不到实体店面，我们只能等这家饭店营业后，订一次餐。

第二天上午十点半，这家"如意排骨饭"开始营业了，我订了一份，让他送到小区门口。

十几分钟后，一个骑电瓶车的哥们儿把饭送到我手里。他离开时，周庸骑着提前准备好的摩托车，跟上了他。没几分钟，周庸就给我打电话："徐哥，这家店就在小区里！"

我按他说的路线找过去，在小区最里面那栋楼的一个半地下室，找到了"如意排骨饭"。

这家店没有招牌，我蹲下身，从窗户望进去，看见里面有一堆码好的盒饭和一个用来加热的微波炉。那个送饭的哥们儿正忙着给盒饭加热——看来老板和送餐员，都是他一个人。

他出门正要继续送饭，我拦住他，拿出王怡然的照片问他："认识吗？"他推了我一把，跨上车，一下子蹿了出去。

周庸在他身后想追，结果第一下给油太猛，直接把摩托甩飞了出去。我赶紧把他扶起来。

他站起来，骑上摩托，说："失误了。没怎么骑过摩托，这下还得赔朋友钱。"

那个人的电瓶车速度慢，没到大门口就被追上了。可是不管我俩怎么问，他都不说话，于是我让周庸给他当刑警的表姐鞠优打电话，把人带走了。

排骨饭的老板很快承认，短信是他给王怡然发的，但他只是觉得王怡然好看，跟她闹着玩。

那天他又去给王怡然送饭，在门口忍不住问了句："真不想和我做朋友吗？"结果王怡然吓坏了，突然脸色泛青，捂着胸口和脖子，趴在了地上。这哥们儿也吓傻了，关门就跑了。法医鉴定王怡然的死亡是非他杀，是有道理的，她是猝死。

按中国心律失常联盟公布的数据：我国每年心脏性猝死总人数高达54万，抢救成功率不足1%，绝大部分人没到医院就死了，而且猝死的年轻人越来越多。

警察也和王怡然的公司确认过，她平时工作很辛苦，经常熬夜加班，符合猝死的诱因。

还有一种情况是，亚健康的人，受到突发的强烈刺激或惊吓后，也可能会猝死。只是没人想到，王怡然会在自己家里，遭受强烈的惊吓。

尸体上那些瘀痕，是王怡然当时趴在地上受压迫而产生的，只要翻过来一会儿，瘀痕就会减轻，但王怡然妈妈不相信法医这个说法。也幸亏她不信，否则不可能误打误撞抓到真凶。

排骨饭老板虽然承认了短信的事，但坚持说自己不知道快递包裹里的照片是什么情况，这有点不合理。他连王怡然的死都承认了，没道理不承认照片的事情。

抢劫王怡然妈妈的人也被警方找到了,是她们家的一个亲戚。总听王怡然妈妈说有冤要告,后来看见她戴了个蓝钻戒指,回家一查得知价值上百万元,以为是用告赢了的钱买的,就找了两个人抢劫。结果那枚戒指一点也不值钱。那是王怡然妈妈花了家里全部的积蓄,找到能把骨灰做成钻石的商家用王怡然的骨灰做成的蓝钻。然后又找到首饰店,把蓝钻镶到了一枚戒指上,每天戴着,只有洗澡时才摘下来。这事儿她没和任何人说过。

事后,我和周庸找时间请李丹吃了顿饭,感谢她的帮助,顺便说了一下后续的事——外卖店老板承认发了短信,但不承认寄过快递包裹。

结账时,李丹抢着买了单,说自己最近升职了,应该由她请客。

吃完饭出来,我和周庸坐在车里抽烟,他忽然问我:"徐哥,咱们之前跟李丹说过快递包裹的事儿吗?"

我说:"没有吧,怎么了?"

周庸觉得奇怪:"为什么她不问是什么快递包裹,好像早就知道这事一样?"

WARNING
独居女孩如何防身

1. 租房前，检查小区是否有保安，门禁是否正常工作。
2. 尽量选择与女性室友合租。
3. 入住前留意浴室、卧室，是否装有窃听器或摄像头。
4. 每晚睡觉前，一定要将门反锁。
5. 日常网购或叫外卖时，不要使用真实姓名。
6. 不要总订同一家外卖，尤其是由商家自行配送的外卖。
7. 请男性朋友录一段时间长一些的语音，收快递或外卖时可以在卧室里播放。
8. 网购尽量把东西送到公司，别送到家里。
9. 扔快递箱或外卖包装时，把贴单处理掉。
10. 在门口摆上男款鞋和足球篮球。
11. 在能够承担饲养责任和不影响邻居的情况下，可以考虑养一条中型犬。

02

别买低价二手名牌，
它们很可能来自太平间

事件：古着爱好者死亡事件

时间：2016 年 3 月 6 日

信息来源：死者本人

支出：3200 元

收入：7000 元

执行情况：完结

我喜欢时不时找些特殊职业或癖好的人聊天，了解他们的生活。除了为满足自己的好奇心，还为了收集信息。这些对我的工作很有帮助。

2016年3月6日中午，我和周庸约了一个有恋物癖的人，在尚文路世纪百货的连锁咖啡店见面。这人叫"默默桑"，是我们的读者。

他在后台留言说，自己迷恋别人穿过的衣服，尤其是那种带着味道的。

一开始，我以为他是个"原味内衣"爱好者，聊了几句后，我发现不只内衣，他什么衣服都喜欢，是别人穿过的就行。

上午十一点，在开往尚文路的途中，我忽然接到默默桑的微信，他说自己发了高烧，想取消见面。我问他方不方便告诉我们住址，我们想去看看他。

默默桑挺信任我们，没犹豫就把住址发了过来。

他租住在圆庄的芬芳园，这是个老小区，没有电子门。我和周庸在楼下的超市买了点水果和牛奶，来到二单元五层，敲了敲门。

默默桑病得很重，他给我们开门时，浑身散发着热气，脸色有点发紫，呼吸很沉重，而且手上还有出血点。

周庸说："哥们儿，你应该去医院。"

默默桑摆了摆手："就是发烧，喝点热水出出汗就好了。进来坐。"

今天雾霾很严重，我和周庸都戴着口罩。见默默桑病得这么重，我偷偷示意周庸别摘口罩，免得被传染。

默默桑租的房子是个开间，房间里很干净，只有床、桌子和衣柜。

他打开衣柜给我们看："这里面所有的衣服，包括内衣，都是别人穿过的，拿回来我都没洗过。"

我们凑近看了一眼，即使隔着口罩都能闻到一股浓浓的怪味，便下意识地远离了这个衣柜。

我问他这些衣服都是在哪儿买的。他说都是在古楼东大街，那里的店都到晚上才营业，大概从十点到一点，专卖些古着（vintage）和二手旧衣服。

周庸问什么是古着，我给他解释了一下。

古着这个说法，是从日本舶来的，指在二手市场淘来的服装品牌的经典款式，在年轻人中很流行。

这种衣服，懂的人也不多，一般只有两种人会买：

一种是喜欢怀旧的纯古着迷。他们穿的是当时的感觉和文化，知道好东西买一件少一件，所以他们买回去的衣服一般都自己收藏，不拿出来流通。

另一种是图便宜，用远低于原价的价格购买二手的名牌衣服。

周庸点点头，问默默桑为什么不在二手电商平台买。他说："二手电商平台的衣服大多是洗过再卖的，我就想要那种没洗过、带着人味的。"

"去古楼东大街买,可以用鼻子闻,衣服洗没洗过一下就能闻出来。

"我经常去一家叫 Mola 的古着店,他家很多衣服都有我喜欢的味道。"

周庸问:"你经常去买?"

他说差不多一周一次,然后从衣柜里拿出一件黑色高领毛衣:"这件衣服就是我上周三买的。这周还没去呢,本来想今晚去的,结果病倒了。"

又聊了一会儿,默默桑站起身,要去给我和周庸倒水。十几秒后,厨房传来一声闷响,我们跑过去——默默桑瘫倒在地,已经昏迷了。

我赶紧打 120,把他送到了附近的燕市大学附属医院,并在他的手机里找到他父母的电话,打了过去。默默桑的父母在西安,赶过来最快也得六七个小时。周庸替他交了住院费,我俩坐在医院里等了大半天。默默桑的父母没到,病情诊断先出来了。他得了鼠疫,已经被转移到传染病病房,暂时禁止探望。

周庸问:"徐哥,咱俩不会被感染吧?"[1]

---

[1] 鼠疫主要的传播途径:

经蚤叮咬传播,即动物→蚤→人的传播方式。

经皮肤传播,因接触患者含菌的痰、脓或动物的皮、血、肉及疫蚤粪便,通过破损皮肤教膜受到感染。

经消化道传播,食入受染动物,经消化道感染。

经呼吸道传播,含菌的痰、飞沫或尘埃通过呼吸道飞沫传播,并引起人间的大流行。(肺鼠疫的主要传播方式)

我说:"可能性不大,咱俩和他没什么直接接触,还戴着口罩。"

晚上七点,默默桑的父母到了燕市大学附属医院,我告诉他们发生了什么,就离开了医院。

周庸还是担心自己会感染鼠疫,在堡门的金泰买了两套新衣服,去了附近的热庄,要好好地洗一遍。

我没办法,只好陪他一起去。

泡在池子里后,周庸终于放心了点:"徐哥,你说默默桑是怎么感染鼠疫的?"

我说:"可能和他的恋物癖有关。他总是买别人穿过的,而且不洗的衣服,很有可能携带一些皮肤疾病。"

周庸说:"但是鼠疫不是常见病啊,得上很容易死吧?难道他买了鼠疫死者的衣服?"

我点点头:"确实有这个可能。"

古着和二手衣物里,有很大一部分来自"打包衣"。沿海地区经常会有人进口许多英、美、日、韩等国家淘汰的旧衣服,这些衣服有的是出于搬家、换季等原因丢掉的,有的甚至是从病人、死人身上扒下来的。这些国外垃圾服装被低价买下,打包运到中国销售,俗称"打包衣"。

默默桑的鼠疫,很可能是因为穿了鼠疫病人的打包衣,被上面残留的鼠蚤蛰咬所得。我怀疑就是那件黑色毛衣,因为鼠疫的潜伏期是两到七天,正好符合那件衣服的购买时间。

周庸听得害怕:"我去,那他们会不会用这些打包衣充当新衣服卖啊?"

我说:"当然,这些打包衣里很多都是名牌,他们挑品相好的,做个假标签，洗一洗就当新的卖了。

"你看网上许多断码的孤品、打折货，有可能就是从打包衣里筛出来的。"

周庸忽然想到一个问题："如果鼠疫是通过那件黑色毛衣传染给默默桑的，那默默桑买衣服的那家店，别的衣服上也可能有鼠蚤。"

我说："是，洗完澡咱去看看，别再有人买了被感染。"

十一点，我和周庸来到了东城的古楼东大街。这是一条老街区，沿街的门市大部分是平房，少有的几栋二层小楼孤零零地立着。

路很窄，大量的三轮车停靠在路边，鲜有机动车从这里开过。

来往行人在挂满"外贸""原单"等字样的店铺中进进出出，将手里的大包小裹扔到三轮车上匆匆离开。

我和周庸随便进了一家内衣店，发现这是一家原味内衣店——每套内衣上都写着年龄、身高等信息，并贴着衣服原主人的眼部打码照片，照片里穿的就是出售的内衣，价格从几百到几千元不等。

周庸说："天哪，这不就是恋物癖的天堂吗？"

从内衣店出来，我和周庸直接去了默默桑推荐的那家店，"Mola 古着 vintage"。

这家店铺从外边看不出什么，但一进屋就有一股腐败潮湿的难闻味道扑面而来。三十平方米左右的店里，墙面、地面大量的冷色调配合铜镜、铜钟、铃铛等类似道家的法器，给人很诡异的感觉。

屋内有十几个超市的购物车，大衣、裤子、衬衫等分门别类地放在不同的车里。我们进来的时候店里有三个顾客在挑衣服，说是挑，其实就是看一眼觉得差不多就直接放到随身带的包里。

全程自助购物，没有售货员，互相不砍价也不交流，完事后去收银台结账。店里死静，搞得我和周庸大气都不敢喘。

这里的大衣300元一件，衣服、裤子99元，其他的袜子、内裤、胸罩等小件按50元一斤卖。

收银台里坐了个上年纪的大妈，头发花白，冷着脸，头也不抬地收钱找钱。默默桑每周都来，应该是这里的熟客，我让周庸去和大妈搭讪，问她认不认识默默桑。

大妈抬头看了一眼周庸，摇了摇头："经常来我这买衣服的人多着呢，我哪记得谁是谁啊。"

从大妈那里得不到什么有用的信息，我和周庸戴上准备好的橡胶手套，开始检查店里面的衣服。

我吃惊地发现这些衣服全都是国产的，并不是从国外进口的打包衣。也就是说，我之前的推断错了，鼠疫的源头可能在国内。

我拽着周庸出了店。"我得再确认一下默默桑的黑色毛衣。"

周庸从兜里掏出一串钥匙，对我晃了晃："送默默桑去医院的时候我帮他带出来了，刚才忘了交给他父母。"

我们到了默默桑家门口，戴上手套、鞋套和口罩，把拉链拉到领口。进了屋打开灯，我们从衣柜里小心翼翼地拿出了那件黑色毛衣，在桌子上摊开。

在我们俩开着手机的手电筒，仔细地检查毛衣时，周庸忽然停了："徐哥，跳蚤！"

我顺着他指的方向仔细看，看见了一个黑点——在黑毛衣里找跳蚤,眼睛都要瞎了,也就是周庸眼神好。

现在可以确定一件事——默默桑的鼠疫,确实来自这件毛衣。

我把毛衣装进事先准备好的大塑封袋,封好封口,带着衣服又去了 Mola 古着 vintage。

收银大妈还在门口坐着,有人进来头都不抬。我走过去把黑毛衣扔在她面前:"这件衣服上有跳蚤,把我朋友咬病了。"

大妈仍然没抬头,指了指旁边的牌子:"一经出售,概不退换。"

我说:"我不是来退货的,我朋友穿过这件衣服后,得了鼠疫。你得告诉我这件衣服从哪儿来的,不然我就报警。"

大妈考虑了一下:"乡下收的。"

从大妈那里获得想要的信息后,我让她把同批次收的衣服都拿给我。我和周庸把衣服装进大号垃圾袋,包了好几层,带去太兴瓜地集中烧掉。

第二天上午,我和周庸开车出了市区,沿高速开了三十公里,到了史家村。

村的东头有个小院,里面有个化粪池,全村的粪便都集中在这里。

这个院子看起来不大,只有五十多平方米,但离它一百多米远就可以闻到气味。院中央的地上镶嵌着一个方形化粪池,里面深不见底。

从外观已经判断不出化粪池本来的颜色了,一个生锈的青色铁盖立在一旁。化粪池外洒落的粪便已经干涸凝固,池内的粪还冒着热气。

粪池中还有一些其他的东西——卫生纸、烟头、垃圾和失足掉进去的鸡、鸭、狗的尸体。

每当家里的露天厕所满了，村民便会用桶将里面的粪便舀出，挑倒在这里。

周庸虽然戴着口罩，但仍用手捂着鼻子，瓮声瓮气道："现在还有这么落后的化粪池啊！"

按照大妈提供的信息，黑色毛衣是从村子里距化粪池最近的一所平房收的。住在平房里的男人，总有很多衣物卖，所以每次大妈收衣服时，都会特意来这家一趟。

我和周庸轻而易举就找到了——除了它，村子里的其他房子都离化粪池很远。

我们向着这所房子走去，一路上都是村民过来化粪池倒排泄物时洒在地上的痕迹。我们小心翼翼地避开这些排泄物，但鞋底、鞋边还是难免沾上了点。

周庸都快吐了："这鞋我不要了，一会儿我要光脚开车回去。"

我敲了敲门，屋里没人，我俩在门口捂住口鼻等着——口罩对臭味完全不起作用。

一个小时后，周庸崩溃了："徐哥，你把门打开，咱进屋等吧！等他回来就说他忘锁门了！实在是太臭了，我真受不了！"

我也有点受不了，点点头，拿铁丝打开了门锁。

关上门，周庸深吸了一口气："怎么还这么臭啊？"

我说："你把口罩摘了，口罩在外面都熏臭了，你猛吸气当然有味道。"

摘下口罩,我也使劲吸了口气——屋里面的空气比外面的好很多,但也有点臭味,不过这个臭味闻起来,和外面排泄物的味道有点不一样。

这时周庸拍了我一下:"徐哥,有人回来了。"

一名身高一米七五左右、戴着口罩的瘦削男人正往这房子的方向走来。我和周庸想着赶紧解释一下,便开门迎了上去——化粪池附近就这一栋房子,他应该就是房主。

他看见我和周庸从屋里出来,远远地站住了,问我们是什么人。

我说:"我有个朋友穿了你卖的衣服,染上了鼠疫,我想搞清楚是怎么回事。"

男人看了我和周庸一眼,转头就跑。

周庸问:"徐哥,他跑什么啊?不是去报警了吧?"

我说:"要不你追上去解释解释?"

周庸看了看那条充满排泄物的路,摇摇头:"还是算了。"

我说:"也解释不清了,先进屋里看看有没有鼠疫的源头。"

我们转身进了屋。这是三间房,外屋是厨房和客厅,里面是卧室,还有一个锁着门的房间。

我和周庸检查了一下客厅和卧室,卧室有台笔记本电脑,上面插着一个无线网卡。卧室的地上堆着很多衣服,有男款也有女款,内衣、外衣混在一起,散发出一股诡异的味道。

我们扎紧领口、袖口,戴上手套,蹲下身检查了一下——这些衣服里都没发现鼠蚤。

周庸问:"徐哥,他从哪儿搞来这么多衣服?"

我说"不知道",然后打开了那扇锁着的房间门,里面有一个冰柜。冰柜后面的储水盒散发出一丝臭味，正是我刚才进屋时闻到的臭味。

我把冰柜掀开，周庸探过头看了一眼："我靠！"

冰柜里是五对有大有小的女性乳房，我戴上手套，伸手进去翻看了一下，挨个儿按了按，然后合上了冰柜。

周庸稳了稳情绪："徐哥，那人是变态杀人狂吗？"

我说："不确定。这些乳房脂肪灰红，肌肉暗红，血管充满黑红色的凝固血液，表皮上还有暗红的出血点，应该是死了一段时间后，才被割下来的。"

如果是杀死后立刻就割下乳房，应该会看起来"新鲜"一些。

周庸说："徐哥，这你都懂啊！"

我说："你没买过猪肉吗？这是分辨好猪肉、坏猪肉的方法，哺乳动物应该都差不多。"

周庸说："服了，你是不是分析出什么了？"

我点点头："这应该是个有恋尸癖的人。"

在美国跟随西蒙教授学习时，他曾经给我讲过一些恋尸癖罪犯的惯常行为。

有恋尸癖的人容易被无生命的事物吸引，如阴沟中腐烂而逐渐液化的家鼠、堆积起来冒着烟气的肥堆、从人身上揉搓下来的污垢等。我想这就是为什么那个人会住在化粪池的旁边。

周庸说："这么变态的人格都是怎么造成的？"

我说："不一定，有后天造成的，也有先天就是的。"

周庸问："恋尸癖者就没有女的吗？"

我说："有，不过是少数。狭义的恋尸癖者指的都是男性。"

卧室里的电脑证实了我的猜测——我在浏览器的历史记录里发现了两个网站，其中一个叫颤抖者论坛，是恋尸者聚集地。

我让周庸给他表姐打电话报警，说发现了一个偷盗尸体的恋尸癖者。

周庸拿起手机，打给了鞠优。

警察到了以后，询问了一圈村里的村民，但没人知道恋尸癖者是谁，包括他的房东。他租房的时候没签合同，没用身份证，直接交了半年房租租下的，线索完全断掉了。

晚上回到市里，鞠优在中山八路的"快船鲜啤"请我和周庸喝酒——我喜欢吃他家的薯条和汉堡，很地道。

鞠优问我们是怎么找到这个恋尸癖者的，我给她讲了一遍。

我讲完，周庸在旁边接话："表姐，这也太恶心了，你们原来抓到过这种恋尸癖者吗？"

鞠优说："当然，这种人其实不在少数，你们这次抓的只是个'冰恋'（周庸注："冰恋"和"秀色"是指恋尸癖的一些变态行为），如果遇见'秀色'，估计你更接受不了！"

周庸把手里的汉堡放在桌子上："你说的都是什么玩意儿？我都快吐了。"

鞠优敲敲桌子："话说回来，警方很长时间没接到过尸体丢失的报案了。目前这种情况，只能挨个儿排查市内所有的殡仪馆、停尸间，看有没有无人认领的尸体丢失。"

我笑了："不用那么费力。他拿来卖的那些衣服，有男人的，也有女人的，没什么规律。我猜这些衣服是从死人身上扒下来的，他可能是殡仪馆的员工之类的。"

鞠优点点头:"这我们也想到了,所以才要排查燕市所有的停尸间。"

我说:"但你们忽略了一件事,鼠疫。"

中国有十个鼠疫疫源地,燕市并不在其中,这说明鼠疫在燕市发生的概率微乎其微。事实上,燕市已经多年没发现鼠和人之间的疫情了。

我检索了最近几年的鼠疫新闻,燕市只有一个月前发生过一起。被发现时,那人已经死了,没有人认识他——他可能是从某个鼠疫疫区过来的。我看了新闻,上面写着该死者被发现时,穿的是一件黑色毛衣。

鞠优一口喝干杯中的 IPA 啤酒(周庸注:鞠优喜欢喝的啤酒,我觉得太苦了):"我先走了,今晚估计得加班。"

警方调出处理鼠疫死者的那家殡仪馆停尸房监控,很快就发现了犯罪嫌疑人——停尸房的一名夜间保安。他们迅速对其进行抓捕,连夜审问,确定了他干的一切——因为恋尸情结严重,他一直在网上寻找停尸间的应聘机会,最终在这家殡仪馆找到了夜间保安的工作。停尸间里有许多没人认领的尸体,平时也无人查看。他便趁着值夜班,对这些尸体做一些不轨之事——偷盗被火化掉的死人的衣服,私下卖掉,奸尸并割下尸体的乳房。

鞠优后来告诉我,警方在查看他作案当晚的录像时,有好几个人都吐了。

我和周庸解决了鼠疫的隐患,并且得到了一个口味偏重的新闻素材。这类新闻一直不太好卖,因为超出人类底线的恶心事,大家都不爱看。

在恋尸癖者被捕的两天后，默默桑终于没能扛过鼠疫，去世了。晚上我和周庸在太新屯的亚星啤酒吧喝酒，悼念我们的恋物癖粉丝默默桑。

鞠优打来电话，问我在哪儿，我说我和周庸在太新屯这边喝酒，她说她马上就过来。

她到的时候，我和周庸已经有点醉意了。鞠优点了一杯IPA啤酒："今天又是找什么借口出来喝酒？"

我说："纪念我们那个得鼠疫死的读者。"

她点点头："默默桑，是吧？我这次来就是想和你说这件事。我们把那个恋尸癖者在颤抖者论坛的账号查看了一遍，然后发现了一个直播帖。"

周庸问："什么直播帖？"

鞠优说："我发现一个叫默默桑的'秀色'同性恋恋尸癖者，在直播自己要杀人的时候，直播忽然中断了。

"他说有两个号称是'夜行者'的人，要到他家里去。他会在水里下药迷倒他们，然后直播奸尸和吃尸体的过程。"

周庸张大嘴看着我："徐哥！"

我点点头："我知道他为什么只在那家店买衣服了。殡仪馆的保安扒下的尸体衣服，都卖到了那家店，他喜欢的是那些衣服上尸体的味道。"

WARNING
如何识别打包衣

1. 很多打包衣没有吊牌，有吊牌的都是自己用线缝上去的，而且张冠李戴，商标和吊牌完全不是同一个牌子。
2. 衣服起球严重，绝对不是新的。
3. 很多商标都被剪掉，只剩下洗标，洗标都是外文的。
4. 打包衣多是从日、韩等国偷运进来的，虽然号称日、韩单，但洗标一般都比较破旧。
5. 一款衣服在店里只有一件。区分打包衣和正规外贸衣服有个比较明显的条件，就是一般打包衣只有一件，但是正规外贸衣服可能不止一件。
6. 打包衣多是毛衣。毛衣上会有洗衣粉的香味，新衣服不可能有这种味道，肯定是刚洗过的，这也符合打包衣的特征。

03

有个"半仙儿"跟我抱怨,
事儿太多,时间都不够用啊

事件:算命先生被杀案
时间:2016 年 3 月 16 日
信息来源:"半仙儿"
支出:10.78 万元(含捐款)
收入:8 万元
执行情况:完结

当了夜行者之后,我见过形形色色的人和事,有把姑娘囚禁在家里,还假惺惺地说是因为爱情的;有倒卖私人衣服的产业链等。接触他们,让我看到了不一样的世界,同时给我提供了不一样的思路,让我在调查某些案件时能有迹可循。

2016年3月,我和一个"半仙儿"一起待了一周,但这都是有偿的。我给了他六千块钱,并且签了一份不能录音录像的协议,他才同意让我跟着,观看他平时是如何"作法"的。

这哥们儿在燕市小有名气。他什么都会一点儿,看阴宅阳宅、驱邪、解蛊、画符,甚至养小鬼,都能整两下,平时活儿多得都接不过来。

但大部分找他的人,都是请他去"叫魂"的。

"叫魂",就是家里的婴儿或幼童,平时经常哭闹、容易发烧、偶尔发呆,家长觉得这是受到了惊吓,魂丢了,需要"叫魂"。在我看来这毫无逻辑,大多数小孩不都是这样吗?

"半仙儿"光靠给人"叫魂",每月就能赚到两三万。之所以被很多人找,是因为他"师出名门"。他来自西原省贾家湾。

贾家湾是西原省的一个村子,村里多数人都会算命,从那儿走出的算命师遍布全国。在迷信的人的眼里,贾家湾出来的算命师,就相当于算命界的权威。

3月19日,结束了对"半仙儿"职业观察的两天后,我正在家里打算把这几天的见闻写下来,卖给某家媒体,忽然接到他打来的电话:"徐浪,我在东顺区的蓝关营派出所,你能不能过来一趟,给我做个不在场证明?"

我问他:"什么不在场证明?"

"半仙儿"说在电话里说不清楚:"你过来一趟吧。"

答应下来后,我叫上周庸,开车去了蓝关营派出所。

我到门口给"半仙儿"打电话。过了一会儿,一个警察走出来问谁是徐浪。我让周庸在门口等着,自己跟警察进了派出所。

见到"半仙儿"时,两个警察正在一边问他问题,一边做笔录。他明显有点紧张,说话磕磕巴巴的,完全没有了给人算卦作法时高深莫测的样子。

见我来了,"半仙儿"很激动:"他能帮我证明,那天我们一起喝的酒。"

带我进来的警察请我坐下,给我倒了杯水,问我3月16日晚上都发生了什么。

我回忆了一下,那天是我跟着"半仙儿"的第六天下午,他在中山路的一家创业公司帮人看房子，教人如何布置格局可以聚财。完事后他告诉我说，来了个老家的朋友，也是算命的。

我说："是，你老乡基本都是算命的。"

"半仙儿"没接茬儿，说这老乡来燕市，是因为有个从锦市搬过来的老客户，请他过来给孩子"叫魂"。

晚上他要给这个老乡接风，问我燕市有什么特色餐厅。

我推荐说："夜市的华家小馆不错，在四合院里，燕市菜，烤鸭也还可以。"

他点点头，问我有没有时间，邀我一起。我答应下来。

晚上在华家小馆，我见到了"半仙儿"的老乡吴大师。

吴大师看上去比"半仙儿"岁数更大一些，发际线很高，进了华家小馆就开始背着手四处看风水，并点头说不错。

我见好些顾客都往这边看，就请他先坐下。吴大师微微一笑："职业病。"

吴大师和"半仙儿"酒量都不错，菜还没上每人就喝了二两半白酒，等到烤鸭上来时，一瓶二锅头已经空了。两个人都喝高了后，越聊越深。吴大师说自己一直在锦市发展，活儿虽然多，但赚得不多，一个活儿也就收两三百块钱。他琢磨着燕市人均收入高，想来这边发展，问"半仙儿"能不能帮衬一把。

"半仙儿"有点不愿意，说："哥，你这不是要抢弟弟饭碗吗？"

吴大师说没有这个意思，他就是想有钱一起赚。两个人最后吵了起来，还差点儿动手，不欢而散。吴大师先走，我开车送"半仙儿"回到他在广通苑租住的地方，然后回家了。

做笔录的警察点点头："大概是几点？"

我说:"大概九点多。我能知道发生什么事儿了吗?"

警察说:"吴大师那晚被人捅死了,钱包、手机都在身上,所以肯定不是抢劫,我们怀疑是仇杀。"

要是我没记错,吴大师那晚走时,用打车软件叫了个车。警察应该是根据他的打车记录,查到他是从华家小馆打车回的酒店,在华家小馆调了录像,发现他和"半仙儿"起了争执,又根据结账的刷卡记录找到了"半仙儿"。

从派出所出来,周庸问我发生了什么事儿,我给他讲了一遍。

他说:"徐哥,我觉得这事儿不至于。怎么可能因为人家要来燕市发展,就把人杀了?"

我说:"还真不一定。他们这行竞争挺激烈的,因为争夺利益而闹出人命的事也有很多。再说那晚他俩都喝了很多酒,喝多了做啥我都不觉得奇怪。"

周庸问我:"这件事儿咱们要跟进吗?"

我说:"不跟。警方都接手了,咱就别跟着瞎掺和了。"

第二天中午,我接到了"半仙儿"的电话,想让我帮忙调查一下这件事:"能不能麻烦你尽快帮我洗脱嫌疑?你给我的六千块我全退给你,再给你加两万块调查费。"

我同意接下来,打电话给周庸:"来我这儿一趟,咱瞎掺和一下吧。"

一个小时后,周庸敲门。

周庸换鞋进屋:"咱不是不跟了吗?"

我说:"人家给钱了,让我们帮忙洗脱嫌疑。"

周庸问:"欸,徐哥,你说他是不是真杀人了?咱要查到他杀人的证据该怎么办?"

我说:"他疯了?有警察调查不够,还找咱帮着调查?再说了,咱们的目的是帮他洗脱罪名。"

周庸点头:"我就是觉得奇怪,他要是真的什么都没做,为什么这么着急?"

我给周庸解释了一下,算命先生赚的钱不一定都干净,这个职业本来就游走在法律的边缘,很容易被定性为诈骗。

不管"半仙儿"杀没杀人,警方这么查下去,极有可能查到他存在涉嫌诈骗的行为,他肯定害怕,希望早日结案。

"他的事就让警方去查,咱们假设他是无罪的,先从别的地方开始查。"

周庸说:"行。"

给吴大师接风那晚,"半仙儿"说过,吴大师来燕市,是因为有一个锦市的老客户搬到了燕市,请他过来给孩子"叫魂"。假设这事是真的,那么吴大师死之前,见过他的人除了我们,还有那个请他来的客户。

我打电话给"半仙儿",问他:"你知不知道吴大师的客户住在哪儿?"

"半仙儿"想了一会儿说:"听他提过一嘴,好像叫贝壳纹小区。"我记下来,拿出手机用地图搜这个小区,结果一无所获,燕市根本就没有这个小区。

又问了几遍"半仙儿",他只记得这个名字,我们也只能从这个人手。

吴大师住在北园路的快捷酒店,一般来讲,一个人到外地出差或办事,都会寻找离办事地点近的地方住。我和周庸以快捷酒店为圆心,标出了半径两公里内所有小区的名字,然后我们发现了一个叫贝勒坟小区的地方。

周庸问:"徐哥,这个贝勒坟小区应该是'半仙儿'说的贝壳纹吧?反正读起来挺像。"

我打电话给"半仙儿",确认吴大师说的是不是贝勒坟小区。

"半仙儿"说:"对对对,应该就是这个。"

挂了电话,我和周庸开车前往贝勒坟小区,把车停在路边,进了小区,我俩都松了口气。贝勒坟小区相对较老,只有两栋楼,四个单元。这要是个大型小区,找个人估计得按年计。

燕市的老小区都是熟人社会,楼下闲聊的大爷大妈基本都在这儿住了几十年,他们比较喜欢本地孩子,所以我让周庸过去打听,小区里近期是否有外地口音的人出现,尤其是川普。

周庸过去问了两句,靠着自己巨垮的本地口音,很快得到了大爷大妈的信任,他们告诉周庸没注意到有外地口音的人。其中有个大妈特喜欢他:"嘿,这小伙子不错,精神,有女朋友没?我有一外甥女,今年刚大学毕业,要不你俩见一面?"

他觉得特尴尬:"不用了阿姨,谢谢阿姨。"

楼下的大爷大妈不知道,我们只好采取最笨的方法——蹲点。我们不定时地来贝勒坟小区闲逛,跟每一个遇见的人说话,听他是否有口音。

蹲到第二天周庸就有点受不了了:"徐哥,一直这样,咱不得被当成跟人瞎打招呼的傻子啊!"

我说:"傻子就傻子呗,怕啥?又没人认识咱俩。"

他想了想，说："也对。"

第二天下午，那个想把外甥女介绍给周庸的大妈，看我俩又在小区里转悠，凑了上来："小伙子，昨天下午，你们走了以后，有一男的和一女的找上我，问小区里最近是不是搬来一家四川人，我听他们俩口音也是外地的。"

周庸问："您是怎么说的？"

大妈说："欸，我还能怎么说？说没见过呗。"

我问大妈："下次这两人出现的时候，您能不能通知我们一声？"

"行，但我有一条件，这是你朋友还是你弟弟？"大妈指着周庸问。

我说："都是，您有什么条件？"

大妈说："也没什么，就是让这小伙子有时间和我外甥女见见。"

我说："成，这事儿我替他答应了。您记一下我手机号，那两个人再出现就给我打电话。要是发现小区里有其他外地口音的人，也给我打电话。"

大妈让我放心。

回到车里，周庸点上烟："徐哥你怎么就把我给卖了呢？"

我说："这都是工作需要，成大事者不拘小节。再说了，见个姑娘你有什么不愿意的？别跟我这儿矫情，你见过的姑娘还少了？"

他想了想，说："也对，你这么一说我气儿就顺了。"

我和周庸在车里坐着，讨论了一下那两个和我们有相同目标的男女，觉得这事儿不太对。

周庸问:"徐哥,你说那对男女和这件事儿有没有关系?吴大师是不是被他们俩弄死的?"

我说:"不知道。但他们找吴大师的客户的家,肯定有什么目的,咱俩最好比他们先找到。"

隔天中午,我和周庸正在北古河地铁北边的法式小馆吃饭,贝勒坟小区的大妈打来电话,说那一男一女又来了。我们急忙买了单,开车到了贝勒坟小区。

进了院,大妈迎上来,指给我们:"西北角抽烟那男的,三单元门口坐着的那个女的,就他俩。"

我点点头,让周庸去和那个抽烟的哥们儿搭话,然后自己朝那个坐着的妇女走过去:"你好,请问你是田静吗?"

她说:"不是,你找错人了。"

我说:"对不起。"她的普通话是四川口音的。

在小区门口和周庸碰头,我问他:"怎么样?"

他说:"绝对是四川人,和他说话,感觉就像在锦市。"

整个下午,我和周庸就盯着这一男一女。男人待了一会儿就撤了,女人还是一直在小区里坐着。

下午两点多,一个抱着婴儿的老太太从二单元出来时,那女人忽然站起了身,紧紧地盯着老太太和老太太手里的孩子。

老太太看了女人一眼,但好像不认识她。我和周庸假装聊着天,溜达过去,近距离观察了一下。这孩子的脸色看着不太好,有些苍白,左小臂上用破布绑着一块面饼,面饼里能看到一些花瓣。

从他们身边经过后,周庸小声问我:"徐哥,那婴儿胳膊上绑的是什么玩意儿?"

043

我说:"是面饼,里面掺了花瓣。"

他说:"这你都认识?"

我点点头,说:"我也是前段时间刚从'半仙儿'那儿看到的,这是一种叫魂的方法。把混着花瓣的面饼绑在孩子胳膊上,半夜在门口叫孩子的小名,叫完以后检查被绑着的手臂,要是出现青色,就证明孩子的魂叫回来了。"

周庸听得一愣一愣的:"这么神?"

我说:"神个屁!拿东西勒你胳膊一天,你也青!"

他说:"也是。这老太太和小孩,是不是咱要找的那家人?"

我说:"应该是,不然哪儿那么巧,这么小的小区,就有两家叫魂的?而且那女人已经盯上他们了。"

周庸点点头,问我:"现在怎么办?"

我想了想,说:"这家人能千里迢迢从锦市请个大师过来,肯定迷信到根儿上了,我们就顺着他们来,上去套套话。"

告诉周庸在楼下等我,盯着点那女人后,我上前和抱孩子的老太太搭话:"大娘,我看这孩子气色不太对啊,是不是魂丢了?"

老太太惊讶地看了我一眼,用特别不标准的普通话问:"你能看出是哪个魂丢了吗?"

我问她孩子都有什么症状,她说:"最近经常发烧,退了又烧,反反复复,就跟中了邪似的!"

我说:"这应该是七魂游走不归。"我曾经问过"半仙儿"叫魂的原理,他告诉我小孩经常会有七种丢魂现象,每种现象都对应丢失的那个魂魄。

当时虽然觉得他在扯犊子,但这是个好素材,我就记了下来,准备写在文章里，没想到在这儿先用上了。

老太太见我侃侃而谈，好像很懂的样子，特别高兴："师傅，你去我们住的地方看看呗，看我孙子是不是冲着什么了！"

我说："成，那就去看看吧。"

他们家住在四层，上楼的时候，我收到周庸发过来的微信："那女人跟着你们进去了。"

老太太打开门，把我让进屋后，我赶紧把门关上。透过猫眼往外看，那女人见我们进门，从楼下快步上来，绕着门转了两圈，又下楼了。

老太太见我一直从猫眼往外看，有点紧张："师傅，你是不是看到什么了？"我说："没事。大娘，您这房子是租的还是买的啊？"

她说："租的。"

我皱了皱眉，一般租住的房子，没有人会添置很多家具。但屋里的桌椅、柜子、沙发等，很明显都是新的，那股新家具的味道特别明显。

我刚想提醒老太太多通风，防止有甲醛，就看见桌上放了个甲醛检测仪，看来他们平时很注意这点，不需要我多说什么。

这时孩子又有点发烧，老太太从卧室拿出一床被子，把婴儿裹好。

我问她："这是干什么？"

她说："捂汗，出出汗烧就退了。"

我赶紧上前把被子拿开："大娘，小孩发烧不能捂汗，这样热量散发不出去，会烧坏内脏和大脑，甚至脱水致死的。"

她说："没事儿，我儿子从小都是这么捂过来的。"

我见劝她没用,说:"你甭这样,我一会儿还得看他散发出的'气'呢,现在你全捂住了,让我看什么呢?"

老太太犹豫了一下,大概怕我"看不准",便把被子拿走了。我假装刚发现孩子胳膊上缠着"招魂"的东西:"欸,您这不是找人看过了吗?"

她说:"是。前两天锦市来了个大师,我们之前在锦市的时候找过他,他知道我们在燕市,特意找上门来看了一眼,给孩子出了个叫魂的法子,但不太管用。"

我问她:"锦市的大师是不是姓吴,贾家湾出来的算命师?"

她说:"是。你认识他?"

我撒谎:"我也是贾家湾的,那是我老乡,您刚才说他是主动找上门的,不是你们请的?"

她点点头。这挺奇怪的,吴大师跟我和"半仙儿"说的是有个客户特意请他来燕市,难道他还有别的客户?

傍晚,孩子的父母回来了,听说我是个算命的,还和吴大师是同乡,没给我什么好脸色看,想让我赶紧走。我正想着说点什么糊弄他们,顺便套套话,周庸忽然来了电话。

我接起来,他那边说得很急:"那个女人带着好几个警察上楼了。"

挂了电话,我还没反应过来是怎么回事,门口就响起了敲门声:"开门,警察!"

我看着这一家四口,夫妻俩脸色煞白,看着对方。外边又敲了一会儿,丈夫才走过去开了门。

白天在楼下紧盯着老太太、说着一口川普的女人，带着四个警察冲进屋里："把我娃儿还我！"

老太太把怀里的小孩搂紧："凭什么还你？我们给钱了！"

那女人说："给钱也不行，收钱的是人贩子，他把我娃儿偷走了，你们从他手里买娃儿是犯法的，晓得不？"

双方说不通，四个警察冲上来就把孩子抢过去下了楼。我立刻给周庸发微信，让他跟上那几个警察。

周庸很快回复："徐哥，你疯了，让我跟踪警察！"

我说："那几个都是假警察，跟不出事，别被他们发现就行。"

他们虽然穿着的制服和警察的一模一样，但有几个细节做得不对：警察制服左胸的警号应该是六位阿拉伯数字，但他们的是七位，还带字母；胸徽上面写的应该是所属地，例如燕市、锦市，他们的却直接写着"警察"。

给周庸交代完，我回头看那对夫妻，问这是怎么回事。他们说被人骗了，网上有个"引产论坛"，里面聚集了一大群无力抚养孩子、想引产的孕妇。

因为她们的存在，所以里面还有很多生不出孩子，想让孕妇把孩子生下来送给自己养的人。当然，这些都是有偿送养，实际上就是花钱从生母那儿买孩子。

这对锦市夫妻一直没有孩子，每天都在论坛留言，希望有人将孩子送给自己。

结果真的有人联系了他们，还是锦市本地的。夫妻俩花了八万块买了个男孩，没想到这孩子是被拐卖的，被生母追到燕市抢回去了。我摇摇头，说："你们是被骗了。现在有种新型犯罪，把孩子卖了一段时间后,再带着几个假警察去解救被拐卖的孩子,这样孩子又回到送养人手中,他们可以反复利用孩子卖钱。从你们的情况看,应该就是遭遇了这种诈骗团伙,刚才来的要是真警察,你们已经被刑拘了。他们应该是从锦市就一直跟着你们,一直跟到燕市。"

丈夫点了点头:"所以你现在告诉我们有什么用?我们连警都不敢报。"

离开贝勒坟小区,我给周庸打了个电话,问他在哪儿。

周庸说:"都跟到望都了,他们住在一个叫小天使的小破旅馆。"

我说:"行,我现在就过去找你。咱俩今晚就睡车里吧,轮番蹲点。"

第二天上午,诈骗团伙一行人带着孩子去了趟医院,直到下午才从医院出来,在附近的一家湘菜馆吃了口饭。晚上八点多,他们打车又去了贝勒坟小区,抱着孩子进了二单元,等他们出来,手里的孩子已经没了。

我看他们走出去,就上楼看了一眼,孩子被放在了401室的门口。为什么他们又把孩子送回来了?

我下楼,让周庸继续跟住他们,然后准备再上去问问那家人知不知道怎么回事。正跟他交代着,我看见有个人走进了小区。"得,不用跟着他们了。有个落单的,咱直接问他吧。"

之前操着一口川普在小区里打探消息的一男一女里,那个男人不知道为什么,又回了贝勒坟小区。

周庸问:"他是不是丢东西了?"

我说:"不知道,咱跟上他。"

他在小区里转了一会儿,和几个路人说了话,一个多小时后,掉头又出了小区。我和周庸跟在他身后,在他路过周庸的宝马M3时,拉开门,从身后按住他的头,一把把他推进车里。

这哥们儿慌了:"你们是什么人?"

我说:"你甭管我们是什么人,你们为什么把孩子又送回去了?"

他一脸茫然:"什么孩子?"

周庸说:"你别跟这儿装了,你自己干什么的不知道吗?"

他说:"晓得啊,我是警察。"

周庸笑了:"哥们儿,得了吧,你这普通话,就别跟燕市装警察了。再说你们这帮假警察早被我们识破了,知道吗?"

他说:"我不是燕市的警察啊,我是锦市的警察,警官证就在外套兜里,不信你们拿出来看。"

我拉开他外套口袋的拉链,从里面掏出一本警官证,上面的名字是刘强,我仔细检查了一遍,是真的。

这时候我才意识到,大妈只说有一男一女两个外地人在小区里打听消息,但并没说他俩是一起的,是我们下意识地就这么认为了。

我连忙把警官证还给刘强:"对不起啊哥们儿,我们认错人了。"

他说:"没事,我能怎么办呢?这是燕市,又不是锦市,我没法说你俩袭警,把你俩抓起来。"

我说:"这样吧,我有你要找的消息,免费告诉你,就当作补偿,不过你得告诉我为什么要找这家人。"

他想了想,说:"可以。"

我感觉有点饿,便邀请他去夜市吃小龙虾,边吃边聊。

晚上十点半,坐在夜市的路边,我和刘强干了一杯,问他找这户人家干什么。

他说:"其实我是在找一个姓吴的算卦师傅。"

我和周庸互看一眼,问刘强怎么回事。

刘强又喝了口啤酒:"我就是锦市一个小片警,我管辖的那个片区,最近有好几家的孩子,因为找那个吴大师'叫魂',出了事。

"有的小孩是'叫魂'时乳头被掐坏感染,病得特别重;有的孩子喝了符水后,上吐下泻,搞得奄奄一息;最惨的那个孩子,手上被割了一刀放血,说要把里面的什么豆拿出来,医生说手筋断了,以后这只手可能没法正常用了。

"类似的这种事情,在我的片区发生了十几起,几乎都是爷爷奶奶们找那个吴大师'叫魂'给弄的。"

最让刘强困惑的,是当他听说后找上门去时,有好几家老人还不让查,说老祖宗留下的东西是有道理的。

周庸在一旁听得特别气愤:"这不是老糊涂嘛!"

刘强点点头:"我们去抓这个吴大师,结果只抓到他的一个徒弟。徒弟说他去了燕市,去找一家前段时间从锦市搬到燕市的老客户,只知道小区名,别的什么都不知道,所以我只能每天在小区里找。

"我这几天给吴大师打电话,他一直关机,估计是听到啥子风声,逃跑了。"

我跟刘强碰了一杯:"这你还真冤枉他了,他死了。"

刘强难以置信。

我拿出手机给他看吴大师在街头被杀的微博:"你可以联系同事,和燕市警方确认一下,死的是不是吴大师。"

他打了几个电话，确认了吴大师已死："啷个回事？"

我说："我们也没搞清楚呢。"

他说："你们是什么人？为啥子查这个？"

我说："你不用管，咱们可以合作，我把那家人的地址告诉你，你能不能去问问，吴大师到他们家后都发生了什么。"

他点点头："既然这龟儿死了，我的任务也算完成了。根据属地原则，这事儿应该由燕市警方处理，明天我就回锦市了，走之前我给你们问问。"

第二天上午，刘强找到买孩子的那家人，向他们询问事情的经过。和老太太说的一样，那天吴大师是自己主动找上门来的，完成"叫魂"的程序后，吴大师说有个饭局，就先走了。从时间上推算，正是"半仙儿"请的那顿。

吴大师说自己是这家人请来的，而这家人说吴大师是自己找上门来的。那么不是吴大师说谎，就是这家人有问题。

送刘强去火车站时，我问他是否记下了这家人的信息，他说："当然记下来了，回去我还得写报告呢！"

我点点头："你回去之后能不能再帮我调查一下这家人，尤其是他们和吴大师之间的关系？"

刘强说："可以。这帮搞封建迷信的一般都有线人，帮他们提供客户的背景资料，让他们'算得更准'。我回锦市后再审审吴大师的徒弟，看能不能找出这个线人，他肯定知道得更多。"

误以为刘强也是卖孩子诈骗团伙的一员，耽误了我们的跟踪，把那几个人彻底搞丢了，没法得知他们为什么把孩子抢走，又送了

051

回去。

我和周庸只能坚定地认为，买孩子这家人不对劲，继续每天盯梢他们。

跟了这对夫妻三天，他们除了去过一趟东顺区人民法院，剩下的时间基本都宅在家里。丈夫每晚十一二点都会下楼，绕着花坛转两圈——经过其中一个地方时，他总是多看两眼。

第三天晚上，丈夫上楼后，我和周庸来到花坛，打开手机电筒，蹲下察看，其中有一块土明显被翻动过。我和周庸回车里取了防割手套，挖开这块土。

里面埋着一把尖刀。

我们将这把明显已经清洗过的刀具，交给了警方。经过伤口比对，警方确认，这把刀就是杀死吴大师的那一把。他们将丈夫逮捕后，丈夫很快就交代了自己的犯罪行为："因为吴大师给我儿子算命后，说他活不长了，我一气之下，就找到他住的酒店，正好他下楼买烟，我就把他骗到角落里扎死了。"

警方给我们反馈后，我总觉得有点不对，这个理由也过于简单粗暴了。

在我疑惑时，我接到刘强从锦市打来的电话，根据吴大师徒弟的口供，他们抓到了吴大师的线人，是他那片区一家医院的一个儿科护士。

这个护士一直和吴大师有合作，把生病儿童的信息卖给吴大师，所以吴大师总是能"算得特别准"，让许多人都觉得他很神。

护士交代，她提供给吴大师的资料里，有一份正是那对买孩子的夫妻的——因为新家刚装修好就搬进去，甲醛超标，孩子得了急性白血病。

夫妇俩很后悔。在孩子生病住院期间,他们看到一条新闻,说家具甲醛超标导致问题,可以要求赔偿。他们琢磨了一下可能获得赔偿比较高的地方,就搬去了燕市——他们和隔壁床病人商讨过这事的可行性,传到了这个护士的耳朵里,她又告诉了吴大师。

这就说得通了。怪不得他们租的房子里有那么多新家具,还有甲醛检测仪,原来他们不是为了检测甲醛超标,而是怕甲醛不超标,无法获得赔偿。

周庸托东顺区人民法院的朋友问了一下,那对夫妇向法院递交了一份起诉状,起诉滨河的一家家具市场——因为家具甲醛超标,导致孩子得了白血病。

刘强把他查到的信息告诉了燕市警方。几天后,这对夫妻同时受审,最后以故意杀人罪和诈骗罪,由检察院提起公诉。

那个得了白血病的孩子被送回了福利院,周庸给他捐了十万块,作为看病的专项基金。

四个月后的一个晚上,晚报报道这件事情时,我和周庸正在古楼大街喝酒。他看见新闻,想起来这个孩子,拿杯和我碰了一下:"徐哥,那孩子被送回福利院,是不是不太好?"

我说:"总比摊上这样的父母强。"

周庸点点头,继续看报道。

并不是吴大师算出孩子要死,所以被愤怒的父亲杀死了,而是他知道那对夫妇想用孩子的病骗钱,所以匆匆赶到燕市,威胁要拆穿他们,想从可能获得的赔偿中分一杯羹,结果被灭口了。

那个卖孩子的诈骗团伙也被抓住了,因为孩子一直发烧,他们带孩子去医院检查后，发现孩子得了白血病。他们不想要一个有白血病的孩子，既卖不出去，留在手里又是累赘，杀死还要承担风险，干脆把孩子送回了养父母的手里。

最后那对夫妻因为诈骗加故意杀人罪，数罪并罚，丈夫被判了死缓，妻子被判了五年有期徒刑。

卖孩子的诈骗团伙，最后被判了五到十二年的有期徒刑。

周庸看完报道，问："徐哥，这些事你都猜到了吗？"

我说："没猜到，但当时感觉有点不对。吴大师说是那家人请他来的，那家人说吴大师是不请自来的。现在看来，是吴大师说谎，他是不请自来的。"

周庸点点头，我问他这两天有没有别的事儿。

他说："没有。怎么了，徐哥，又有新活儿了？"

我说："我不是答应那大妈，让你和她那外甥女见一面吗？就这两天吧。"

在我看来，封建迷信就是封建迷信，老祖宗留下来的东西不一定都有道理，遇到算命准的也不要相信，因为那都是假象。

WARNING
算命的如何骗取信任

1. 塑造权威：给人算命，不信的不会再来，被说中并相信的会传播介绍，慢慢就会聚集一些信徒，这时在这个小圈子里他说的话就是权威。
2. 装神弄鬼：通过穿着一些特别的衣服，用一些特别的书籍和灵符布置房间，别人看不懂，从而心生敬畏。
3. 骗取信息：在谈话中旁敲侧击，调动情绪，套你的信息。
4. 说话模糊，回答笼统：通过一套模棱两可的话术，让什么人都可以对号入座，并觉得很准。
5. 心理暗示：选择算命的人，基本是生活失意，想求安心的人；被暗示后，人的注意力会改变，极力寻找那些准确的信息点，屏蔽掉那些不准确的信息。
6. 诱骗费用：你被暗示"运不好"后，算命的就会告诉你，用什么样的方法转运，以此骗取更多钱财。

04

去世两年的朋友突然发微博，他的墓里放了个别人的骨灰盒

事件：去世朋友复活事件

时间：2016年4月4日

信息来源：给朋友扫墓时发现

支出：无

收入：无

执行情况：完结

我昨晚写稿写得心烦,就下楼转转,抽支烟,发现十字路口有十几个烧纸的人,才意识到今天是清明节。我喜欢抽烟,但不想吸烧纸的烟,转身回了家。

到家后,我打开微博,去几个账号下面留言。我有几个早逝的朋友,我每年祭奠他们的方式,就是清明节去他们的微博致哀。

这本该是最省劲的怀念方式,但去年出了一件事,搭进去我一周时间。

2016年清明节,我像前两年一样,去微博给几个早逝的朋友留言,却发现其中一人的微博更新了。去世两年的胡鹏,转发了一条Y姓女星的微博,并留言"放心吧,我永远支持你"。

我差点把手机扔了。胡鹏生前确实和我聊起过,他喜欢这位女明星,而且"放心吧"是他的口头禅。

稳定了情绪,接着往下翻,我发现他的微博已经恢复更新四个月了,基本都是给Y姓女星点赞、转发。

这应该是微博账号被盗,不知怎么到了这女明星买的水军手里。

胡鹏活着时虽然喜欢这女明星，但没到疯狂转发的地步。他是个资深"野驴"，特别爱徒步探险，平时转发的都是些旅行、探险之类的内容。2012年我参加一个由燕市出发去墨脱徒步的团队，他是领队，因为都爱冒险，我俩很聊得来。

但淹死的都是会水的。2014年2月，经验丰富的胡鹏在神农架出了事。没多久，他家人去接回遗体，在燕市举办了葬礼，我当时还参加了。

因为他的微博账号被盗，再给他留言，感觉不像纪念他。正好这两天没活儿，我决定第二天去墓地看看，给他献束花什么的。

第二天上午，我叫上周庸，开车出了城区后一路向北，又开了一个多小时到了梧花山公墓。

这座公墓在山上，我根据记忆，找到了公墓的6区，在里面转了一大圈，没有找到胡鹏的墓碑。

半个小时后，周庸有点不耐烦："徐哥，你肯定记错了，打电话问问他家人吧。"

我说："我没有他家人的电话号码。而且我不可能记错，6区16号墓，出殡到下葬我一路跟着来的，当时印象特别深，觉得这数挺吉利。"

又逛了一圈没找到，我决定打电话找人问问。

周庸觉得奇怪："你不是没有他家人的电话号码吗？"

我说："不是问他的家人，是问扫墓人。燕市每个公墓，都有一个职业扫墓人，专替那些工作忙、在外地，甚至在国外，没法扫墓的人在重要日子扫墓祭拜。"

为了方便，他们往往会统计墓园里所有的姓名和位置，以便在接到活儿、家属又说不清位置的时候,快速找到相应墓碑。

之前查案的时候,结识过一个扫墓人,我给他打电话,询问他有没有梧花山公墓代扫墓的联系方式。他说:"你等等,我帮你问问。"

过了一会儿,他用微信发给我一个电话号码,说打这个就行。

我回复他:"多谢。"然后拨通了这个电话,说我想找一个墓。

电话那头是个挺清亮的男声:"是要代扫吗?哪天扫?如果只需要拍照片五百块,视频直播扫墓八百块。"

我说:"不需要代扫,来祭拜一个哥们儿,找不到他的墓碑了,所以想咨询一下。"

他说:"行,但要两百块钱。你可以转账给我,手机号就是我微信号。"

我加了他的微信,转了钱,并把胡鹏的姓名和去世年份发给他。没两分钟,他就回复给我一个地址——6号园区,16号墓。

我又给他打了一个电话,说:"这地址是错的。我就在6区16号前面站着呢,这不是胡鹏的墓。"

他说:"不可能,你肯定找错地方了。等一会儿,我就在附近,马上过去。两分钟,我到那儿要是没看到你,肯定就是你找错了。"

十多分钟后,一个穿着皮衣、背双肩背包、留着小胡子的青年男人快步走了过来。看见我和周庸后,他没说话,蹲下仔细核对了一下墓碑的编号。"嘿!还真不是,不能啊!"

扫墓人有点儿难以置信,一直在那儿说"不能""不应该"。

周庸问他:"什么不能?"

他解释说,自己手里一共有两份公墓资料,一份是早期照着墓碑挨个儿统计的,另一份是这两年和梧花山公墓管理处的人混熟后,从对方手里获得的资料。这两份资料上，胡鹏的墓地都是6区16号。

扫墓人、公墓管理处加上我，三方同时错的概率不高。

我问扫墓人是否有16号墓碑上现在刻着的这个人的资料。他从背包里掏出电脑，打开一个表格，检索了一下，说没有这人，只有胡鹏的资料。

我们又拜托扫墓人查询胡鹏父母在公墓管理处留下的联系方式，他犹豫了一下，可能觉得不该白拿两百块钱，就把胡鹏父亲留下的联系方式告诉了我。

我谢过他，拨号过去，是空号，胡鹏的父亲应该是换号了。

没办法，我只好先带着周庸离开了梧花山公墓，去东城澳门火锅店吃猪肚火锅。

点了猪肚猪脚锅底、牛肉、海鲜拼盘和马蹄水，周庸问我："这事儿还往下查吗？"

我说："朋友一场，现在连墓都找不着了，好歹通知一下胡鹏父母，别连儿子墓没了都不知道。"

周庸盛了碗汤："怎么通知？"

我说："我记着他家住址，胡鹏生前和父母住一起，离这儿不远，就在二青路的建逸小区，吃完饭咱们直接过去。"

吃完饭，我们开车到建逸小区，在小区门口的便利店买了两箱牛奶，拎着去了胡鹏家。

上到四层半，我看见三个人站在502室的门口，贴门站着的那个人一看就是带头的，中等身高，戴眼镜，很瘦。他倚在502室的防盗门上抽着烟，不时抬起手用力捶几下门。

周庸压低声音:"胡鹏父母住哪户啊?"

我说:"502。"

他说:"猜到了,咱就没一帆风顺的时候,总得遇点事儿。"

上到五层,我说:"哥们儿你找谁啊?"

眼镜男看了我和周庸一眼,又掏出手机看了两秒。"不是找你们,别多管闲事。"

我说:"这是我朋友家,你有什么事?"

他说:"呦,你那朋友是不是叫胡鹏?"

我说:"是,但我不是狗友。"

眼镜男笑了,说:"你还挺幽默。你能联系上胡鹏吗?"

我说:"近几十年够呛能联系上了。"

他问:"什么意思?这孙子逃国外去了?"

我说:"没跑国外去,他死了。"

眼镜男严肃地点点头,说:"我追过好多债,可巧了,不欠钱时候都挺好,一欠钱就死。"

周庸说:"您甭阴阳怪气的,追债做功课不?胡鹏死两年了,是不是傻?"

他们仨走过来,围住我和周庸。

我说:"哥们儿你别激动,你们三个人,我们两个人,打起来你们不一定有优势。再说你们也围不住我俩啊,楼梯就在我们身后,转身就跑了。不如大家把话说开,你们想干什么,看我们能不能提供点帮助。"

眼镜男考虑了一下,告诉我他们是被委托追债的第三方公司。他说四个月前,胡鹏在一个叫"优鑫贷"的贷款 APP 上,贷走了十万块,原定三个月还款,连本带利十二万,结果四个月过去了,本金和利息都一直欠着。

我问他们胡鹏怎么贷的款，他给我解释了一下。原来这是个贷款条件极不严格的APP——在很多贷款平台上，只要有手举身份证的正面照，加上身份证的正反面照片，以及一些基本的个人信息，就能贷出高达六位数的款项。

因为每月需要完成一定营业额，为了使贷款审核通过，业务员甚至会参与其中，帮忙填写造假信息。

我问他刚才用来对比我们长相的照片，是不是胡鹏正面手持身份证的照片。他说"是"。

我说："是这样的，胡鹏已经去世两年了，你们可以去查，户口都注销了。这事基本可以确定，有人拿到了他的照片和资料，利用这些进行了一次骗贷。"

现在个人信息泄露非常严重，上网随便一搜，就能搜到大量被泄露的信息——胡鹏死前可能不小心泄露了信息。

眼镜男说："这些我不管，反正就是胡鹏管我们借的，没死他就还钱，真死了他家人还钱，一天不还，我们就在这儿等着。"

我劝他说："这不合法，胡鹏没结婚，也没遗产，亲人不承担他的债务。这屋里住的应该是胡鹏父母，挺大岁数了，你缠着他们干什么？"

他说："没缠着。你找个人，把这钱给我还了，让我来都不来。"

我想了想，跟眼镜男商量，让他给我三天时间，我去找人，把这债务承担了。他要是不答应，我以后就天天在这儿陪着他，他只要骚扰胡鹏父母，我就报警。

他答应下来，带人走了。

要债的走后，周庸问我："家里面有人吗？"

我拿出猫眼反窥镜，对准猫眼，往屋里看了一眼。"有，老头老太太都在客厅坐着呢，应该是吓坏了。"

周庸问我："他们怎么不报警？"

我摇摇头说"不知道"，走过去小声敲了几下门，说："叔叔阿姨，我是胡鹏的朋友徐浪，你们在家吗？我来过你们家，还有印象吗？"

我透过猫眼反窥镜看见他们在小声商量，有点动摇。我又说了两年前在东山殡仪馆参加胡鹏葬礼的一些细节。

他们可能想起了我是谁，胡鹏的父亲站起身，走向了门口。

我把反窥镜揣进兜里，正好门打开了，我们在门口寒暄了几句，被胡鹏的父母让进屋里。

放下牛奶，坐在沙发上，胡鹏的妈妈给我和周庸倒了两杯水。

我拿起来喝了一口："叔叔阿姨最近没去梧花山公墓给大鹏扫墓？"

他们说："没有。这两天门口总有来要债的，不敢出门。就早晨的时候，趁他们不在，赶紧出去买个菜。"

我点点头，说："要债那事我去跑跑，尽量这几天给解决了。"

从胡鹏家出来，周庸奇怪我为什么不说胡鹏墓碑失踪的事儿。

我说："刚才我问他们去没去梧花山公墓，他们没说别的，应该还不知道这事。他俩这么大岁数了，又被追债，儿子墓碑又被换掉，一次承受不了太多。等咱们解决了债务问题，再跟他们说墓碑的事儿。"

周庸点点头："得嘞，咱从哪儿开始？"

我说："微博。"

眼镜男说胡鹏的贷款是四个月前申请的，这和他的微博开始变为水军，给Y姓女明星转发、点赞的时间基本吻合。如果他的身份信息不是泄露了很多次，那么盗用身份的水军和贷款者拿到的资料应该是同一批。

贷款者的身份无从查起，但微博绝对有迹可循，因为水军从不单独行动。我和周庸在Y姓女星的每一条微博下，找和胡鹏回复频率差不多的人。

五个小时后，我俩眼睛都要瞎了，整理出了七十多个怎么看都是水军的账号。这些账号里，有一些像胡鹏的微博一样，只转发评论Y姓女星的账号，还有二十几个号不仅在这儿当水军，还大量转发一个不知名面膜品牌的广告。

我给这个面膜的官微发了条私信："能介绍下你雇的水军吗？我也有这个需求。"

他们当然没理我，我只收到一个自动回复的商务合作电话号码。

我让周庸打电话过去，响了几声，一个声音甜美的姑娘说："您好，这里是蕾蓓生物科技有限公司，请问您想咨询哪方面的业务呢？"

周庸说："我觉得你们公司的水军雇得不错，能不能给介绍一下？"

这姑娘噎住了："嗯，啊？对不起，先生，我们暂时还没有这个业务，感谢您的来电，再见。"

周庸拿手机看着我："挂了，我的声音不迷人吗？"

我让他滚犊子，用自己的手机又给对方打了过去："您好，能不能叫个管事的接电话？我就问点事儿。要是你不叫，我就花钱雇人在微博上一直举报你们。将来出了偏差，你可是要负责的，明不明白？"

姑娘有点被吓住了，叫来一个男人接电话。我说："我真没什么恶意，就想知道你们雇的是哪家水军，告诉我对你们也没什么影响。"

他一想，觉得确实是这么回事，告诉我水军是从阿拉维网络传媒有限公司雇的。

我很快就在网上检索到了这家"光明正大"的水军公司。

按照水军公司官网上的联系方式，我加了一个微信号，提出要购买微博水军。他问我需要哪种服务，转发、评论，还是加粉丝。

我说我想自己开一家水军工作室，问他能不能卖一些微博水军给我。他说："可以，一块钱一个。"并大方地发来三个账号，让我试验。

我问他大量买货，可不可以面谈，他拒绝了。

见约不出来，我只好想其他办法。我在国家企业信息公示系统上，搜索到了这家公司的地址以及总经理姓名。然后我带着周庸来到城北的一家公司，开始了蹲点行动。

我们花一天时间搞清了谁是总经理，然后开车跟着他回到他家，拍下了他的车牌号、门牌号和他儿子在小区里玩耍的照片。

第二天他上班时，我和周庸在他进公司之前，戴着口罩快步走上前，拿手机里昨天拍下的照片给他看。

他看完自己被跟踪偷拍的照片很害怕，问我们是谁，想干什么。我拿出手机，点开胡鹏的微博，问他这个微博账号是怎么搞来的。

他翻了翻，说这就是他们接的一个业务。

我说："知道是你接的业务，问你这个账号本身是从哪儿来的！"

他说是买的。在我的逼问下，他说是从一个叫丁远的人手里买的，并把联系方式给了我们。

我给了他一份打印的伪身份信息，告诉他我们会说是他介绍的，如果丁远向他求证，就按照上面的资料介绍我们。

他答应后，我和周庸放他离开，回到了藏在拐角的车上。

开出去两公里，摘下口罩，周庸点上烟。"徐哥，我觉得咱这次做得不地道，人家啥也没干，就让咱吓得够呛。"

我拍拍他的肩膀，说这次着急，只有三天期限，下次注意。

在中山三路找了家铁板烤肉店，我和周庸点完菜，开始着手调查这个丁远。根据他的手机号和姓名检索，我在几家招聘网站上都找到了他发布的招聘信息，备注是："无边云的CEO"。

我搜了一下这家公司，发现今年年初的时候就已经倒闭了，怪不得招聘信息都是去年的。这两年小的网盘公司都不景气，大多都关停了，其中就包括这家无边云。

这家公司没倒闭的时候，口碑也不太好，很多人都在手机论坛上说，这家公司的网盘APP有问题，删不掉，还总能查出病毒。

我和周庸联系了这个丁远，说我们是水军公司介绍的，想购买大量信息，约他在商业街购物中心的林中餐厅见面。

晚上六点，我和周庸先到了饭店，找位置坐下。周庸喝了口水，说："徐哥，跟讨债公司约的三天期限就要到了，今晚最好有个结果啊！"

正说着话，门口进来一名中年男性，我和周庸在网上看过他参加创业论坛的照片，确认这就是丁远，于是起身招呼他过来。

点了海鲜饭和海鲜拼盘，他问我们具体想买什么信息。我说我们是一家靠电话咨询服务赚钱的公司（电话诈骗公司），所以想买那种特别详细的个人信息资料。

他点点头说："懂了，我以前就给水军公司提供资料，卖卖微博号什么的，这种特详细的资料，还是第一次有人要买，我现在不太

067

好定价。"

我问他："你认识别的同行吗？可以问问他们。"

他说："不认识，我本来不是干这行的。"

周庸说："欸，哥们儿，我好奇问一句啊，你手里的资料，详细到什么程度？"

丁远想了一下，说："身份信息、电话、照片、证件照、短信、活动轨迹，这些都有。"

周庸说："这么全！"

我踩了他一脚，说："这样吧，详细资料，两块钱一条，你有多少我要多少。"

他想了想说："行。"

他没撒谎，这应该是他第一次卖这种资料。

一条普通的资料五毛钱就能买到，像这种堪比银行 VIP 级别的详细资料，市面上少说也能卖到 300 元，多的能卖上千元。我给两块钱他就卖，看来他确实不知道价格，也没卖过。

也就是说，胡鹏的详细个人信息，一直只在他手里，他的骗贷嫌疑是最大的。

象征性地交了 2000 元订金，我们回到家，等待丁远先发过来一部分个人信息验货。

晚上九点多，他发了一个 Excel 文档到我邮箱里，里面是一些非常详尽的个人信息。

我打开检索，胡鹏的信息恰好就在其中。我打电话给贷款追债公司的眼镜男："Hello，我找到该还债的人了。"

第二天借口要见面交付尾款，我把丁远又约了出来，然后看着他被追债的眼镜男架上了一辆面包车。开车之前,眼镜男过来递了根烟:"哥们儿,可以啊,有没有兴趣跟我干追债啊?我给你股份!"

我说:"多谢,但我不太爱干这种事。"

他点点头:"第一天来这边要债就遇上你们哥儿俩,我运气不错,以后咱多联系,扫码加个微信吧!"

和他加了微信,我忽然想起一件事——胡鹏爸爸说这两天都被讨债的堵在屋里,眼镜男却说他就来了一天。

我说:"你们就来了一天?"

他说:"是啊,我上午来的,你们下午就到了。"

我皱皱眉。可能"优鑫贷"除了眼镜男,还找了其他的追债公司吧。

闲聊两句,他上了车。周庸看着面包车开走。"徐哥,这样好吗?"

我说:"恶人自有恶人磨,而且咱们都知道丁远是被要债的带走了,要债的心里也门儿清,不敢做什么出格的事儿。"

他担心地点点头:"对。你说丁远是怎么搞到这些资料的?"

我说:"我猜啊,不一定对,他们倒闭之前,不是好些人在网上说,他们的云盘APP有问题,删不掉,还总能查出病毒,尤其是在安卓手机上?

"我觉得,他们是在软件里植入了木马后门,通过占用权限,拿到了定位、活动轨迹、短信,甚至有拍照录音的功能,然后盗取了这些个人信息。"

周庸说:"能做到吗?"

我说:"应该能,前些年有一种叫'信息大盗'的手机木马病毒特别厉害,能录音,能打电话,后来还出了一种更厉害的,有个视频，一会儿我找出来给你看一眼。"

他点点头："怪不得他那公司会倒闭呢，每天净琢磨这些阴的。"

第二天一早，我们又去了建逸小区，准备和胡鹏的父母聊聊墓碑的事儿。

进了屋后，我告诉他们追债的人已经解决了。胡鹏的父母很高兴，非要留我们吃饭，我和周庸答应下来。在饭桌上，我试探性地问了问："叔叔，我们这几天想去看看胡鹏，是梧花山公墓6区16号墓吧？"

胡鹏爸爸说："不用那么麻烦，心意到了就行，不用去。"

我说："其实前几天我去了一次，但没找到胡鹏的墓，能把具体位置再告诉我一遍吗？"

他说："真不用真不用，别去了。"

吃完饭出来，我和周庸站在车边抽烟，他深吸一口。"为什么不想让咱去呢？"

我说："他们肯定知道点啥，但不想说。但都查到这步了，必须得刨根问底。从16号墓碑上现在刻着的那人查起，全城的殡仪馆，挨家找找有没有那人的火化信息。"

周庸说："你别闹了，徐哥，燕市一年得火化好几万具尸体，咱从哪儿找起啊？"

我说："你是不是傻？代替胡鹏埋在16号墓地的人，墓碑上刻着死亡日期是2016年12月29日，按照中国人的传统，只要不涉及凶杀横死，一周之内必须出殡入土。只要找到12月29日后，一周内火化的人，多半就能找到他。"

周庸点点头，问我："以什么名义查？"

我说:"就说咱是数据统计公司的,统计近两年癌症死亡比例,给点钱做调研费,一般他们都会答应的。"

我们分头行动,前往燕市周边的十二家殡仪馆进行调查。下午三点多,我刚从一家殡仪馆出来,就接到了胡鹏父母的电话,说追债的又来了。

打电话让周庸接着把没查的殡仪馆查完,我先开车去了胡鹏父母家。上了楼,就见一个穿着白衬衫的男人正站在门口敲门:"叔叔阿姨,能让我进去谈谈吗?"

我上去拍了他的肩膀一把:"哎,哥们儿,你是替贷款APP追债的吗?"

他说:"不是啊,我是资产保全清收员。"

我问:"你是银行的吗?"

他点点头。

许多银行都有资产保全部,他们的主要业务包括清收和盘活不良资产,就是收烂账。银行的许多不良贷款之类的烂账,都会划归到这个部门,让他们统一追回。

我奇怪他来干什么。聊了一会儿,发现在眼镜男来的前一天要账的人,就是他。

他要的也是胡鹏的账,但不是丁远假借胡鹏信息贷的款,而是三年前,胡鹏还在世时贷的一笔款,我对这笔钱也有印象。

三年前胡鹏想开一家燕市最好的户外用品店,分别在几家银行贷了近百万元的款,加上自己的一些积蓄,开了店。但生意不太好,一年就倒闭了,没想到竟然还有钱没还清。

这个资产保全清收员,就是来问胡鹏的父母是否有意愿代死去的胡鹏还款。

我说:"你这天天上门催不好吧,他父母又没有还款义务。"

他苦笑:"我总得试试能不能收回来吧。"

将他劝走,正好周庸来了电话:"徐哥,我找到了。"

我问他:"你在哪儿呢?"

周庸说:"在西巷吃饭呢,找了一天,饿死我了。"

我开车到西巷和周庸会合,他拿出手机给我看照片:"就这哥们儿,完全对上了,信息和16号墓碑上的完全一样。"

我照着殡仪馆留下的联系方式,拨过去,对方是个女人,说:"你好。"

我说:"您好,我是梧花山公墓管理处的,我们最近统计墓主的时候,发现有一个对不上,通过殡仪馆联系上你,问问16号墓是什么情况,是您的家属吗?"

她说:"是我家属。你统计什么啊?我钱都交了。"

我问她:"能不能透露一下在哪儿交的钱?请您配合我们的调查,我们不会对该墓进行处理。"

她松了口气,给了我一个电话号码,说是在梧花山公墓外联系的人,她付了30万元,这个人帮她办理的手续。

我打电话问这个人:"有没有墓卖?"

他反问:"你是怎么找到我的?"

我说:"是别人推荐的。前段时间在你这儿买6区16号那个女人推荐的。"

他说:"知道了。还有,没她买的位置好,但也不错。28万元,不讲价,能接受吗?能的话明天就带你去看看。"

第二天上午，我和周庸开车去看墓，到了地方，墓贩子把我们带到5排3号："怎么样？还可以吧？"

我说："您这是买了一大批墓囤着吗？也太有眼光了，燕市这几年墓地价格翻了好几倍。"

他说："哪儿啊，我最多算个二道贩子，两边联系，赚点中介费。"

周庸这时掏出录音笔："你能这么说太好了。"

他有点蒙："你们干吗呢？"

我说："按照《燕市市殡葬事业发展规划》，墓穴是严禁炒买、炒卖或私自转让的，我拿着这个录音，你的照片、电话号码，打电话举报，你这生意以后就做不下去了。"

墓贩子说："你们想干吗？是同行吗？"

我说："不是，就想打听点事儿，6区16号墓，是你做的中介吧？卖家是谁？"

他"嘿"了一声："哥们儿，就这点事儿啊！又录音，又录像的干吗啊！直接问呗，怪吓人的！"

我们离开梧花山墓地，开车回市里。周庸开着车："徐哥，你说为什么胡鹏爸爸要把他的墓卖了呢？"

我说："我也没想明白这事。"

他点上根烟："徐哥，我就大胆猜一下啊，胡鹏是不是没死，所以他爸爸才卖的？"

我摇摇头："他当时在东山殡仪馆出殡时，我是参加了的。"

他吸了一口烟："你看见他的脸了，确定是他？"

我说："看见了，脸色特别白，一点人气都没有，我一直看着他被推入火化间。"

073

周庸问:"他爸妈不肯说,这事儿对咱们是不是个谜了?"

我点点头。

第二天晚上,一个意外的人约我——追债公司的眼镜男,请我去白云寺附近吃臭鳜鱼,说我帮了忙,要和我喝点。

我和周庸到地方时,眼镜男已经点好一桌子菜等着我俩了。

我们聊了他的追债往事。几瓶啤酒下肚后,他有点兴奋,递给我一个U盘:"兄弟,哥哥送你个惊喜。"

我问他是什么,他不说,让我回家再看。

吃完饭打车回到家,我冲了壶大红袍喝了几杯。清醒一些后,我想起了眼镜男给我的U盘,拿出来插在电脑上。里面是丁远窃取的胡鹏手机里的资料,有短信、照片、通话记录、微信聊天记录,甚至有淘宝购买信息,支付宝、微信的消费记录。

我看到已去世两年的朋友最后的生活轨迹,心情有点复杂。

翻着胡鹏手机里的相片,除了感动,我忽然发现有点不对——里面有一张他和父母在神农架的合影,日期记录是2014年3月2日。

那个时间,胡鹏已经出事了。

我又翻看他的消费记录、聊天记录,想找到一点蛛丝马迹。发现他去神农架之前,还去了一趟吴市,并在吴市有一笔2万元的转账消费,收款人是吴市潜莘蜡人有限公司。我在网上查了一下,这是家做蜡像的公司。

第二天,我飞去吴市,找到这家蜡像公司,给他们看胡鹏的照片,问他们是否给这个人做过蜡像。

做蜡像的师傅回忆了一下,说:"做过,当时是我给他做的脸模。他就头和手做了蜡像,其他衣服能盖住的部分都是用玻璃钢和硅胶弄的。"

怪不得胡鹏出殡那天,脸色那么白,比一般死人都白,原来是蜡像。他用蜡像替身假死,应该是为了逃避银行追贷。

拿到胡鹏假死的证据,我回到燕市,叫周庸到中山八路的快船鲜啤喝酒,和他商量该不该向警方举报。

周庸跟我碰了一杯:"徐哥,他用假人替代,一火化不就露馅儿了吗?"

我说:"我猜可能是买通了火化的工作人员。"

他点点头:"要是举报他,他会被判刑吗?"

我说:"当然,贷款诈骗罪,他欠银行这么多钱诈死潜逃,法院得判他十年以上有期徒刑。"

周庸又和我碰杯,喝了一大口:"徐哥,要是我哪天犯罪了,你会帮我掩盖吗?"

我说:"我会让你去自首,给你找个好律师。"

他吃了根薯条:"你这不是很清楚吗?"

第二天,我拿着证据去找胡鹏的父母,让他们劝胡鹏自首。

一周以后,我在南站接到在海边躲了两年的胡鹏,带他去全福坊吃了顿烤鸭。送他去派出所的路上,我递给他一根烟:"我有一个问题。"

他点上烟:"嗯,你说。"

我说:"你爸为什么会把你那块墓地卖了?"

他说:"这事啊,燕市墓地不是涨价涨得厉害吗?2万元的墓涨到了30万元,我跟我爸说想在海边开个酒吧,我爸没什么闲钱,就把墓卖了。"

WARNING
如何防范手机信息泄露

1. 在不同的平台上使用不同的账号密码，防止被连串破解。
2. 安卓手机用户最好能养成经常清理后台应用和查看异常进程的习惯。
3. 苹果手机用户不要把手机越狱，只在官方应用商店购买应用，开启应用权限要慎重考虑。
4. 尽量去大型应用商店或官方网站下载应用，避免被调包。
5. 来源不明但必须使用的应用，可以用社交账号授权登录，不要单独注册。
6. 如果必须上传照片或身份证图片，可以在图片的关键信息旁添加用途水印，以防被盗用。

05

我在燕市破了个绑架案，被救的姑娘说我是个大傻缺

事件：留学生被绑架事件

时间：2016 年 5 月 10 日

信息来源：刘强

支出：2600 元

收入：1.8 万元

执行情况：完结

虽然常去外地做调查，但我不太喜欢离开燕市。因为不管什么事，一旦涉及不熟悉的地区就会很麻烦，交通、住宿、时间、当地环境都需要考虑，而且也更累。

平时调查去趟东郊，我都嫌远。所以每次做调查或接受委托前，我都会先考虑下，这事儿在燕市能不能干得了，如果需要外出调查，是否能得到足够的回报。

我曾接过一个活儿，调查一起美国绑架案，但我在燕市给解决了。

2016年5月10日下午，我正跟周庸在东城银厦的川菜馆吃鸡丝凉面，忽然接到一通锦市的电话，是"叫魂案"里帮我调查的那名锦市警察刘强打来的。

我俩只是短暂地合作了一次，并不太熟，我很奇怪他为什么打给我。

我接起来还没说话，他单刀直入："徐浪，想找你帮忙，怎么收费？"

我说:"具体得分是什么事儿,先说说你想让我帮什么忙。"

他说:"我堂叔家的妹妹,叫刘潇,在美国普林斯顿大学读研。平时隔三岔五就会跟她爸妈发个语音、视频聊天,这段时间忽然联系不上了。

"最开始家里没在意,以为是学校课业忙。昨天我堂叔突然接到两通电话,说我妹妹被他们绑架了,让我们交赎金,五天之内不交就撕票。第一通电话里要30万元,第二次不知道为什么涨价了,要100万元。"

我说:"这事儿我办不了,最多只能帮忙分析分析。我理解你们着急,但你这一竿子支到美国去了,我确实无能为力,还是找驻美大使馆更靠谱。"

他说:"我们已经联系了普林斯顿大学,但学校那边反馈说,从来没有收过这个学生。刘潇根本就没在那儿上过学。大使馆也联系了,还没收到回复。"

这事儿确实有点奇怪。

刘强说:"我想,会不会是我叔他们记错学校了?美国有很多大学名字翻译成中文都差不多,他们可能搞混了。留学资料都在我堂妹那里,所以也没法确认。

"申请留学时找的那家中介在燕市挺有名的,叫品睿留学。当时的中介老师,现在也联系不上了,电话号码是空号。我在燕市就认识你一个人,所以想让你帮忙去中介机构问问,她拿的到底是哪个大学的offer。"

我答应下来,让他把相关信息都发给我。挂了电话,刘强发来了刘潇的基本信息和两年前的中介短信,还有一张拿到offer后,他们请中介吃饭的合影。

我跟周庸说了大致情况，让他快点吃，然后顺着刘强发来的地址找了过去。到了地方，周庸下车看了一圈门牌号，坐回车里。"不对啊徐哥，57号是家东北菜馆。"

我又确认了一遍，还真是家饭馆。我四处看了看，在街对面发现一家门脸儿很新的品睿留学。

我叫上周庸往那边走，周庸感叹："现在这租金涨得这么快吗？都给挤到对面的老楼去了。"

到了品睿留学，里面人很多，一个穿正装的姑娘见我和周庸进门，迎了上来："您好，是咨询出国的业务吗？"

我说："不是，有急事想找下你们负责人。"推托了一会儿，姑娘才去把负责人叫了出来。

品睿留学的负责人请我们去办公室，问我们的来意。

我说自己有一个朋友在美国失踪了，当时是在品睿申请的出国留学，现在学校那边说没这个人，怀疑是记错学校了，想让他帮忙查一查，她去的到底是哪个学校。

负责人点点头："我们的内网确实有之前所有学生的资料，但也不能让你说查就查，我都不知道你是干什么的。"

我说："理解。"然后打电话给刘强，告诉他让刘潇的父母写个委托证明，再盖上他们当地派出所的章，证明我说的是真的。

一个多小时后，刘强把盖完章的委托证明拍照发给了我。品睿留学的负责人确认过后，打开电脑，问清刘潇的姓名和身份证号码，去内网查询。

过了一会儿，他说："你提供的信息是不是错了？我没查到这个学生啊。"

我说："不可能啊，她参加的是两年前你们搞的一个叫'免费把你送出国'的特惠活动。"

他说："那就更不对了，我们从来没搞过免费送人出国的活动。"

这事越来越蹊跷，我问他这家店是不是对面搬过来的。

负责人说他们最近才在这附近开分店，刚开业半年。

出了品睿留学，周庸问我怎么办。

我问他："57号那家东北菜馆看着干净吗？"

他说："还行。"

我点点头："正好折腾一下午了，就跟这儿吃一顿吧。"

走进东北菜馆，坐下点了尜锅、溜双段和凉菜，我问服务员他们饭店开多久了，他说快一年了。

我点点头："你知道开饭店之前，这地儿是干吗的吗？"

他说不知道，又问了其他几个服务员，都说不清楚。

谢过服务员，我转头看周庸，他正在研究酒单，我说："别喝了，咱还得办正事呢。"

他说："行吧，这该怎么找啊，徐哥？"

我夹了段拉皮，说："先吃饭，吃完再找。"

吃过饭，我俩坐回车里，我打开手机，用地图查这条路的街景。

周庸有点蒙："徐哥，咱就跟这街上呢，你直接抬头看不行吗，还得用地图看街景？"

我说："你不懂。街景地图都是图像采集车采集的，但成本太高，不会每天采集一遍，所以不是繁华地段的街景地图，更新频率

081

特别慢,很可能都是一两年前采集的。"

他点点头。我拿手机给他看,在地图上,我查到了一年前的街景,在东北菜馆的位置,是一家品睿留学。

周庸说:"徐哥你太牛了,怎么想到的?"

我说:"只不过是一些基本的生活技能。"

他点点头,看着手机:"确实是家品睿留学啊。"

我问他:"你仔细看了吗?"

他说:"仔细看了啊,牌子颜色和名字都一样,就是品睿留学的分公司。"

我把地图上的店面招牌放大给他看:"你以后能不能仔细点?"

周庸又看了看:"这都行。"

牌子上"品睿留学"四个字前面,多出了两个不显眼的小篆字——格物,一般人会以为是为了好看做的装饰。

冒充同行业名牌的事情比较常见,尤其是食品和服装业。但假冒的留学中介公司,我确实是第一次见。

我上网查了一下,这种情况并不是个例,只不过因为之前很少接触留学行业,所以不太了解。

我在国家企业信息公示系统上,查到了这家留学中介的工商信息——他们还有其他店在营业中。我和周庸在网上检索这家格物品睿留学,发现微博上有人说被骗了,本来以为是品睿留学中介,结果却是格物品睿留学中介。我让周庸在微博上联系这个人,问他骗人的中介地址在哪儿。他刚好在线,很快就回了——在观平东路。

回家睡了一觉,第二天上午,我和周庸开车去了观平东路。跟正牌品睿留学相比，这家山寨公司的人不算多，但也不少。店门口立着一块牌子，上面写着"0元帮你免费出国"。

周庸问："徐哥，他们怎么赚钱啊？"

我说："不知道，噱头吧。"

格物品睿的大厅有块宣传板，一半展示了通过这家公司去了常春藤学校的留学生案例，另一半列出了这家留学中介的"名师"们。我站在下面看了一会儿，发现一个熟面孔，那个帮助刘潇出国，并跟她一家合过影的贾老师。

走到前台，我让坐在那儿的小姑娘帮我叫一下贾老师，她说贾老师正在和学生及家长交流，让我稍等一会儿。

半小时后，贾老师把一个男孩和他父亲送到门口，前台小姑娘和贾老师说了几句，他点点头，走向我们："您好，是想咨询出国的问题吗？"

我点点头："对，是咨询国外学校的事儿。"

他把我们带到一个小隔间，关上门，给我们倒了两杯水，看向周庸，问我："这位是您弟弟吧，是想送他出国吗？"周庸摇摇头："不是，是我们一个朋友，她通过您拿到的offer，已经去美国了，我们想知道她去的是哪所学校。"

贾老师的脸色没有刚才好了，但还是点了点头，问我们："是谁？"

我说："刘潇。"

他说："不记得了，我们这儿学生太多，记不住。"

周庸从档案袋里掏出刘潇的资料、跟他的合影以及委托协议，递给贾老师。"她在美国被人绑架了，我们找到普林斯顿大学，人家说没有这个学生,所以我们来咨询一下,刘潇到底去的是哪所学校。"

贾老师说:"我想起来了,这小姑娘不是都出国两年了吗?我也忘了她去的是哪所学校了。"

我说:"哥们儿你要不要再想想?这可是起绑架案,这次我们是作为朋友来问的,你要是想不起来,下次就是警察来做调查。"

贾老师说:"那我再想想。"他翻了一会儿手机,"可能是普林塞顿大学。"

我说:"你帮我联系一下吧。"

贾老师说:"我们都是邮件联系,我可以把邮箱地址给你,这么大的事儿,还是由你们亲属直接联系比较好。"

从格物品睿出来,我给刘强打电话,说了一下我们调查的情况,刘潇去的是普林塞顿大学,不是普林斯顿大学。

他嗓子都哑了:"普林塞顿是哪儿呀?徐浪,能不能帮忙联系一下这个学校?我这边实在是空不出时间。"

我问他:"怎么了?听你状态不太好。"

我听到他抽了口烟后说这几天家里人都很担心,怕堂妹被撕票,一直在刷和普林斯顿大学有关的新闻。昨天晚上,微博上有人转发了一条新闻,说美国警方在普林斯顿大学附近停着的一辆车的后备厢里,发现了一具亚裔女尸,目前正在调查当中。

刘潇的父母得知这个消息后吓坏了,正在跟美国驻锦市领事馆申请紧急签证,想去辨认尸体。

刘强这两天压力很大,因为他是家族里唯一从事警务工作的,所以家里人都指望着他多承担一些。他说:"我就是个普通民警,这美国的案子你说我能有什么招儿？徐浪你一定要帮帮我！"

我告诉他会继续查，让刘潇父母别太着急，现在看来尸体不一定是刘潇，如果再来勒索电话，记得录音。

中午在便利店买了两个三明治，当中饭凑合吃了一口，我和周庸开车去了CBD。我有一个记者朋友Theo，曾在哥伦比亚大学读研，回国后转了行，在CBD这边开了家高端留学咨询公司，我打算找他问问这事。

到了CBD，我给他打电话，约他在CBD酒店八十层的漫步吧一起喝杯咖啡。

点了三杯美式，我跟Theo说明来意，问他能不能联系到普林塞顿大学的人。他皱了下眉，说："我都没听说过这所学校啊。这样吧，我让在东岸的朋友去打听下。"

我表示感谢，他说没事，拿起咖啡喝了一口："这是你的什么朋友啊？怎么去了这么个学校？听名字就觉得是个野鸡大学。"

周庸说："这就可以了，是通过一个零中介费的公司出去的，不花钱能上什么好学校？人家肯定不会认真做申请啊。"

Theo摇摇头，说："不是这么回事。这种野鸡大学有很高的学费返点，中介每送去一名学生，学校的返现从2000美元到1万美元不等。所以有些中介才有底气不收中介费，因为从一开始，他们就和野鸡大学串通好了。"

周庸说："水好深啊。"

Theo说："不只这样，有的留学中介收了中介费后，仍然会因为返点而帮学生申请差学校。这种情况非常常见，甚至国内几家比较大的'权威机构'都在这么干。"

送走 Theo 后，我们在楼下抽烟。

周庸说："徐哥，我觉着有点不对。"

我问他："哪儿不对？"

他说："你想啊，刚才 Theo 说，这些'0元留学'的骗局，都是提前跟国外的野鸡大学商量好了，拿固定返点。"

我点点头，周庸说："对吧，那也就证明，中介和野鸡大学那边应该非常熟啊！所以为什么那个贾老师跟咱俩装作想不起来刘潇的学校？这人肯定有问题。"

我看了他一眼："行啊，大有长进啊。"

他深吸了一口烟："嘿，还成吧，也就只能说是维持。"

我说："你可别跟我这儿装了！"

周庸问我接下来怎么办，我说"等天黑"。

十二点刚过，我们又开车来到了格物品睿。公司大门紧闭，前边还挡了一道上锁的拉门。

周庸问我："这门能开吗？"

我说："当然，十把破锁还不如一把好锁，他们用破锁锁两道，一点用都没有。"

走近大门之前，我伸手拦了一下周庸。他问我怎么了，我指了指上面——门的左上方有一个全景监控摄像头。

周庸问："那怎么办？"

我把背包摘下，从里面掏出一样东西："没事儿，我带了装备。"

他看着我从包里掏出的装备，说："天哪，徐哥，这是什么玩意儿,大哥大吗?"

我让他滚:"这是监控屏蔽器,视频、音频监控都可以屏蔽。"

打开屏蔽器,我让周庸把帽子戴上,他奇怪道:"你都屏蔽信号了,我还戴什么帽子?"

我说:"你是不是傻?机器也有失灵的时候,万一没屏蔽成功,明天你就等着挨抓吧。"

他点了点头,把帽子戴上。我用铁丝打开锁,拉开铁门,又打开内门锁,两个人一起进了格物品睿。

穿过前厅,经过几间隔开的接待室,后面有一个大的办公区域,十几张办公桌并列排开,每张桌子上都有台式机。

我和周庸把所有电脑都打开,寻找贾老师的电脑。幸好贾老师人过中年,没让我们找太久——中年人总喜欢把家人照片设置为手机、电脑的桌面背景。

贾老师的电脑桌面背景是他抱着一个小女孩的照片,大概是他女儿,看背景应该是在故宫拍的。

看了看表,已经快凌晨三点了,我让周庸去翻桌上的其他东西,我打开了贾老师的电脑。

硬盘里没什么有用的内容,我打开他的浏览器,发现他的网页浏览记录没有删除,所有需要用户名、密码的网站都设置了自动登录。

我登录了他的社交平台和邮箱,在他的工作邮箱里,我检索到了他和普林塞顿大学的人的邮件往来。最后一封是昨天发的,问有没有一个叫 Liu Xiao 的学生失踪了,对方还没回复。

周庸凑过来看了两眼:"果然有肮脏的交易。"

我点点头,说:"这不是重点,这个贾老师既然能联系上普林塞顿大学,又向对方咨询刘潇的事儿,证明刘潇的失踪应该和他没太大关系。那他为什么不干脆卖咱个人情,或者要点钱呢?"

周庸摇摇头:"你别问我,你扪心自问!"

我让他别扯犊子,接着找线索。我继续检索贾老师的邮件,发现每隔一段时间,贾老师就会收到一封莫名其妙的邮件,说钱已经打到卡上,请查收。

我看了看贾老师和这些人的来往邮件,发现每次都只发一个 Excel 文档。我下载了一个最近的文档到桌面,打开看了一眼。里面是留学生的个人信息,包括去了什么地区什么学校、家里大概情况、父母亲的联系方式,一应俱全。

贾老师在向别人出售留学生信息。

周庸凑过来翻看了几下:"这信息也太详细了,连家庭背景之类的都交代清楚了。"

我说:"是啊,留学申请本来就需要很详细的资料,出售这种资料,可比卖个手机号什么的可怕多了。"

把这些证据都拍下来,我招呼周庸离开了格物品睿,在附近的快捷酒店开了个标间,睡了一会儿。

第二天一早,在酒店吃完早餐,我和周庸就在路边等着。九点多,截住了来上班的贾老师。

贾老师远远看见我俩,想绕道走。我拍了下周庸,他快步冲过去:"早啊,贾老师!"

贾老师没办法,跟着我俩走到路边,问我们想干什么。

我说:"就想问一下,你把刘潇的信息卖给谁了?"

他装傻:"我不知道你们在说什么。"

我拿出手机，打开表格给他看："这是什么？"

贾老师不想多说，干脆不理我和周庸，甩开我俩向着格物品睿走去。我从后面追上他："别冲动啊老师，出卖他人信息，情节严重的，三年以上七年以下有期徒刑。"[1]

他停下脚步看着我。

我接着说："没别的意思，要不你就告诉我刘潇的信息卖给谁了，要不我就报警。"

考虑了一下，他跟我们在路边坐下，掏出烟点上。"你们怎么知道我是卖信息的？"

我说："你别管了，直接说刘潇的事儿。"

他点点头，忽然问了我一句："刘潇是不是真被绑架了？"

我说："当然是真的，已经收到好几个勒索电话了。后天打钱，不然就要撕票。"

贾老师说："那你们赶紧打吧，别在乎钱了，先把人救回来。"

我问他："你是不是知道什么？"

他点点头。"找我买信息的都是些搞电信诈骗的。有次我卖了一个叫李默的学生信息，他爸爸没几天就被骗了五十多万，还上了新闻。后来那个学生放假回国，找到我，说骗子掌握的那些信息，他从没向别人透露过，就我知道，要告我。

"我问李默能不能私了，他说可以，但要我把经手的留学生资料

---

[1] 侵犯公民个人信息罪：根据《刑法》第二百五十三条之一规定，向他人出售或者提供公民个人信息，情节严重的，处三年以下有期徒刑或者拘役，并处或者单处罚金；情节特别严重的，处三年以上七年以下有期徒刑，并处罚金。

持续地发给他，尤其是离他学校近的学生资料。

"然后有一天，有个刚出国没多久的女孩，她爸爸打电话给我，说女儿在美国被人绑架了，跟他要 500 万，问能不能帮忙联系些人。

"搞清楚状况后，我当时就有点哆嗦，这女孩的资料，我刚发给李默没多久。后来相似的事情也出过一次，也是女孩，而且还被撕票了。"

周庸问："你说的这个什么李默，他也有刘潇的资料吗？"

贾老师说："有啊，早就发给他了。"

我这时想起了那具不知名的亚裔女尸，把刘潇和李默联系在一起，心里有种不好的预感，赶紧给刘强打电话，和他说了这事儿，让他去查李默。"以防万一，要不就先打钱吧，别让对方真撕票。"

他说："我会跟领事馆反映李默的事。而且不是我们不打钱，又来了两通电话，一个说要 100 万元，一个说要 30 万元。还没告诉我们卡号呢。"

我问他："这回录音没？"

他说："录了，录音文件和来电截图我一会儿都发给你，你帮忙听听。"

放下电话，我问周庸什么情况下，一伙绑架的人会要两个不同的价钱。

周庸说："不太可能吧，确定是一伙的吗？"

我说："我也不确定。"

十分钟后，刘强用微信给我发过来两段录音和两张图。我先打开录音听了一下，这两通勒索电话是由不同的人打的。要 100 万元的录音里是南方口音，普通话不太标准。要 30 万元的录音非常简短，还知道用变声器掩盖自己的声音。

听完录音，我点开了刘强发给我的图，两个电话号码一个是171开头的，一个是乱码，未知来电。

我忽然想起一件事——贾老师不仅把刘潇的个人信息给了李默，还卖给了电信诈骗的人。而171开头的电话，基本都是诈骗电话。

我给刘强打电话，问他171开头的号码对应的是哪一段录音。

他告诉我是那个要100万元的。

我说："这个电话可能是电信诈骗，再来电时你就说已经联系上刘潇了，看他有什么反应。"

他说："行。"

晚上我接到刘强的电话，他说："171的号码应该是诈骗电话，刚才又打过来了，我堂叔说和女儿联系上了之后，对方一下就把电话挂断了。"

而那个未知号码，有可能是绑架人用网络电话打过来的。

刘强说他查到李默在刘潇失踪之前，因为去年的绑架事件，已经在美国被捕，所以这次的绑架案不是李默干的。

我皱了皱眉，这其实不是件好事——如果真是李默做的，起码有迹可循，如果不是李默，完全无法判断是谁干的。

我顺便问他紧急签证申请得怎么样了，他说已经下来了，明天晚上就飞美国。

第二天中午，Theo给我打了一个电话，约我再去CBD喝下午茶。我和周庸赶过去的时候，他已经点好了华夫饼。

我坐下，问他是不是有消息了。

他说："对。去年我公司送出去一个小孩，也在东岸，我托他去那个叫普林塞顿的野鸡大学问了一下，对方说确实有刘潇这个学生，但她已经退学一年了。"

周庸说："什么玩意儿？退学一年了，她家里都不知道？"

我忽然想到一个问题，问Theo："刘潇是2015年年初出国的，她拿的应该是什么签证？"

他想了想，说："应该是新B1，有效期最少两年的那种。"

我点点头，这个签证，可以在有效期内随便进出美国。如果刘潇已经退学了，那她现在还一定在美国吗？她有没有可能是在国内出的事？

我立刻打电话给刘强，让他查一下他堂妹的出入境记录。他拜托了一个当刑警的同事查到出入境记录，刘潇半年前在燕市入境，之后就没出过境。

我问刘强："你堂妹是否有在国内使用的手机号？"

他说："有，但我刚才打了，是停机的状态。"

我说："要不你查一下她身份信息绑定的手机号码。"

他说："行。"然后他回单位开了个证明，去电信、移动、联通调了自己妹妹的手机号，最后发现刘潇在半年前办过一个电信的新手机号，是燕市的。

通过基站定位，得知刘潇的位置在希望路附近的一个小区。我让刘强转告他堂叔堂婶把机票退掉别去美国了。

开车到了希望路的光明小区，我让周庸拨号过去，接电话的是个姑娘。

周庸说:"您好,我是送快递的,您的包裹到小区里了,我找不到是哪栋楼,您能下楼取一下吗?"

她说:"你再找找吧。问问保安 11 栋怎么走。"

周庸说:"得嘞,我再找找。"

找到 11 栋楼下,周庸又打了个电话:"真不好意思啊,我这儿车锁坏了,货太多,不敢离开,麻烦您下来一趟吧。"

姑娘挺不愿意的,说:"行吧。"

三分钟后,一个穿灰色帽衫的姑娘出了单元门,左右看了看,只有我和周庸站在门口抽烟。我仔细看了看她的脸,是刘潇。

周庸上前一步:"姑娘,找快递呢?"

她看了我俩一眼,又看了看远处巡逻的保安,抬脚就往那边走。

我说:"你是刘潇吧?我们是刘强的朋友,他让我们过来找你。我们不是坏人,要不然我报个警,咱去派出所谈?"

刘潇停下脚步,脸特别红,说:"旁边有一个咖啡馆,咱去那儿吧。"

坐在咖啡馆里,我问刘潇:"你知道自己被绑架了吗?"

她说:"知道。你们是傻缺吗?为什么多管闲事?"

周庸说:"你知道,但是不明白,你把大使馆都惊动了,你爸你妈差点飞美国去验尸。"

我说:"你先别教训她了,让她说说怎么回事吧。"

刘潇点点头,说自己到美国之后,很快就发现普林塞顿大学是个野鸡大学,觉得不用努力学习也能毕业,就一直混日子,没想到第一年就挂了好几科,被普林塞顿大学劝退了。

她不敢告诉家里人,在美国又待了半年,回国后一直躲在燕市。

因为生性爱玩，不愿工作，她一直在向家里要钱。但两年毕业期快到了，她就想了个办法，用变声器假装自己被绑架，继续向家里要钱。

我问她："你要到钱后打算怎么办？"

她说就顺理成章被释放，但自己错过了考试，只能延期毕业，这样又能在外边混一年，手里也不会缺钱。

我联系了刘强，让他来燕市把他堂妹接回去。第二天上午，刘强就到了，见了刘潇之后当着我们的面不好骂，一直瞪着她。我打了个圆场，请他们去团结湖的大董烤鸭吃饭。刘强问我这次调查需要给多少钱。我想了想，说："这样吧，我帮你堂叔他们省了去美国的往返机票，你就付我两张往返机票钱就行。"

刘强端起酒杯说："谢谢，知道你少收了，你平时都是很贵的。"

周庸笑了："你这话有歧义啊。"

我瞪了他一眼，跟刘潇干了一杯："你也是傻，在美国的留学生有四成不能顺利毕业，很多人都是买个假毕业证应付家里，就你演了出绑架戏。看把你哥给折腾的！"

周庸喝了口酒，问我有多少留学生买假毕业证，我说："据说是个交易额过亿的产业链，等吃完饭，咱们回去可以好好研究下。"

想出国留学的朋友们，一定要挑个好中介。

WARNING
如何选择正规的留学机构

1. 在找留学机构之前，可以先了解清楚留学的完整流程，明确自己需要什么服务，避免被坑。
2. 上网搜索留学机构的反面评论，关键字可用如×××留学机构＋黑中介、×××留学机构＋差评，看是否存在负面案例。
3. 从顾问老师针对你的目标学校制作申请方案、申请流程、入学条件、入学要求的熟悉和细致程度判断该留学机构是否靠谱。
4. 了解该留学机构的申请文书质量，提防套用由第三方制作的模板。
5. 警惕鼓励你提供或制作假材料的留学机构。在签字之前，一定要搞清楚签的是什么材料，签后起什么作用，有什么影响。因为一旦被查到作假，会被拒签。
6. 不要顾问老师推荐哪所学校就去哪所。中国教育部所承认的海外院校名单都会公布在涉外监管网站上，应该先查询核实清楚。
7. 签约时注意，机构与公章名称是否一致，留意中介费包括哪几项，是否与自己接受的服务一致，避免被多收费。

06

姑娘向我求助：总有人半夜敲门，还在我家门口烧纸

事件：抑郁症猎人事件

时间：2016 年 8 月 12 日

信息来源：粉丝求助

支出：7300 元

收入：待售

执行情况：完结

2016年8月,有个叫方琼的姑娘,在知乎上给我发站内信,说自己遭遇了 Gang stalking(群体跟踪)。

她每天上班时,都有个身高一米八左右、非常壮、戴墨镜的哥们儿,在楼下等着她,一直跟到她上车。

楼上的邻居,半夜总在吵架、扔东西。有次她贴着水管,想听听他们在吵什么,却发现他们竟然在骂自己。每到周末想睡个懒觉时,邻居就会剁馅儿,从大早上一直剁到中午。

最吓人的是,总有人半夜轻轻敲她的门,她不敢开,只能缩在床上。过一会儿,就会有烧焦的味道从门口传来,第二天会在家门口看到烧过东西的痕迹。

Gang stalking 的意思是一个人被许多人跟踪、监视和迫害,严重的会被逼疯甚至自杀。

对于 Gang stalking,我是不信的。用这么高的成本,去迫害一个普通人,价值太小。这姑娘遭遇的应该是别的事情,或者和"被脑控者"群体一样,是得了精神疾病,所有情形都是妄想出来的。

方琼每天都给我发站内信,但我一直没回。她发了一周站内信后,就消失了。又过了四天,她发来一条站内信,说自己到极限了,这两天就要自杀。

我有点儿坐不住了,真出事可怎么办?毕竟是条人命。就告诉她先别冲动,我愿意和她聊聊。问清楚地址和联系方式,我带着周庸,开车去了她住的地方。

方琼在东郊上班,租住在东三县,我俩从市区往东开了一个多小时才到她住的小区。

这个小区很新,绿化很好,但很冷清。

我俩是下午一点到的。除了门口保安,在小区里看见的人就只有两个风水师。他们拿着罗盘和纸笔,看见我和周庸,走近问我们需不需要做"法事"。

我拒绝之后,周庸问我:"这小区这么冷清,还有算命的拉客,不会是闹鬼吧?"

我说:"别净搞些封建迷信,是咱们来的时间不对。"

东三县是燕市东边的一个县,因为离燕市近,虽然房价涨得厉害,但相比燕市的价格还是便宜得多,很多人选择在东三县买房。东三县的小区人少,是因为在这儿买房的,两种人最多——上班族和炒房客。

上班族白天都在燕市上班,炒房客根本不住在这儿,所以现在这个时间,小区里没人很正常。

方琼住在五号楼三单元502室,为了等我俩,她今天请假没去上班。

上了五层,我没敲门,先检查了门口。地上确实有被烧黑的痕迹，而且不止烧了一次，因为痕迹有深有浅，分布在不同位置。贴近闻有种塑料烧焦的味道，应该不是冥币或香烛之类的东西，它们都没这么重的味道。

周庸问我，一会儿进去，如果觉得这姑娘有精神问题，要不要先送她去医院。

我觉得不必这么着急下结论，因为门口这些烧焦的痕迹确实有点儿怪。

拍了几张照片后，我敲了敲门，没人应。掏出电话打给方琼，被迅速挂断了。几秒钟后，我收到她发来的微信："有人敲门，我不敢开，是你吗？"

我说"是"，让她放心开门。过了十几秒，一个长得挺好看但脸色不太好的姑娘开了门。

自我介绍后，她把我俩让进屋。

房子是一居室，挺小，也就四十来平方米。我问方琼是不是只有她一个人住，她说不是，她和男朋友一起住。

周庸觉得奇怪："你男朋友呢？觉得楼上吵，他还不上去找？"方琼说不是，搬到这儿没多久，她男朋友李铭就失踪了。

李铭有天跟她说出去见朋友，之后就再也没回家，电话也打不通。

方琼觉得肯定出事了，报了警，但只有她一个人的说法不能被认定为失踪。警察问她有没有跟李铭的亲友确认过，她才发现，除了名字和共同的生活经历，她对男友几乎一无所知，只知道他是做设备销售的，老家在南方，公司在太兴区。公司具体位置，他的同事、父母、朋友的联系方式，她都不知道。警察见多了这种事，在电话里劝她想开点，说应该就是被分手了。

聊了一会儿，她说不好意思，起身给我俩倒了水。

我感觉到她有点儿紧张，就挑了些比较轻松的问题开始问，比如为什么不住东郊，而选择住在东三县。她说这边租房更便宜，环境好，上班也很方便，小区门口有公交车站，坐一趟公交车就能直达东郊。

这姑娘挺聪明，知道我微信好友太多，发消息不一定能被看见，特意找到知乎联系我。

但我注意到她回答问题时，有点儿沮丧和走神，只有说到有人跟踪、想逼疯她时，才能提起兴致多讲一点。但说来说去还是那几件事：有个身高一米八左右、非常壮、戴墨镜的哥儿，经常在楼下等着，跟踪她；楼上的邻居，总半夜吵架、扔东西，还经常议论她；有人半夜敲她的门，在门口烧东西；她放假想休息的时候，有邻居一直剁饺子馅儿。

周庸下楼看了一圈，楼下别说戴墨镜的壮汉，人都没有一个，这会儿也没人在剁馅儿或者在门口烧东西。

我跟方琼说："这样吧，别的暂时不好判断，我们先上楼看一眼，帮你和楼上邻居聊聊。"

她说："行。"

我和周庸到了602室门口，敲了几下门，屋里没有任何反应。防盗门上夹了很多已经落灰的传单，看起来一直没人动过。拿起几张传单看了看，有家具厂、装宽带和附近超市的广告单，其中超市广告单上的日期，已经是一个月前的了。

这间屋子，很可能没人住。

让周庸陪着方琼，免得她害怕，我去了小区的物业管理处。因为找不到人问路，在楼下转了两圈，才找到。

物业管理处和方琼住的楼之间隔了七栋，里面只有一个大哥在值班，看起来五十多岁，头发乱糟糟的。我给他递了根烟，拿打火机给他点上。

大哥深吸一口，问我有什么事。

我说："想了解一下五号楼三单元602室是谁在住。我妹住在502室，他们晚上总制造噪声，我妹睡不好，希望您这边能给调解下。"

大哥抽口烟，说："你等一会儿，我查下。"

他从铁皮柜子里掏出两个大文件夹，翻了几下："你说错了吧？这户好像没住人啊。"

我问能不能帮忙联系业主确认一下，他说"成"。他给对方打了个电话，电话那边证实了，那间房确实没有人住，家里人都在燕市。

回到方琼家，我把业主原话告诉了她。方琼有点儿蒙："不可能，我听得清清楚楚的，就是楼上。"

我说："这样吧，我让周庸回去弄个设备，如果你楼上真住了人，什么时候吵到你，你就拿这东西反击他们，贼有用。"

我让周庸开车回了趟燕市，去电子城买了个震楼神器——一个小型的振动马达。只要把它装到天花板上，启动后会震动楼上的地板，他们肯定受不住。帮方琼把震楼神器装好，告诉她楼上再吵就打开，如果有人来找，让他们给我打电话，我来解决。

又陪她坐了会儿，五点多，我和周庸开车回燕市。路上周庸问我，楼上肯定没人啊，为什么不直接告诉她，我说我这么做就当让这姑娘安心。

没过半小时,方琼又打来电话,说楼上又开始吵了,在不停地骂她,开震楼神器也不管用。

我俩没办法,只好掉头回去。

到方琼家时,震楼神器还开着,我把它关了,仔细听楼上,并没有任何声音。

到602室敲了敲门,没人开,我用猫眼反窥镜往里看,里面一片漆黑,用"隔墙听"贴在门上,也完全听不到里面有声音。

为了让方琼认清楼上没有人的现实,我说:"这样吧,我想办法把楼上的门打开,你跟着上去看看,如果真没人住,你明天就去医院做检查。"

她想了一下,说:"可以。"

我在屋里观察了一圈,拿凳子去厨房,用刀把吊顶割坏一块,再用方琼浇花的喷壶,往上面喷了些水,又往地上洒了两盆水,然后告诉周庸去找物业。

十分钟后,周庸领着物业回来——还是那天的大哥。

他看了一下,说:"不可能啊,没住人怎么会渗水呢?"

我给他递根烟,说:"哥,我看过新闻,入住率低的小区,房子一直空着,可能会有人偷偷进去住。"

周庸说:"就是,而且就算楼上没人住,渗水他们也得解决一下啊,要不然这房子淹了谁来赔啊,楼上赔还是物业赔?"

大哥就又给业主打了个电话,说屋里渗水了,把楼下都淹了。

业主让我们稍等,他叫个人过来看看什么情况,很快。

20分钟后,有人打电话给物业大哥,说他就在楼上,但是602室没有漏水。

我拽着方琼和周庸上楼敲门，里面有人问我们是谁，我说我是楼下的住户。一个留中长发、发量很少、盘着手串的人开了门，堵在门口，说这儿没漏水。

周庸看了看，凑过来小声问："徐哥，我看这人怎么有点儿面熟？"

我说："能不面熟吗？咱俩刚进小区就被他拦住了，问需不需要做'法事'。"

他说："是那个风水先生！没拿罗盘我还真没认出来。"

我跟风水先生说要进屋里看一眼，他不同意。我觉得有点儿奇怪，他不让我们进去也就算了，天早黑了，为什么屋里不开灯？是不是有什么东西，不想让我们看见？

我假装生气，说漏没漏水，光说可不算，得进去看看，一把推开他，进屋开了灯。周庸、方琼和物业大哥，也都跟着进来了。

看见屋里的情况后，所有人都蒙了。方琼尖叫一声，躲到了周庸身后。

客厅里摆了一张长条白桌，漆得特别亮，桌上放着三个骨灰盒、三只香炉，还摆了几盘苹果、香蕉、橘子什么的。苹果已经烂了，香蕉也黑了。桌子后面支了个架子，挂着三幅遗像，一个老太太、两个老头，两边还贴着对联，写着"一生心性厚，百世子孙贤"。

风水先生说："你们干吗啊？没经同意就进来，我报警抓你们信不信！"

说完他抓起边上的香，拿打火机点上，拜了拜后插在香炉里。我问方琼她闻到的烧焦味是不是这香的味道，她说"不是"。

我说："哥们儿，你不报警，我们也要报警了。干什么啊这是？拿着阳宅当阴宅，还让不让邻居过了？"

风水先生特不屑，说："怎么着，违法了吗？"

打电话报了警，警察过来调解时，风水先生才交代这是怎么回事。燕市房价贵，墓地也贵。很多人想着花同样的钱，不如在燕市周边买个小户型，把一家人都供在里面，整整齐齐，将来还能升值。

2015年年初的时候，这房子的户主，按5000元一平方米的价格买了这个小户型，把家里的老人都放在这儿了——房子确实也升了值，涨了三倍多。帮他们挑房子的，就是这个风水先生。

这是个长期的活儿，他每两个月来上一次香。

周庸说："这也太诡异了，谁能想到居民楼里藏着墓室？"

我说："这种情况在燕市吴市都存在，之前吴市爆出新闻，有人去宗明岛买房当作墓室。"

我在屋里转了转，应该没人住这儿，衣服、日用品都没有。物业也检查了卫生间，没有漏水。

周庸跟着我看了一圈："徐哥，不能真闹鬼了吧？"

我说："别净扯犊子。"

下楼时，物业大哥和风水先生吵得特别凶，争论小区里能不能存放骨灰，警察一直在调解。

方琼怕得要命，我建议她今晚先别住这儿了，让周庸在东三县的星级酒店给她开了房暂时住下。

我和周庸在她隔壁另开了一间房，说大家都很累，有什么事明天再说，就回去睡觉了。第二天早上，我还没睡醒，方琼就过来敲门，说昨晚又听到楼上有人吵架、骂她，然后剁馅儿。

我问方琼要了她妈妈的联系方式，打过去，那边正在打麻将。

说了方琼的情况，她妈妈说："唉，这孩子怕是又中邪了。高中有段时间,她总说闻到哪儿着火了,当时找大仙儿给她作了法,过了挺长时间才好。"

她妈妈让她回老家,她不愿意,说想等等,看男朋友能不能回来。

根据方琼妈妈所说,方琼小时候就出现过幻嗅的情况,很可能是复发了。

东三县这边的牛羊肉不错,我们中午找了家店吃牛肉火锅。吃饭的时候,我问方琼她有没有抑郁症。方琼说有,她刚来燕市时,工作压力特别大,一直想自杀,后来去精神病院做了测试,开了药,吃了一段时间就好转了。我让她再去检查一下。抑郁症有可能会有幻听和幻嗅,也就是会听到闻到并不存在的东西,甚至可能有幻视的症状。

饭后我们开车带方琼去了精神病院。医生诊断她的症状,很可能是重度抑郁导致的,让她吃一段时间药看看。

送她回去的路上,方琼忽然问我:"门口烧东西的痕迹,你也看见了,那是幻觉吗?"

我说:"让我再研究研究。"

把方琼送到家,周庸问我:"这姑娘的情况不太好,是不是跟附近邻居打个招呼比较好?有什么要帮忙的,他们可以搭把手。"

我说:"也成。"

问了物业大哥方琼这层还有哪户有人住,他说501室有人,503室没人。

我俩在方琼家等到九点,听见501室有人回来了,就过去敲门。

敲门时,我发现501室门上装的是电子猫眼,有人出现在感应范围内就会自动录像。它很可能拍到了是谁在方琼家门口烧东西。

501室里面的人问敲门的是谁，我说我是住502室的邻居。他说502室住的不是一个姑娘吗，我说："对，那是我妹妹。"我让周庸把方琼叫出来，让他透过猫眼看了一下。

一个三十来岁、穿着黑衬衫的哥们儿开了门，问我们有什么事。我告诉他方琼有严重抑郁，如果有什么事，希望他能帮忙及时通知我。他答应下来。

我说："还有个小请求，能不能给我看看你电子猫眼的录像？"

这哥们儿考虑了一下，说："可以。不过最近我清理了一次，只有这两天的。"

可能因为最近晚上没什么人，电子猫眼的录像只有最近三天白天的，看完之后，我和周庸汗毛都竖起来了。

8月12日上午九点，也就是我们第一次去方琼家的那天早上，有个戴着墨镜、身材比较壮的男人来到方琼家门口。他把耳朵贴在门上听了一会儿，就离开了。

方琼说的是真的，真有一个男人在跟踪她！

看见这个，我对整件事都产生了怀疑。方琼到底有没有精神问题？她说的话里到底哪些是真的，哪些是幻觉？

找到跟踪方琼的墨镜男，可能会解答这些问题，我和周庸决定蹲点。我们把车停在和方琼家隔了三栋楼的位置，车尾对着方琼家单元门，这样装在后窗上的摄像头正好能拍到进出的人。

第二天早上八点左右，一辆轿车停在了方琼家楼下，一个戴墨镜的男人下车抽了根烟，然后又上了车。

九点钟的时候，他再次下了车，上了楼。

我赶紧发微信告诉方琼，让她在家待着千万别出声，我跟周庸快速下车上了楼。追到三层时，墨镜男可能听见有人上楼，开始装作没事地往楼下走。

就在跟他擦肩而过的时候，我和周庸突然转头一把抓住他。

墨镜男很生气："你们干吗？"

周庸说："我们也想知道，你要干吗？"

我说："哥们儿，咱找个地方聊聊。我手上有你跟踪方琼的证据，你要是不愿意，我们就只能报警了。"

他说："行，你们先松开。"

放开他，我说："你最好别耍心眼儿，我们已经拍了你的车牌号。"

下了楼，我们仨在路边抽烟。我问他为什么要跟踪方琼。他吸了口烟："我是她男朋友前女友的哥哥。"

周庸说："你等等，让我捋一捋。方琼的男朋友有个前女友，你是前女友的哥哥。"

他点点头。

墨镜男说，他盯着方琼，是为了找出她男友李铭，想办法报复对方。

他的妹妹 2016 年 2 月跳楼自杀了。他妹妹有抑郁症，本来好转很多，但自从和李铭谈了恋爱，精神状态一直在下降，没多久就自杀了。他怀疑自己妹妹的死和李铭有关，在李铭来参加他妹妹的葬礼时，跟上了他，一跟就是半年。

周庸问他调查出了什么。

墨镜男说，李铭和他妹妹分手后，又交了两个女朋友，其中一个就是方琼。这两个姑娘，和她妹妹都有个共同点——看起来精神都不太正常。他推测，李铭只找精神有问题的姑娘当女朋友。

周庸说:"不能吧,他图什么啊?"

墨镜男问我俩,有没有听说过"白马王子综合征"。

我说:"我没听过。"他打开一篇文章给我看。

有些男人,喜欢郁郁寡欢的姑娘,觉得自己能够拯救她,从她身上得到自己是"英雄"的感觉。女孩儿的症状越严重,他们越喜欢,这类人专爱和这种姑娘在一起,拿她们当工具,满足自己白马王子的幻想。

周庸看了一会儿,说:"这哪儿是白马王子?这是抑郁症猎人啊。"

墨镜男说:"对,方琼的状态是不是也快崩溃了?他就是想把所有猎物都害死。"

这种人在国外被注意到的比较多,国内只能搜到一篇翻译过来的稿子。我又看了几篇外网的文章,发现一件事——这种人虽然动机不纯,令人厌恶,但并没有相关的致死案例。

我觉得墨镜男这推论太武断,得找到李铭才能判断这事的真假。

墨镜男摇摇头,说:"找不到了。我本来想给他来个狠的,找去了他工作的公司,结果他已经辞职了。我又在方琼这儿盯了很长时间,都没见他回来过。那孙子估计发现我之后就溜了,现在不知道跑哪儿去了。"

我问墨镜男,他去方琼的门口是干什么。

他说方琼每天早上八点多都会坐公交车去上班,但这几天没去,所以他就上楼确认是不是李铭偷偷回来了,她才没上班。

周庸问:"那你为什么在方琼家门口烧东西,是提醒她吗?"

墨镜男一愣,说自己没干过这事。

周庸说:"晚上偷偷溜过来烧东西的人不是你?"

他摇摇头,说自己每天就只有早晨能盯一会儿,晚上得正常回家,他的老婆孩子都能证明。我又问了一些问题,这哥们儿答得都很完美,不像说谎。

我和他交换了微信和电话,并向他要了一些李铭的信息。

分开后,我和周庸开车回燕市,找了一家馆子吃涮羊肉。周庸问我:"这些神神道道的事,是不是都是李铭干的?先把女友逼崩溃再来照顾她,能让自己更有成就感。"

我说:"不知道,得先找到这人再说。"

第二天上午,我和周庸去了趟太兴,在李铭之前工作的公司,以他欠债联系不上为由,要到了他的社保号和身份证号。

这家公司的人轻易就相信了我们的说法——他们也确实联系不上李铭了。

通过社保号和六位初始密码,我查到了李铭的社保信息,他近两个月的社保费,是通过一家叫ST设备的公司缴的,这很可能就是他现在工作的公司。

当天下午,我和周庸就开车到了上方区的ST设备公司,找到了李铭。

说明来意后,这哥们儿一点没慌,问我俩是方琼什么人。我说我跟方琼是朋友,我问他为什么忽然消失。

他说:"这不是很正常吗?她那么依赖我,我一失踪,她就更能意识到自己有多依赖我,现在她是不是想我想得快疯了?"

周庸很生气,说:"瞧你那德行。"

我拦住周庸,问:"那在门口烧东西,是不是也是你做的?让方琼更害怕,对你更有依赖感?"

李铭否认:"我还需要用那种手段吗?"

我俩和他聊了一下午,不确定他是不是真有"白马王子综合征",但他确实挺欠揍的。不过这事应该和他没关系,李铭有不在场的证明。

他的工作需要长期出差,墨镜男妹妹死前的一段时间,以及方琼犯病的大多数时间,都是他出差的日子,同事和机票都能证明。

说起墨镜男的妹妹,李铭稍有点儿沮丧。他说在分手前,那姑娘的情绪就不好,总觉得有人在跟踪自己,还在她身边说话,吃了药也不见好,甚至打过自杀干预热线。

她当时已经完全不听李铭说话,李铭在她身上找不到被依赖和需要的成就感,就和她分手了。

周庸说:"你还是个人吗?"

离开李铭的公司,周庸问我,有没有可能,李铭通过一种我们不知道的方法,逼着前女友自杀了。

我认为这事很难判断,那姑娘本身就有抑郁症,人也已经死了,到底为什么自杀谁也说不清。但如果李铭真的有问题,墨镜男的妹妹和方琼所有的共同点里,一定有他可以利用之处。

我们捋了一下方琼和墨镜男妹妹的共同点:都有抑郁症;都在精神病院看过病;都是李铭的女朋友;都产生了幻觉,但幻觉不一样。

晚上回到家,方琼打来电话,说她吃了药之后,幻听没了,跟踪的人最近也没见到,但就是晚上的敲门声和烧焦东西的味道还在。我正好睡不着觉,打电话把周庸叫起来,又去了方琼家。

见到方琼我忽然想起一件事，方琼妈妈曾告诉我们，方琼小时候有过幻嗅。

墨镜男跟踪的事情我们解决了，方琼开始吃药后幻听也消失了，为什么药物对幻嗅不起作用呢？是太难治了，还是有人故意针对这一点做了什么？毕竟，门口确实有烧东西的痕迹。

我想起李铭说过，墨镜男的妹妹在自杀前产生了幻听，还总觉得有人跟踪她，故意说话给她听，就给墨镜男打了电话。

我想知道他妹妹第一次得抑郁症时，有没有什么特别的症状。他说有幻听。

周庸觉得肯定是李铭干的，因为他知道她们俩的具体症状。

方琼忽然插嘴："不可能，李铭根本不知道我得过幻嗅。"

知道方琼得过幻嗅的，除了她妈妈和小时候给她作过法的"大仙儿"，就是她打过的自杀干预热线接线员。和墨镜男的妹妹一样，方琼也在向自杀干预热线倾诉的过程中透露了很多个人信息，包括自己的住址、联系方式和病情等。

我问方琼是怎么知道自杀干预热线的，她找出一张卡片，说是上次去精神病院看病出来时，有人塞给她的。上面写着"人间关怀"，下面有一串电话号码。

我去网上查这个号码和背后的自杀干预热线组织，发现电话是不记名的，这个自杀干预组织查不到任何信息，肯定不是官方组织。

我和周庸去走廊抽烟，让他拨打卡片上的电话，假装想自杀。

他这儿刚拨完，501房间里的电话忽然响了，电话铃声停止的同时，周庸的电话也通了。

周庸吓了一跳，赶紧按断电话。

我们俩回到方琼家,一直等到第二天下午五点,走廊传来锁门声,我们透过猫眼看到501室那哥们儿出了门,又去窗户那边观察楼下,确认他出了楼后,我们开锁进了他家。

在他电脑的浏览记录里,我发现了一个地下自杀论坛,以及他在里面的留言。他有时候匿名劝别人自杀,有时候匿名发自己的"自杀热线",骗别人打给他。

在他的D盘里,有一堆视频,都是姑娘跳楼或者上吊之类的。其中一个叫"自制"的文件夹里,有三个长视频。有一个是他在不同时间和场合,不停经过同一个姑娘身边,小声跟她说话,最后这个姑娘跳楼了。我猜这就是墨镜男的妹妹。

还有一个视频没拍完,是他蹲在门口烧塑料袋,然后轻轻敲门。拍摄地点正是方琼家门口。复制好视频后,我俩出门报了警,警察在楼下抓住了正要回家的501室的小哥。

一年后,他被判了死刑——教唆诱导自杀,按照故意杀人罪定罪处理。

我问负责这件案子的警官,他告诉我501室的小哥是性倒错。

极少数性倒错的人,不能通过正常性行为满足自己,必须通过一些变态的方式,比如"恋尸""恋童",甚至杀人来满足自己的性欲。501室的小哥更特别,他通过看别人自杀,来满足性欲。

因此他在精神病院附近寻找精神有问题的姑娘,把自己电话印在小卡片上伪装成自杀干预热线。通过这个"热线",他掌握了很多抑郁症姑娘的信息。他以此挑选自己喜欢的猎物,然后针对姑娘们的症状,对她们进行精神折磨,直到她们自杀。

WARNING
如何理性看待抑郁症

1. "抑郁症"只是一个诊断标签,除情绪异常外没什么器质性病变,有些治疗方案安全有效,副作用可控。如果有抑郁症状,先去医院寻求帮助。
2. 倾听对方,但对其行为不做评价。如果对方有严重自杀倾向,一定要陪着他/她,别留他/她一个人。
3. 无论有没有被诊断为"抑郁症",人和人都可以交流,沟通相互的情感和思想。
4. 被诊断为抑郁症的人,也有开心的时候,即使他们心里仍有悲伤。
5. 不要和他/她说"你要乐观,要坚强,不要矫情"之类的话,你的陪伴就是最大的支持。

07

中国五十万个姑娘干模特，
能上外国杂志的可没几个

事件：人体模特被虐事件

时间：2016 年 9 月 19 日

信息来源：周庸的朋友——叶敏

支出：5 万元

收入：待售

执行情况：完结

我对模特的感情很特殊。

初中时,我家楼下搬来几个租住的俄罗斯模特,腿长肤白。夏天时,她们会在小区花坛旁,穿着比基尼晒太阳。某天晚上,她们中的一个,穿着热裤站在小区门口,费力地拎着猫和猫粮。我自告奋勇帮她把猫抱回家,搭上了几句话。

在中国,模特这个职业进入大众视野,是在1981年10月,法国人皮尔·卡丹带着一群模特,在北京饭店办了一场时装秀。

模特进入中国后,大致可分为六种——时装模特、商用模特、内衣模特、试衣模特、部件模特、特型模特。

但近几年,模特还发展出一些其他类别,比如网模和商务模特。

2008年的时候,有新闻说中国大概有一百万名模特,而其中的一半都在燕市。如果这数据是真的,现在燕市的模特肯定不止五十万——光是电商的网拍模特,每年就在翻倍增长。

这个行业伴随的产物是危险和混乱。

2016年9月19日,我因调查一起女模特受虐的案件,亲眼见识了这个圈子的混乱。

线索来自我的助手周庸的一个朋友,李敏。

他算半个模特圈内人,在椒园地的一个美术馆工作,是名人体摄影师。

这哥们儿常在朋友圈晒自己拍的人体照,周庸有时会给我看:"他又在朋友圈传播淫秽信息了。"

我说:"你别瞎说,这是艺术,不算传播淫秽信息。"

9月19日,李敏说有个模特受虐的线索要提供,问周庸是否感兴趣。

我和周庸正在中山四路的湘菜馆吃饭,让他过来一起吃。他到了后,加了盘蒜蓉开边虾。我让他讲讲具体什么事。

李敏说:"搞人体摄影的,一般都有两个相熟、喜欢用的模特。我也有个相熟的模特,叫小宁。我拍过她挺多次,但有一天忽然联系不上她了。

"我当时没当回事,干这行的姑娘,平时都不用真名。她们一旦不干了,就会换手机号码、换身份,和这行彻底脱离关系。"

周庸说:"听着和万城某种打工妹一个路子啊。"

李敏说:"确实差不多,所以我也没上心。然后有天我上成人网站,在DX社区的自拍板块里,看见了小宁。"

整组照片尺度都很大,凌辱系,被囚禁在笼子里,戴着眼罩装狗,被人用绳索捆绑,用金属锁具锁住四肢。

我问他:"她戴着眼罩,你怎么能确定是小宁?"

李敏说:"我拍她,累积拍摄时间得有五十多个小时了,光看曲线就不会认错,况且锁骨上还有新文的文身。

"我觉得她是被囚禁了,在非自愿的情况下,被逼拍摄的这些照片。"

周庸问:"你怎么知道她不是自愿的呢?"

李敏摇头:"她不是那种人。

"裸模的拍摄尺度分三种,T裤无上、普通人体、大尺度人体,模特约拍前都会谈清楚。

"小宁最多只接到普通人体,而且只接安全的活儿——比如正规艺术学院或者艺术中心的人体绘画和拍摄。她虽然长得不算特别好看,但五官很干净,身材很棒,高挑,腿直胸挺腰细,线条很美。原来有人通过我联系她,出高价想包养她,她都没同意。

"连高价包养都不同意,拍这种大尺度的虐待套图,不可能!"

我点点头:"你最开始是怎么联系到小宁给你当模特的?"

李敏说:"我认识一模头,第一次联系小宁是通过他。"

我问李敏能不能约到这个人,李敏说:"能,但可能得要点钱。"

周庸说:"徐哥让你约你就约,总提钱干什么?"

李敏说打给模头聊了一会儿,放下手机说:"明天中午十二点,青草地艺术村,可以聊两个小时,一个小时五百块。"

周庸说:"嚯,这妈妈桑出场价还挺高啊,长得怎么样?"

李敏说:"三十多岁,风韵犹存。"

周庸说:"那成!"

第二天上午,我和周庸开车到了青草地艺术村。这里是知名艺术中心旁边的新艺术区,有很多影棚和摄影工作室。因为这边有大量的拍摄工作,许多模特都住在附近。

跟模头约在一个叫"青料厂"的馆子,我和周庸到得早,没吃早饭有些饿,就点了三杯鸡、土豆烧牛肉和酸梅汤。

我俩正低头吃饭,一股香气扑鼻而来。我转头从下往上看,肌肉紧实的小腿、花裙子、骨节很粗的手、喉结、长发——一个穿着女装的男人,笑着对周庸伸出手:"你是周庸吧,李敏给我发过你的照片。"

周庸都傻了:"你是模头?"

模头坐下,四周的食客都在往这边瞄,我听见周庸小声骂了一句:"李敏,太过分了。"

我问模头知不知道小宁的近况,模头说:"不知道,最近联系不上了。"

模头对小宁也了解不多,只知道她的电话,住在青草地附近的一个小区,但不知道具体位置。

我问他,小宁最近从他手里接的活儿,有没有什么不安全的。

模头说:"没有。私拍的话,小宁只接正规美院和艺术中心,剩下就只接群拍,人很多,没什么安全问题。"

周庸问:"什么私拍、群拍?"

模头说:"私拍就是私密空间单独拍,摄影师一般就一个人。"

"群拍就是,主办者负责联系模特和顾客双方,通过一些渠道,发布群拍的信息。明码标价,定好拍摄时间地点,拍摄者每人交300元到500元不等就可参与拍摄。"

周庸问:"一次让那么多人拍裸体,模特也愿意?"

模头说:"两方面吧,一是群拍给的钱比较多,二是拍的人多,曝光多,被看到的概率就大。

"那些外国导演有时会通过各种渠道看一些裸模的照片,有可能哪天就选去演戏了呢。"

周庸问:"这些群拍的都是什么人?"

模头说:"总体分两类吧,一种是正经摄影师搞创作的,但现在比较少了,绝大多数就是拍裸体的爱好者,他们手上有点小钱又比较色,喜欢拍大尺度的,拍的照总是刻意裸露某个部位。"

周庸问:"这不就成了色狼们的裸体赏析大会了吗?"

模头说:"不是,也有少数来赚钱的,有人专门拍裸模的照片卖给国外的一些成人杂志刊登,十张一组的照片,可以卖到三百英镑(约合人民币二千八百元)。"

和模头聊了两个小时,除了一些模特圈内的科普,什么有用的信息都没得到。

我和周庸只好来到小宁居住的青园小区附近找线索。拿着小宁的照片,在附近饭店和便利店问老板和服务员是否认识,几个小时下来一无所获。

下午四点,在一家乡河肉饼旁的文身店,我俩终于有了点收获。

我俩进店时,文身师正在百无聊赖地玩手机,见我俩进来,站起身:"刺点什么,花臂?"

周庸指我:"他要刺个小龙虾。"

我让他别扯犊子,拿出小宁的照片:"我们找个人,你见过这姑娘吗?"

文身师看了一眼:"见过,这姑娘胆儿挺大的,在身上文了个荧光的文身。"

周庸问:"文身还有荧光的?"

文身师点头:"全燕市除了我这儿,很难找到第二家能文的。"

我问他知不知道小宁住哪儿。

文身师说:"知道。你们是什么人?找她干吗?"

我说:"我们是她同事,好几天联系不上她了,电话也打不通,怕她出事就来这边看看,但是不知道她家的具体住址。"

文身师点头:"她家就在旁边三楼,她文身之后觉得疼,打电话让我上楼送过散利痛,我带你们去吧。"

文身师带我和周庸来到小宁家门口,敲了两分钟门,见没人应,他就离开了。

看看四下没人,我掏出铁丝,打开了门。

我和周庸进了屋,从门口搜起。小宁的衣服很多,而且扔得到处都是,洗衣机旁的脏衣收纳筐里,一堆没洗的内衣散发出异味。

周庸从地下捡起一件白色连衣裙:"徐哥,这姑娘也太不注意了,满屋扔衣服就算了,自己还随便踩。"

我看了一眼:"这应该不是她自己踩的,看鞋印至少得43码,哪有姑娘的脚这么大?"

周庸说:"所以咱俩进来之前,已经有人来过了?"

我说:"有可能。"

我们又找了一会儿,周庸从桌子上拿起两个肉色的花形物体:"徐哥,这是什么啊?"

我看了一眼:"乳贴。"

周庸拿着往胸口比画:"这玩意儿好用吗?"

我没理他,拉开了化妆台下面的抽屉,里面有一沓厚厚的纸。

我看了一下,这些是小宁的拍摄合同,最上面是一份群拍合同,里面写着待遇：一小时 800 元，每次不得超过六小时，不许上手摸，不许有侮辱模特的事情发生，但模特有义务摆出姿势配合拍照。

下面的甲方署名是刘锦彬工作室，还有个电话号码。

日期正好是模头说的，小宁最后参加群拍的那天。

把全屋翻了一遍，没找到更多的线索，我把合同拍下来就离开了。

出来后我给合同上的刘锦彬工作室打了个电话，问最近有没有群拍的活动。那边说："有，9 月 22 日，后天，下午两点，在青草地艺术村，每个人的参与费是 1200 元，拍摄时间六个小时，提供水不提供食物。"

我说："行，我报名，两个人。"

确认报名之后，对方用一个叫刘锦彬工作室的微信号加了我和周庸。周庸主动打过去 2400 元后，我们被拉进了一个群，群成员加上组织者共有十九个人，里边发布了这一次拍摄的集合地点、模特资料等信息。

第三天中午，周庸开车，我一路上给他的德国相机扫灰，两点整到了事先约好的集合地点：青草地艺术村村口。

一个戴着眼镜的中年人举着一块刘锦彬工作室的牌子，我们走过去，他和我们打了声招呼："我是刘锦彬，报一下你们的手机尾号。"

我们说完后，他点点头："就差你俩了，跟我走吧。"

我和周庸被带到青草地艺术村小学的马路对面，穿过树林，来到了一个改造成艺术区的旧厂房门口。

十几个背着大包小包的男人，正在互相交流摄影心得。

我们走进空旷的厂房，模特已经在里面，大家放下包，掏出机器，我和周庸也把设备拿了出来。

裸模看起来比照片清纯一些，二十出头的样子，等大家都调好设备后，她开始脱上衣，穿着内衣让我们拍了一会儿，然后解了内衣，用半裸的姿势让我们又拍了一会儿。

凹了十几个造型后，她把内裤也脱了。

这时"咔咔咔"的快门声更密集了。中间有个人不仅拍，还拿吹镜头灰的气吹，凑上去对着模特的腿间吹。模特看起来要发火，刘锦彬上去劝了两句："别为这么点事影响大家拍摄。"

我和周庸假装拍着，一直到天黑。

五个多小时后，拍摄进入尾声，有两个拍摄者意犹未尽地围着裸模，问她收多少钱愿意接私拍。

我则趁着结束和旁边人搭话，拿出李敏之前给小宁拍的人体照，跟他们说："这裸模不错。"

有个看着六十多岁的老大爷点头："这不小宁吗？上周刘锦彬组织的时候，就拍她来着，确实不错。"

我问他那天拍得怎么样，大爷说："还成，就是最后刘锦彬和她吵起来了，闹得拍的人也挺扫兴的。"

散场后，我和周庸拦住刘锦彬，想问问小宁的事。可我刚一提小宁，刘锦彬的脸色就变得很不好看，没回答我俩，转身就走。

周庸说："嘿，做贼心虚啊，他铁定有问题！"

我说："是，咱上他那儿看看。"

我和周庸开车跟着刘锦彬，一直到广通苑小区，看着他进了单元门后，才回了家。

周庸说："徐哥，咱现在跟踪刘锦彬就行了呗。"

我说："你跟着刘锦彬。"

周庸问："啊？那你干什么去？"

我拿出手机给他看："这是李敏开始给咱俩看的小宁受虐照的帖子，你仔细看了吗？"

周庸说："那天咱仨人，我哪好意思看那么仔细啊，就瞥了一眼！"

我说："那你仔细看看吧。"

说实话，这组图片并不血腥，但将女性绑成各种羞耻的姿势，并让她模仿一些像狗一样的动作，充斥着一种视女性为玩物的感觉，让我和周庸特不舒服，尤其是想到这组照片里的姑娘可能是被迫的。

周庸看完照片，问："忽然让我看这个干吗？"

我说："你看出点什么没？"

周庸想了想："床头没柜子，四面都是白墙，没电视，天花板没做吊平棚、没做石膏，应该不是酒店或会所，而是某个私人房间。

"一般这种摆拍都是在会所或酒店，很少有在自己家的。

"灯、窗帘、床、床单都很普通，没法通过这些追踪来源。"

我点点头："分析得不错，结论呢？"

周庸说："什么线索都没有。"

我说："看你这点出息，什么时候才能出师？"

周庸说："那你看出什么了？"

我说："照片上确实没什么线索，但 DX 社区上有啊——一般在自拍板块，纯原创的帖子都会被原创认证，但这个帖子没被原创认证，证明版主认为这帖子是非原创的。"

按照小宁失踪的时间，这照片刚拍出来没多久，发到 DX 社区上很容易就会被鉴别为原创，版主没给原创认证，很可能是在其他地方已经看过这组图了。

周庸点头："徐哥，你平时连上成人网站都这么事无巨细，不累吗？"

我说："还行。小 K（周庸注：徐浪的线人）有个朋友是 DX 社区亚洲有码区的版主，我让他帮忙问的。"

周庸问："那什么，徐哥，能顺便帮我要个邀请码吗？"

我说："行，你好好看住刘锦彬，我给你要个邀请码。"

小 K 很快回了消息。据那个版主说，这些照片他之前确实看过，在一个卖成人服务的微信上。

15 元钱可以看这组图，30 元钱可以看个三分钟的小视频，100 元可以让对方按照你的要求现录一段三分钟的视频发过来。

我加了这个微信，但对方一直没有通过我的请求。

线索单一到无法解决时，我就需要一些外力的帮助，比如我的私家侦探朋友老孔。

我这次的要求有些难，我希望他根据微信号帮我找人，定位这个微信的位置，或者看看是谁在使用这个微信号。

第二天下午，他传给我一张图："这个微信没开定位，我们没法定位到具体位置。但我查到了这个微信的消费记录，最近这个微信账户在圆庄的一家便利店消费很频繁。我们查了这家便利店的闭路监控，发现是这个人在用这个号消费。"

我把监控图放大，看到一个戴着帽子的姑娘，买了一些零食和水，正在前台结账。这张图截得很好，正好能看清仰起的脸和锁骨上的文身。这个正在买东西的姑娘，就是小宁本人。

这时周庸给我打电话："徐哥，我觉得有点不对。"

我问他："怎么了？"

周庸说："除了我，好像还有别人在跟踪刘锦彬。有辆白色的现代，在刘锦彬住的小区门口我就见了，刘锦彬去大喜城吃饭我也见着了。刚才刘锦彬去青草地艺术村我又看见了。这不能是巧合吧？"

我说："不能，车牌号记了吗？"

周庸说："记了，燕C5N×××。"

我说："好，等我找老孔查一下。你先别跟着刘锦彬，我找到小宁了，你来我家接我，咱俩去圆庄一趟。"

半小时后，周庸到了我家楼下。"徐哥，这活儿咱是不是白干了？我刚才给李敏打电话把他骂了，这提供的什么线索，这姑娘根本就没被囚禁好吗？"

我说："不怪他，这事确实不太对，我们先找到小宁再说吧。"

周庸点点头："行，咱先去圆庄吧。"

我和周庸开车到城南的音乐艺术院，进了旁边的小区，根据老孔查到的线索，小宁最后就是进的这个小区。

这个小区允许进车，我和周庸将车停在人进出最多的正门，坐在车里等着小宁出现。

我俩抽着烟，我问周庸我们来找小宁这件事都告诉谁了。

周庸说："没告诉谁啊，就刚才打电话骂李敏的时候跟他说了。"

我让他看看后面的白色现代，是不是他跟踪刘锦彬时总出现的那辆。

周庸看了眼后视镜:"没错,就是这辆,燕C5N×××。"

我说:"你都跟李敏说什么了?"

周庸说:"就说他提供的消息不准,小宁找到了,没被囚禁,我们现在正要去见小宁。"

我说:"好,掉头,咱走。"

周庸问:"啊?不等着了?"

我说:"不等了,先回去商量一下再说。"

我和周庸开车上了环路,现代一直在后边跟着我们,我让周庸甩开它,周庸一脚油门——幸亏没到通勤时间,路上不堵,现代一会儿就没影了。

周庸问:"徐哥,去哪儿?"

我说:"去你家。"

周庸住在北园北的一个封闭式别墅小区里。我俩将车停进地下停车场,坐在车里将车牌号发给了一个"魔宙"[1]的读者小马——他在燕市车管所工作,之前在后台发信息给我们说需要的时候可以帮我们查车辆信息,当然我们也得保密。

很快他帮我查到了车辆和车主的信息:燕C5N×××,隋××,39岁,男。

我把手机递给周庸:"这人你还认识吗?"

周庸说:"看照片,这男人有点眼熟,但看不出来是谁。"

---

[1] 魔宙:一个微信公众号,ID:mzmojo

我说:"他要换女装你就认出来了。"

周庸说:"我去,模头!他一直跟踪咱吗?"

我说:"我有个猜测,不知道对不对。咱从小区咖啡厅旁边的侧门出去,绕到北园路正门去看一眼。"

我俩把车留在小区,步行从侧门绕过去,一辆白色现代远远停在了周庸家小区的正门口,这时正好一个空出租车过来,我拽着周庸上车直奔圆庄。下了车,我俩在板儿三宝吃了点串儿,然后蹲在旁边的便利店门口抽烟。

晚上十一点多,一个戴着帽子的姑娘走进便利店,买完东西出去后,我在后面拍了她一下:"小宁!"她撒腿就跑,周庸在前面拦住她,趁她要大喊前把她拽进了车里,我也赶紧坐进去关上门。

周庸说:"徐哥,她咬我!"

我说:"你先松下嘴,我们要是和那些人是一伙的,现在就把你绑起来了。"然后我拿出手机,打开我们的微信公众号给她看,"你看,这里面写的就是我的故事,一篇有好几十万流量呢。"

小宁警惕地扫了一篇,安心了一点。"你们为什么找我?"

我说:"想搞清楚发生了什么。你为什么忽然与过去断了联系,还拍了那种照片?"

她摇摇头:"其实我也不太清楚,之前一直都挺正常的。有一天拍完群拍,模头说有个导演想和我聊聊,让我去他车上。

"我一上车就被绑起来了,然后被带到一个地方,蒙着眼睛,被逼拍了许多照片和视频。我每天就在房间里待着,有个人看着我。有时候还会让我按买家的要求现录一段小视频,不配合就打我。

"后来有一天趁那人上厕所没带手机,我顺走了手机,悄悄逃出去了,电梯正好停在这层,我就跑了——出了屋我才知道是晚上。我在草丛里躲了将近一夜,才敢出小区,打了个车。出租车师傅说那是城北,我想躲得远点,就躲到南边来了。"

我点点头:"你花的钱都是微信里别人支付的?"

她说:"是,这里面没转出去的还有八千多块钱。我的身份证、银行卡什么的都没了,也不敢明目张胆地去办,在网上租了个不用身份证签合同的房子,直接给钱没用身份证,每天晚上才敢下楼买点吃的。"

周庸说:"你怎么不报警呢?"

小宁说:"我太害怕了,而且我原来在网上看过一个帖子,说逃离传销组织后最好别报警,也别去火车站之类的地方试图离开,最好先在当地隐姓埋名生活一段时间。"

周庸说:"哎哟喂,姑娘,这能一样吗?你遇到的可不是传销。再说哪儿那么多黑幕!"

我说:"我还有最后一个问题,你和刘锦彬是什么关系?"

小宁说:"他是我前男友,因为不想我再接裸模的活儿,我们吵架分手了。"

我们安慰了小宁一会儿,并替她报了警。第二天,我和周庸约李敏一起在火锅店吃羊蝎子。

李敏拿酒敬我俩:"感谢二位壮士,又解救一无辜女孩!"

我说:"甭客气,当时看见那张小宁侧身躺在地上被鞭子抽得流血的照片,我就决心把这案子破了。"

李敏说:"那张照片我有印象,是挺不人道的!"

129

我说:"你在哪儿看的?"

李敏说:"DX 社区的自拍板块啊,不还是我告诉你的吗?"

周庸说:"敏啊,别装了,DX 社区上的照片不全,根本没有那张照片,那张照片得加微信花钱才能看。"

我点点头:"我们找到了 DX 社区的一个版主,拜托他查了一下发帖人的注册邮箱,你猜猜那邮箱地址是什么? Limin×××@sina.com。

"我们跟踪刘锦彬时,发现一辆白色现代也在跟着他。周庸告诉你我们要去圆庄找小宁时,那辆白色现代又出现了。我们都已经把跟踪的人甩开了,白色现代却又出现在周庸家小区门口。开车这人怎么知道周庸住哪儿呢?

"你找我们调查小宁的下落,其实是想通过我们找到小宁,然后把她重新关起来吧!"

李敏笑笑:"说什么呢?我这么干图什么呢?"

我说:"我大致能猜到你图什么,而且那组受虐的照片肯定是你拍的,和你之前给小宁拍的艺术照,构图风格完全一致。"

周庸点点头:"敏啊,把那些照片放在一起对比,是个人都能看出来那是你拍的!"

我说:"还不止这些,我拿小宁的脸,在外网上用搜索引擎进行图片对比搜索,你猜我搜出了什么?

"三个成人杂志的封面和十几个成人网站的收费下载都有小宁。小宁现在在国外成人媒体圈也算名人了吧?

"按模头的说法,一组十张不出名作者拍的裸照,卖到国外就能赚三百英镑,你这在小宁身上获利得有几万英镑了吧!

"再加上微信卖视频什么的,你这真是多种途径变现啊!"

李敏说："你们没证据吧？"

我说："是没有，所以我们报警了，还向警察举报你可能和模头有关系，估计审模头的时候直接就问你的事了，你觉得那娘娘腔能挺住？"

李敏的脸色很难看。他站起身就走了。

警察很快搞清了来龙去脉。他们在李敏的邮箱里发现了一些和国外成人杂志及网站有关的邮件和账单，李敏和模头都因为非法拘禁、故意伤害和性侵犯被起诉。

10月初，我们在老金家喝酒，说起了这件裸模的事，老金纠正了我一下，说模特不是皮尔·卡丹带进中国的。

老金说："唐伯虎画侍女图时就用模特了。要说裸模，那也用得不晚。

"1915年，时任上海美术学院院长刘海粟，就给自己的学生们找了裸模作为绘画模特。"

周庸说："金叔儿，你这些陈芝麻烂谷子的事等会儿再讲。徐哥，我就有一件事不明白，小宁长得也不算特好看啊，怎么偏偏挑上她卖了？"

我说："外国人和中国人的审美不太一样，你看中国能在国际上获得成就的模特，都是刘雯、杜鹃这种，五官谈不上多么出众，但是干净大气、身材高挑。欧美人就喜欢这种类型的。"

周庸问："你这么一说我就有点理解了，但我还是不太明白，她当时为什么不报警？"

我说："是，不论出了什么事，报警永远都应是第一选择。"

WARNING
女生拍私房照时需要注意什么

1. 选择摄影师可以先看他之前的作品,并在网上搜索别人对他的评价,判断对方是否靠谱。
2. 约拍前需要先沟通,如果对方一直打探个人信息而不是讨论拍摄事宜,要警惕。
3. 拍摄尺度、穿着服装,在拍摄前就应该确认好。
4. 确认拍摄场地的安全性,最好选择有固定合作场地的摄影师,如果是摄影师家里或宾馆,要警惕。
5. 摄影师如果想售卖顾客照片,需要先经过顾客同意。卖完照片后,再分给顾客一点钱的摄影师,大多不靠谱,如果遇到,建议报警。

08

我跟扒手头子蒸了个桑拿，他说他们也经常反扒

事件：火车站扒手事件

时间：2016 年 12 月 14 日

信息来源：在车站偶遇

支出：1.3 万元

收入：待售

执行情况：完结

火车站是中国每个城市里最鱼龙混杂的地方，只要身处这里，就会让人充满危机感。即使没亲眼所见，也能想到车站里什么人都有，比如小偷、卖票的黄牛、强买强卖的碰瓷者，还有各种奇诡的骗局。

所以我不爱坐火车。一般情况下，我都会选择安检和管控更严的飞机。除非我感冒——感冒坐飞机会让我的耳鸣很久都缓不过来。

2016年12月14日，我收拾好行李，坐地铁14号线到了高铁站，准备去哈市参加中学好友的婚礼。我之所以没坐飞机，都是因为陪周庸去参加了一场拍卖会。

前天下午他给我打电话，让我陪他去新苑南路的鲲鹏酒店，替他妈妈参加一场拍卖会——燕市每年都有几场大型高端拍卖会，按季节举行，受邀的人非富即贵。

这种事本来和我扯不上关系，但因为他妈妈那天临时有事，让周庸替她参加，竞拍一幅傅抱石的山水画，周庸就拽着我一起去了。

拍卖会在酒店二楼的大厅举行，厅里暖气不够热，加上之前几天没休息好,我就感冒了,不得不把机票退掉,买了高铁票。

到了高铁站的负一层,离发车时间还有一个多小时,我走向角落的面包店,打算买个面包。

在路过美式快餐店的时候,有一群人围在那里,出于职业习惯,我凑上去看了一眼——一个穿白衣服的中年男子平躺在地上,用手按着自己的脖子,上面有道割伤,正流着血,身边扔着一把匕首、一个镊子和一个手机。

有人公然行凶?我挤进去,问一个站在最前面拍照的大哥,看没看见发生了什么。

他说:"这人是自残,我正打电话呢,就看他掏出刀,给自己脖子来了一下。"

我点点头,问大哥:"这人自残时,身边有没有别人?"

大哥说:"有,他身后有个人拽着他的胳膊,看见他掏出刀自残,就跑了。"

我问他跑走那人穿没穿警服,看热闹的大哥说没有。

这时周庸打来电话,问我上车了没。

我说:"没上车,你来高铁站一趟吧,负一层,带上录音笔什么的,有个人跟这儿自残。"

周庸说:"行,你不回去了?"

高铁站自残挺有话题性的,做成新闻应该能卖挺多钱,我打算调查完再回去。

周庸到的时候,自残的中年人已经被医护人员和警察抬走了,只剩下地上的血迹,清洁人员正在拼命擦,估计一会儿血迹也没有了。

周庸递给我一瓶水:"徐哥,票退了?"

我拧开瓶盖喝了一口，说："没有，已经来不及了，痛失了一千多块。"

他四处看了一下："人都抬走了，咱查什么啊？"

我掏出手机，给他看刚才拍的照片："我刚才拍的照片，你看看有什么不对吗？"

周庸拿手机翻了一会儿，问我："是不是上访的，通过自残吸引注意力？"

我说："不是。你看他手边的东西，镊子、匕首和手机，这人是个扒手！"

镊子是改装过的，尖部包有防滑的布，加上用来划包的匕首，这两样是扒手的标配。那个手机的手机壳上有粉色镶钻，怎么看都不像他自己的。

应该是他刚用镊子偷了手机，就被人发现了，然后他掏出匕首，给了自己脖子一刀。

周庸觉得奇怪，问我他为什么自残。

我给周庸解释："这是扒手的一种惯用伎俩，一旦被抓，就自残或者吞刀片，目的是给警方造成威胁。办案过程中一旦发生意外，后果就是条人命。很多时候警方为了人身安全，只能将嫌疑人释放。"

周庸问："所以他是被警察抓了，然后自残的？"

我摇摇头："抓他的人，应该不是警察。"

我刚才问了一圈，抓他那人没穿警服，应该也不是便衣。如果是警方，直接打120就得了，不需要在他自残之后走掉，避免解释不清。更不是丢手机的人，因为偷来的手机留在地上没被拿走。

周庸问："那是谁抓的扒手？"

我说可能是民间反扒组织。

他们义务在扒手出没较多的地方进行反扒活动。但因为没有执法权，一旦扒手出现伤残情况，他们就得尽量避嫌。之前就曾有过扒手死亡，反扒志愿者和反扒组织被起诉的情况。

可能是他们的人抓到扒手后，见他自残，怕被倒打一耙，就走掉了。

我和周庸商量了一下，决定找到那天在高铁站反扒的组织，采访他们，补充进火车站自残的新闻素材里，一起卖给大媒体。

想查到燕市民间反扒组织很简单。所有合法的社会组织团体，都必须在民政部门注册，反扒这种敏感的社会团体，监管肯定更严格。我们在民政部的中国社会组织网查询到几个反扒组织的电话号码，然后挨个儿打过去。我们发现，所有的反扒组织，今天都没有反扒活动，让扒手自残的那个，不是他们的人。

周庸挂了电话："坏了，徐哥，这下线索断了吧。当时你就应该跟着那扒手一起去医院，然后从他那儿入手。现在咱除了几张照片，什么也没有，这新闻也卖不上钱了！"

这事确实是我自负了，现在想找到那个自残的扒手，比开始就跟着要困难很多。

周庸问我还要不要继续查。

我说："当然，起码得把我那张商务座赚回来！"

乞丐、小偷、黑帮都是分帮派划地盘的，像高铁站这种地方，肯定有个固定的盗窃团伙把持着——如果有外来的扒手抢地盘，轻的会被送到派出所，重的直接就剁手指，一般没有扒手敢在别人的地盘作案。

想找到那个自残的扒手，就需要找到高铁站的盗窃团伙。

周庸点头："那咱怎么找到盗窃团伙啊？"

我说:"刚才不是讲了,扒手只在自己地盘作案,咱只要随便找一个扒手[1],跟着他,就能找到团伙。"

我和周庸按照这个标准,在高铁站一直找到晚上,结果什么也没找着。

第二天上午,我们来到高铁站继续找。一上午一无所获,我俩在美式快餐店买了两份汉堡套餐,正吃着,忽然听见外面有人大喊:"我的钱包被偷了!"

我急忙放下吃了一半的汉堡,走出快餐店看了一眼。有个姑娘站在人群中,一边喊着钱包丢了,一边四处观看。

周庸也跟着四处看:"扒手应该就在附近,徐哥你怎么不找呢?一直盯着人家姑娘看干吗?她长得也不符合你的审美啊。"

我说:"这姑娘有问题,如果你的钱包丢了,会站在人群里大喊,生怕贼不赶紧跑?"

这是一种手段,大多数人听见有人喊"钱包被偷了",都会下意识摸一下自己的口袋,确认财物是否还在。这时扒手的工作就变得简单多了,因为摸口袋的人已经告诉扒手,钱包放在哪儿了。

我们站在快餐店的门口,假装聊天,盯着那个喊钱包被偷了的姑娘。我背对着她,让周庸越过我的肩膀隐蔽地观察那姑娘,看她到底是不是扒手。

---

[1] 扒手一般有三点共性:
1. 穿得相对少,随身携带书报、杂志或小型手包等,用以掩护作案。
2. 喜欢东张西望,总是看别人的行李和财物。
3. 频繁走动,不站或坐在某个固定的位置。

盯了一会儿，周庸看向我："徐哥，我俩目光对上了两次，我觉得她好像发现我了。"

我急忙回头看，那姑娘正把手指放在自己上唇，来回抚摸，好像那里有胡子一样。

这姑娘肯定是扒手，这个动作是暗语，当扒手发现便衣警察跟踪时，通常会做一个"八"字手势，或摸一下上唇胡须，暗示同伙停止作案。

四处看了一下，没发现她的同伙，我招呼周庸直接跟上去。她既然已经发现我们了，再躲也没有意义。

姑娘看我俩朝她走，转身就往地铁的方向跑，我们也跑起来在后面追。高铁站里的人太多了，不一会儿，这姑娘的身影就消失了。

周庸问："这怎么搞啊？人跟丢了，而且估计整个盗窃团伙都该注意咱俩了。"

我说："是，看来又得换个方式了，咱们去找火车站的老炮。"

周庸问我什么意思，我给他解释了一下。

在火车站，倒卖车票的黄牛[1]一般是消息最灵通的人，他们往往跟车站的工作人员和"特殊群体"都有些关系。

固定待在一个火车站很多年的黄牛，会被叫作老炮，老炮对火

---

[1] 火车站常见的黄牛有三种：

1. 扎蛤蟆：向旅客承诺能买到票，拿钱为其跑腿，从中收取好处费。这群人多与售票员关系较熟，掌握一定信息。

2. 扒皮：自己没票，但能从扎蛤蟆手里拿到最低价，再转手卖掉赚差价。

3. 侃客：自己没票，专门跟踪看上去想买票的旅客，从其他黄牛手中买到后转手卖给旅客赚取差价。

车站的各种事情了如指掌，包括扒手。

周庸问："那咱怎么不一开始就找老炮，何必费这么大劲？"

我说："主要是我不爱和老炮打交道。这帮人就认钱，找他们问点什么都漫天要价。"

我们找到一个正在向旅客兜售车票的黄牛，向他打听这个车站的老炮在哪儿。他要了两百块钱，把我们带到了三楼的中式快餐店，找到一个坐在窗边吃饭的蓝衬衫男子。"泽哥，这俩哥们儿找你。"

泽哥喝了口可乐，问我和周庸找他什么事。

我说想找高铁站盗窃团伙的"大师傅"聊一聊。扒手都是师徒制，一个师傅教出一群徒弟，徒弟再各有教授。

泽哥想了想，说要一万块钱："少一分都不用谈了。"

我让周庸用微信把钱转给他后，他告诉了我一个地址。"这个团伙的祖师爷叫七爷，平时就跟这儿待着。"

从高铁站出来后，我们叫了辆车，让司机沿牛家堡东路向南开，在第一个红绿灯掉头，沿夕落园北路向东直行到第二个路口。

这里左拐后再开五十米有一个澡堂，泽哥告诉我们，这个地方是高铁站扒手们的堂口。

这个澡堂有两层，灰色的墙皮因为常年被水汽侵蚀脱落得很严重，门口挂了一块绿牌子，上边闪着 LED 的大字——弘宇大众浴池。

掀开门外挂的军绿色门帘，后面是一扇满是雾气的玻璃门，贴着用红色胶纸拼成的"欢迎光临"四个字。

推开门，正对面是女浴池的入口，门的左边是收银台，收银台紧挨着一个向上的楼梯，楼梯下面的三角区是一家迷你理发店。

前台问我们是买散浴票还是套票，周庸买了两张 89 元的套餐——搓澡、拔罐、修脚,赠送香皂一块。

收过钱后,老板从身后的棕色木制架子上拿了两双拖鞋和两把钥匙。我俩将换下的鞋递给老板,向楼上男浴池走去。

掀开印有"男"字的门帘,后面是更衣室,几个中年男人正麻利地脱衣服,并塞进写有编号的衣柜中,厅中间摆放的四个黑色泡沫凳被他们压出了屁股形状的凹痕。

脱了衣服,走进男澡堂,一个身高一米六左右的精瘦老头从池子里站起来。周庸小声问我:"这就是七爷吧?"

我说应该是,那老头右手只有无名指和小指,另三根手指的地方,光秃秃一片。

七爷站起身后,一直盯着我们看。

周庸说:"徐哥,让一老头在澡堂子这么盯着看,感觉有点羞耻啊。"

我让他别扯犊子:"浴池里估计都是他们的人,你说话注意点,别一会儿咱俩出不去。"

说话间,七爷从池子里迈出来,指了指桑拿房:"去那里边谈吧。"

跟着七爷进了桑拿房,他往火炭石上浇了盆水,腾起一团白雾。

我说:"七爷您好,看来泽哥转头就把我俩卖了。"

他没接这茬儿,问我们是什么人。

我说:"是记者,但不是来打听你们'找光阴'的事,就是想问问,昨天在高铁站自残那哥们儿后来怎么样了。我们想做个深度报道,主要讲讲谁抓的他,他为什么自残这些事。"

七爷盯着我们看了一会儿,摇摇头:"自残的那个不是我的人。"

周庸说:"不是你的人,怎么敢在高铁站作案?你们不是分地盘的吗?"

七爷拿毛巾擦了把脸:"确实分,那天我的人发现他不守规矩,在我们地盘上'找光阴',就上前抓住他,想把他带回来,他忽然就把自己割喉了。

"他出院的时候,我让人把他带回来问了下——他是尚文路那片的扒手,说是有人给他塞了一万块钱,让他等电话,电话一来就在高铁站偷东西,故意被抓,并自残脱身。"

我点点头:"那天抓住他的,是你的人?"

七爷说:"是。我徒弟抓他的时候,他以为是警察,就立刻自残求脱身。"

我皱了皱眉,这事太奇怪了,雇用一个其他地区的扒手来高铁站偷东西,要求是故意被抓,并自残脱身。

这事只有一个解释——有人想制造混乱,将高铁站的警力向自残的扒手集中,然后趁机做些什么!

我问七爷这两天高铁站是否发生了什么事,他点点头:"这两天抓得特别严,我好几个徒弟都进去了。我托关系打听了一下,说是昨天有人在高铁站丢了个装有特别贵重的物品的'手榴弹'[1]。"

---

[1] 手榴弹:目标携带的包。

其他扒手黑话:

天窗:衣服胸前的口袋。

平台:衣服两侧的口袋。

地道:裤子口袋。

背壳子、找光阴:扒手偷东西。

匠人、钳工:扒手间的互称。

羊儿:被扒手盯上的人,将成为下手目标。

上车找光阴:上车行窃。

我问他知不知道"贵重物品"是什么。

七爷说："听说是一幅画,傅抱石的,叫《观山兽图》。"

周庸忽然转头看我,我知道他什么意思——那天我们替他妈妈去参加的拍卖会上,有三幅傅抱石的画。除了替他妈妈拍下的山水图,丢的这幅画就是另外两幅之一!

出了弘宇大众浴池,周庸问我:"还接不接着往下查了?自残的事都搞清了,咱还继续吗?"

我说:"当然继续。赚外快的时候到了,这可是个大活儿。"

我们去了周庸妈妈在望都的公司,拜托他妈妈在拍卖圈里问到了那幅画买家的联系方式。

我们打给了画的买家,说可能有《观山兽图》的丢失线索,而且可以帮忙找找去向,但需要一部分的佣金,问能不能见面聊。

对方答应后,我们约了第二天在北古河地铁站西南口的等待果陀咖啡店见面。

12月16日上午十一点,我和周庸在"等待果陀"见到了这个买家——一个看起来很有气质的中年女人。

点了三杯柚子茶,她自我介绍了一下,说自己叫李苗,然后直接问我有什么线索。

我给她讲了一下之前查到的:"你应该早就被盯上了,有人针对你特意设了一个局,雇人自残吸引高铁站的警务力量,然后趁机偷走你的画。"

她说:"不可能啊,我这次回大连,根本没和别人说过,连我老公都不知道我买的哪天的票。"

我说这个太简单了,网上购票的信息泄露问题很严重,你刚买完票，购票信息马上就可能被别人知道。

周庸觉得奇怪："你为什么不坐飞机呢？安全还快。"

她说："我有飞机恐惧症，宁可坐长途火车也不坐飞机。"

我点点头："说回来，你那天拎了几个包？"

李苗想了想说三个，我问她："都丢了吗？"

她摇摇头："就装《观山兽图》的那个包丢了。"

有趣！李苗从没告诉过别人包里有什么，设计她的那个人，是怎么知道傅抱石的《观山兽图》在哪个包里，而且只偷走了那一个包？

周庸也想到了这点："徐哥，偷画者不会有透视装备吧？"

我说："应该不能，包的材质比较厚，我对便携的透视装备懂一点，那玩意儿最多能透视薄点的衣服，透视包是绝对不可能的。"

周庸问："那怎么回事？"

我说："我想到一种可能。偷画的人虽然没有透视装备，但高铁站有啊。每个进高铁站的人，都得把包放在安检仪上过检，那个仪器能把包里的东西看得一清二楚。"

那个偷画的，可能是趁李苗过安检的时候，在安检员身后偷看了安检仪，知道了李苗随身携带了那幅画，画在哪个包里。

我和周庸跟李苗去了高铁站，向管理人员申请查看12月14日安检仪附近的监控。高铁站的工作人员知道李苗丢画的事，很痛快就答应了。

我们一起看了当天安检仪附近的监控——在李苗过安检的时候，有一个穿红衣戴红帽的义工，一直在安检员身后瞄着。

李苗看见他后"啊"了一声："我对这人有印象。那天我等车的时候，他过来问我需不需要帮拎行李，交十块钱还可以提前进站。"

高铁站方面找来一位对接义工的工作人员，问他是否认识这个人，他看了一会儿，说："有印象，好像是几个月前的志愿者，走得匆忙，衣服也没退。"

看完监控，李苗给负责此案的警察打电话说明了情况。

警方很快从半年前的志愿者名单里找到了这个人，并制订计划对他实施抓捕。

三天后，李苗打电话给我，说案子已经破了，作案的是个艺术品盗窃团伙。他们专门盯着燕市每年的几次大拍卖会，从拍卖会工作人员手里购买竞拍成功的名单，然后再找票务网站内部人员购买近期的订票信息，进行比对检索，看是否有人乘坐火车或高铁。

他们会在当天盯梢买家，通过安检仪判断买家是否携带珍贵艺术品，制造混乱趁机下手。

李苗拍下的那幅《观山兽图》，已经被这个团伙出手了，但她还是兑现了承诺，给我打过来十万块钱。

收到佣金后，我把这次调查的素材整理了一遍，委托田静寻找媒体卖掉，然后叫上周庸晚上去喝酒，庆祝一下。

晚上在体育场附近的棠荟酒吧，我和周庸喝酒聊天，他忽然问我："欸，徐哥，你不去哈市参加同学婚礼了？婚礼是不是都结束了！"

我说："哎呀，我给忘了。"

周庸说："肯定有人背后说你不仗义了。"

我说："没事，回头补上，反正这次赚得多，多随点份子钱就得了。"

WARNING
车站扒手常见的偷窃方法

1. 拎包法：在车站的开水间和洗漱间等场所，扒手趁旅客双手被占用时，拎走行李。
2. 挤车门：扒手的同伙先制造拥挤，扒手借机用手或镊子伸进旅客口袋，夹走钱包和手机。
3. 打架子：扒手把自己的包放在旅客行李旁，假装拿东西时，将旅客的包顺走或把包"抽芯儿"，即把包里的财物抽出来，放自己包里。
4. 衣帽钩：扒手把自己的衣服盖在旅客衣物上假装翻自己的衣服口袋，实际在翻旅客的衣服口袋。
5. 吃卧铺：扒手在卧铺车厢选好偷窃目标后，趁晚上旅客都睡着时把包偷走，换衣服躲进其他车厢，趁到站停车时溜走。
6. 抠死倒儿：趁凌晨四五点，旅客沉睡时，扒手用锋利的单面刀片割开旅客身上的口袋、腰包甚至内裤，把财物偷走。
7. 抓死角：有些旅客把行李放上安检机后，不等行李进入安检帘就急着走进安检门，扒手会趁机拿走行李（安检门和安检机是视觉死角）。
8. 检票空：扒手趁旅客和检票员接递车票时，偷走旅客的手机和钱包。
9. 扒车顶：为避免人赃俱获，"贼头"上火车后，用事先配好的钥匙打开车厢门，顺着梯子爬上车顶，趴在上边等同伙上交偷来的财物，待火车进站后，下车混进人群。

09

女孩失踪前从宾馆拿了一张假地图，一周后上了热搜

事件：委托人女友失踪事件

时间：2017 年 1 月 3 日

信息来源：粉丝委托

支出：2.3 万元

收入：6 万元

执行情况：完结

我有俩微信，一个用来联系家人和朋友，另一个对接读者和线人。

加读者的那个微信，每天都会收到许多求助，事情大到家人失踪、得了绝症、情绪失控想犯法，小到狗丢了、男友出轨、闺蜜背后说坏话。

说实话，我有心无力，相对其他职业，夜行者只是特别了一点，又不是什么超级英雄。我只能对一些自己有经验的事，给出建议。

当然，我偶尔也会给些超出建议的帮助。2017 年 1 月 3 日，一个叫杜超的读者不停向我求助，为了证明自己不是骗子，他把身份证、户口本甚至护照和港澳通行证的照片都发给了我。

他这么着急，是因为他女朋友来燕市出差时失踪了，已经失联两天了。

我告诉他："先别慌，把你电话号码发给我。"

他发过来后，我用不显号码的网络电话打给他，是个中州市的号码。刚响一声，那边就接了电话："喂？"

我说："你好，我是徐浪，能不能详细说说你女朋友的事？"

杜超稳定了一下情绪："我女朋友叫刘可,在中州一家外贸公司上班,前几天去燕市参加展会,然后忽然就联系不上了。"

"据和她住在一屋的同事说,我女朋友失踪前,报了个燕市一日游,当晚并没有回来,电话也打不通。"

女友失联以后,杜超立即赶到了燕市,在刘可公司集体居住的宾馆开了间房。

我问他:"刘可的同事还在燕市吗?"

他说:"在,他们明天回中州市。"

问他要了地址,叫上周庸,我们开车前往逸和医院附近的昂康宾馆。

在附近停了车,步行去这家宾馆,快到的时候,我们看见有个人在门口焦急地一边抽烟,一边走来走去。

周庸试探性地叫了声:"杜超?"

那个人看向我们,过来握手:"是浪哥和周庸吧?谢谢你们能来,谢谢谢谢,我真不知道该怎么办了。我积蓄不多,但希望你们这次能帮我的忙。"

我拍拍他的肩膀:"这个等调查完再说,先带我们去和刘可的同事聊聊。"

进了宾馆,在一楼拐角的标间,我见到了和刘可住在一起的同事,是个挺漂亮的姑娘,大约二十五六岁。周庸看见那个姑娘就眼睛一亮。这家外贸公司的美女还挺多,之前看杜超发给我刘可的照片,也是个美女。

我问刘可的同事,知不知道刘可报的是哪家旅行社的一日游,她摇摇头说:"不知道。刘可那天晚上一直拿着一份燕市地图在看,说第一次来燕市,想报个一日游,问我想不想一起,我更想逛街,就没去。"

又聊了一会儿,感觉问不出什么了,我跟杜超告辞,让他别着急,我先调查一下再说。临走之前,周庸走到刘可同事旁边:"留个电话或微信吧,有信息需要核对的话,还得麻烦你。"

见我瞪他,周庸"嘿嘿"一笑。

走到宾馆大厅,周庸刚要出门,我拽住他:"等一下。"

他问我:"干吗?"

我说:"你没觉得不对吗?她说刘可一直拿着份燕市地图研究,现在还有人买地图?我爸妈都知道用手机看地图。"

周庸琢磨了一下,说:"是有点奇怪。那份地图不太可能是她自己买的,应该是别人给的,或在免费自取的地方拿的。"

我在宾馆大厅转了一圈,发现前台旁边的架子上,有一堆燕市地图。

拿起一张看了会儿,我发现有些不对——地图印刷得不太好,上面燕市旅行社的广告也印得太糙了,上面标注的旅行社经营许可证号是 L-BJGL0010,我拿手机查了下,燕市旅行社的许可证号后三位数字是 001,地图上是错的。

这是一张假燕市地图!

跟周庸说完,他有点蒙:"徐哥,地图也能有假?"

我说:"当然有,尤其在燕市特别严重。一些黑旅行社,为了弄非法的一日游,在各宾馆路边发放传单。你看上边这一日游,十一个景点就收一百五,连门票钱都不够,怎么看都是骗子。"

周庸问:"没人管吗?"

我说:"肯定管啊,今年一年就抓了好多,又罚款又拘留的。先不说这个,我觉得刘可失踪或许和这假地图有关。有可能她报了黑旅行社的一日游,然后出了什么事。"

周庸点点头:"现在咱从哪儿查起?"

我举了举手里的地图:"打电话,报个明天的一日游。"

打给地图上的旅行社,我说要报一个"燕市风情一日游",对方问我们有几个人,我说两人,他说:"好,你们住哪儿?"

我说:"昂康宾馆。"

他说:"这样,你们宾馆门前的路口有我们旅游专线的站点,有站牌,你一看就知道。明天早上六点二十,在那儿等着,我们的大巴会去接你们。"

挂了电话,我和周庸出了门,在宾馆门前的路口,看见一块标着"公交旅游专线"的站牌,非常假,只能骗骗不熟的游客。

第二天一早,我和周庸坐上了开往景点的旅游大巴。上车后导游向每个人收了150元,没签合同,只拿个小本记下姓名和"已交钱"。我随便编了个假名,就糊弄过去了。

我们跟着旅行团,一天逛了十多个购物点,那些地图上宣传的景点,都只是在车上看了一眼。

忍着导游的冷嘲热讽甚至谩骂,我和周庸一天什么也没买。中间有游客想下车,车厢前排除了导游,又站起四个"打手",说不能提前结束一日游。

下午四点多,一天行程结束,他们甚至懒得把我们送回宾馆。逛完江水园桥附近的最后一个购物点出来时,大巴车已经开走了,游客们只能自己想办法回宾馆。

在此之前，我一直盯着黑旅行社的导游，他们刚要走时我就发现了，我叫上周庸，打车跟着大巴，一直到了城北的一个小破门市。门口停着好几辆大巴车，一堆导游和司机聚集在里面，可能正在核对今天的业绩。

周庸说："徐哥，这黑旅行社看起来就是谋财，也不害命啊，真跟刘可失踪的事有关吗？"

我说："不知道，给杜超打电话，说他女友失踪前报的那旅行团我们找到了，让他报警。"

没过多久，来了几辆警车，查封了这家黑旅行社。

晚上八点多，杜超给我打电话："浪哥，还是没有我女朋友的消息，警方说他们都审了，没有找到绑架游客的证据，应该只是个骗钱的旅行社。"

"但是我女朋友确实报了这家旅行社的一日游，在一个导游的记账本上，1月18日有我女友的名字。"

我说知道了，让他先回去休息，等我消息。

杜超问："我能和你们一起查案吗？就这么干等着心里总有些发慌。"

我拒绝了他："让专业的人做专业的事儿。"

刘可失联的当天，确实报了这个旅行团，而这个旅行团送人去购物点花钱，所以派了四个"打手"在车上，不逛完不让人提前下车。

也就是说，所有人最后的下车地点，都是江水园桥附近的那个购物点。

第二天上午,我和周庸又开车回到了那个购物点。这个商场在居民区,旁边有很多小店,其中几家店都装了监控。

周庸问:"怎么着徐哥,分头行动?"

我说:"是,那些有监控的店,给老板塞两百块钱,拜托他们调一下 18 日晚上的记录,看能不能找到刘可的行踪。没监控的店就把刘可照片给老板看,问有没有印象。"

周庸点点头,转身刚要分头行动,就被一个穿着白衬衫、戴眼镜的中年人拦住了。他递给周庸一张名片:"你好,我是《四世桃花》剧组的制片人,看你的长相气质,特别符合我们男二号的人设,有没有兴趣来我们公司面试?"

周庸说没有,转头就去查案了。

我走进街边一家卖包子的店,拿出刘可的照片给老板看,问他对这姑娘是否有印象。老板看了两眼,叫过来一个女服务员:"你看看,这是不是那天在门口那个人。"

服务员说:"好像是。"

我问他们什么意思,服务员问我:"你玩微博吗?"

我说:"玩。"

她说:"你用微博搜一下'江水园打小三'。"

我用微博搜了一下"江水园打小三",热度最高的是一段视频。我点开,里面三男两女围着一个姑娘打,其中一个女人一边打一边喊:"让你勾引我老公!"

被打的姑娘一直抱着头在喊"我没有",中间还被其中一个女人拽着头发提了起来,看到那张脸时,我皱了皱眉。被打的"小三",

正是已经失踪了的刘可!

视频的最后,刘可被这几个人拽上了一辆GL8,但没拍到车牌号。

给周庸打电话让他回来,我俩在附近的一家店吃饭,点了肚仁、肚领和手切羊肉后,我给周庸看了视频。

他看完后目瞪口呆:"这是什么情况?"

我问他有什么想法,周庸说自己脑子里就一件事情:"刘可不是杜超的女朋友吗?怎么成小三了?"

我说:"咱可以查一下刘可的开房记录,看看是否事出有因。"

我打电话给私家侦探老孔,把杜超发给我的刘可身份信息提供给他,麻烦他帮我查一下开房记录。老孔挂了电话,没过多久,发回来一个表格截图。

12月31日,刘可失踪的前一天,曾在亚舟大酒店和一个男人开房。

周庸看着我:"徐哥,这事儿要告诉杜超吗?"

我说:"最后再说吧,现在关键是把刘可找到。"

他点头:"咱现在需要这男人的资料啊。"

我说:"是,去社工库查信息可能不全,还是让老孔帮我查一下吧。"

刚说完,我就收到了老孔的微信,一个Word文档,里面有那个男人的资料,后边还跟了一句:"我猜你可能需要这份资料,老规矩,事后结账。"

我回复他:"谢了。"

打开Word文档。原来和刘可开房的男人是一家知名创业公司的

CEO，这家公司刚完成 C 轮融资不久，融了一大笔钱。

除此之外，还有一条消息吸引了我——这哥们儿最近正在闹离婚。不知道是因为闹离婚心情不好，想出去找刺激，还是因为出轨被发现了才闹离婚。

按照资料里的手机号，我打给了这个男人，约在他公司附近的咖啡店见面，聊聊他开房的事。

他一开始不同意。

我说："这样的话，你的投资人、合伙人、员工可能都会知道你在亚舟大酒店开房的事。"

他想了想，答应与我见面。

我和周庸先到了，点了两杯奇异果汁，在靠窗的角落里等他。十几分钟后，这位 CEO 走进咖啡店，我向他招手，他走过来在我和周庸对面坐下。

周庸问他喝点什么，他点了杯柠檬茶。

我直接进入正题："你和刘可是怎么认识的？"

他问我："刘可是谁？"

我拿出刘可的照片给他看，他点了点头："我不知道她叫什么。"

周庸问："不知道叫什么就开房？"

他犹豫了一下："我就是想找个'一夜情'。上个月月中吧，我老婆没在家，我自己下载了个'约人'软件，来回刷着附近的姑娘，忽然看见一个合眼缘的，就是你们说的这个刘可。"

这事有点奇怪，据杜超说，刘可上周才第一次来燕市，怎么这个男人上个月在家搜"附近的人"，就能搜到她？

我示意他接着往下说，CEO 说："剩下的就那点事。在'约人'

软件上聊熟了,加了微信。我约了她几次,一直到上周才约出来。然后我们去亚舟大酒店开房,我在房间里洗澡,出来人就没了,没吃到鱼还沾一身腥。"

周庸问:"你们没那啥啊?"

CEO摇摇头,周庸用同情的眼光看着他。

我问他:"你媳妇知道这件事吗?"

他说:"不知道。我就随机约了这么一次,还没成功,她跟哪儿知道?"

我说:"我能和您爱人聊聊吗?"

他很警惕:"你跟她聊干吗?"

我掏出手机给他看刘可被打的视频:"被拽上车后,刘可就失联了。我们怀疑这事儿可能和你爱人有关,所以想找她聊聊。"

CEO摇摇头:"打人的两个女人里,没有我老婆,应该是刘可和别的男人出事被发现了吧。"

我说:"不知道。我们能查到的就是她近期和你开过房。你要是不愿意,我们只好报警了,说失踪案可能和你们有关,让你和你老婆去派出所配合调查,到时你出轨的事也瞒不住。"

他低头沉思,直到把柠檬茶喝光才说话:"我和我老婆最近正在打离婚官司,我可以帮你们约她,但你们不能给她我出轨的证据,这在财产分割上会对我不利。"

我答应后,他说空口无凭,打电话叫来了一名律师,带着两份保密协议,让我和周庸签了。

签字后,他帮我约了他老婆,说晚上一起吃饭,聊聊离婚的事,地点就在咖啡店旁边的牛肉火锅店。

晚上六点，我和周庸点好了牛丸锅底、牛肉和蔬菜。CEO 的老婆如约而至，被服务员带到约好的 17 号桌，没见到她老公，她还以为走错了。

我站起身请她坐，说："我们是你老公的朋友，今天请嫂子过来，就为打听一件事。"

她皱了皱眉，没坐："什么事？"

我拿出手机，给她看刘可的照片："认识这姑娘吗？"

她有点儿慌乱，转身就走。我跟在她身边往外走："这姑娘失踪好几天了，我们怀疑这和你有关系。"

她站在路边打车："和我有什么关系？我都不认识她。"

我给她看"打小三"的视频："这不是你找人干的吧？这姑娘被拽上车后，谁也联系不上她了。"

她盯着视频看了一会儿："不是我干的，视频里打她的人也不是我。"

我没理她，把视频关掉，给她看了几张截图——1 月 17 日，CEO 和刘可来到亚舟大酒店开房，后面有一个人，一直举着手机跟拍，这人就是她。

她抬头看我："你怎么弄到这些的？"

下午 CEO 帮我们约他老婆晚上六点吃饭，当时才下午两点，我和周庸中间四个小时没地方去，就打算在亚舟大酒店附近找找线索。

亚舟大酒店附近都是酒吧，这种地方为了防打架或丢东西，监控都特好使。周庸作为"酒吧小王子"，跟这片儿的经理、老板都熟，看个监控毫无问题。

我们看了离亚舟大酒店比较近的几家酒吧的室外监控,在其中一家的监控上,我们看见了 CEO 和刘可手挽手去开房的身影。我们反复看了几遍,发现后面竟然还有人跟着偷拍。

晚上一看见 CEO 的老婆,我就发现她是偷拍的人。

我给她解释了过程,她没有说话。我说:"要不然咱进去吃火锅,聊会儿?"

她点点头。

回到饭桌时,周庸正在涮一盘胸口油:"快来快来,我自己都吃两盘肉了。"

我坐下,吃了两口肉,给 CEO 的老婆倒了杯酸梅汤:"你一直就知道你老公出轨?"

她点点头。

我说:"我有个疑问,你怎么知道你老公什么时候去开房,去的哪家酒店?"

她说:"因为那姑娘是我雇的。你知道职业小三吗?"

我说:"懂了。"

职业小三,是一种新兴职业,有男有女。一些夫妻在进行离婚财产分割时,会雇用职业小三去勾引自己的妻子或丈夫,以此作为对方出轨的证据,多分财产。

她点点头:"你说失踪的那姑娘,就是我雇的职业小三,不过我俩没直接联系过,都是通过她的公司。"

我问她:"职业小三是怎么勾引 CEO 上钩的?"

她说自己知道丈夫有玩"约人"软件的习惯,把这些信息反馈给职业小三公司后,对方发过来几十个各种类型美女的账号密码,让她在家挨个儿登录一遍，这样她丈夫在搜"附近的人"时，就能搜到这些账号，如果有合眼缘的，肯定会主动联系。

我点点头："怪不得刘可公司都是美女，怪不得刘可没来过燕市，而你老公却能在'约人'软件'附近的人'上搜到她。"

她说："我就是想雇个职业小三，拍点证据，多分点财产，怎么可能打自己雇的小三？"

吃完饭，我们送走CEO的老婆，便开车回家。她说得有道理，她没任何理由打自己雇的小三，那打小三的一伙人是从哪儿冒出来的呢？

周庸开着车："徐哥，他们这职业小三公司还是全国范围内的空降军？"

我说："应该是，这么做也有好处。小三事后和当事人不用再碰面，不用怕当事人恼羞成怒，遭到报复。"

我让周庸打给那天他留了电话的刘可同事，说我们已经知道他们外贸公司其实是职业小三公司，问问刘可这次来燕市，还接别的活儿了没有。

周庸把车靠边停下，打电话给那姑娘，聊了一会儿，转头跟我说："徐哥，她说刘可这次就接了这一个活儿，咱线索断了。"

我说："看来只能采取笨办法了。咱再回江水园那边求人调监控，看有没有人拍到那辆GL8的车牌号。"

第二天上午，我和周庸又回到江水园，挨家给有摄像头的店送钱，求看监控。在撒出去一千八百块钱的时候，我们发现了一些线索。

那是一家洗衣店的室外监控，时间是刘可被打前的一个半小时。

在监控里可以看到，刘可从购物点的方向走过来，漫无目的地溜达。

这时，一个男人拦住她，和她说了一会儿话，刘可就跟着他走了。

周庸看了一会儿："徐哥，这不就是那天拦住我要让我拍电影的'制片人'吗？"

我说："你还有他的名片吗？"

周庸说："有，还没来得及扔。"

我点点头："打给他，说你想去面试！"

周庸说好吧，照着名片上的号码打了过去。

"喂，您好，那天在江水园桥这边，您给了我一张名片，让我面试男二号。"

聊了一会儿，周庸放下手机："他说把地址发给我，现在就可以去。"

两分钟后，周庸收到一条短信，面试地址是陆礼桥的一个小区。开车过去后，我在楼下把我带 GPS 的手表给他戴上："有麻烦就把调指针的钮往下按，我就去救你。"

周庸点点头，进了小区上了楼。根据周庸后来的讲述和偷拍的照片，"剧组"所在的地方是一个三居室，三个房间分别被改成了总监室、财务室和导演室。

周庸填表之后，就等着进导演室面试。排在他之前的还有三个姑娘，每个姑娘大约面试半个小时。其他人等待时，工作人员就让大家看杂志。杂志就是这家公司编辑的，里面的内容都是公司的艺人如何获得拍摄机会，如何登上更大的舞台。

周庸进导演室面试了没十分钟，导演就说可以了，他已经通过面试,接下来要给他拍定妆照,但得先交八千元钱,并强调与公司签约不收费,这笔钱是用来制作照片的。

交完钱,他们带着周庸下电梯,从地下停车场出去,上了一辆GL8,直奔怀柔,这也完美地避开了等在门口的我。三小时后我才发现,给周庸戴的GPS手表,已经定位到了洋松镇。

我跟着GPS到了洋松镇明星影视基地附近的一个村子。周庸一直都没联系我,看来手机是被收上去了。我在GPS定位的农家院旁待了一会儿,开车回了市里,周庸还没按求救键,证明暂时没什么危险。

两天过去了,周庸一直没按求救键,我有点着急,正想着是不是直接报警去救他,结果这时周庸来了电话:"徐哥,来接我,快不行了。"

我看了眼定位,现在已经出了村,在高速边上站着呢,就赶紧开车过去了。

接到周庸后我问他想吃什么,他说:"什么都行,有肉就成,赶紧的,不行了!"

我就近找了家火锅店,点了锅麻辣羊蝎子,周庸一边吃一边跟我诉苦:"这帮家伙,真不是人。他们把我们关在农村,每天只给吃一顿面片炒白菜,早饭和晚饭都没有!

"住那破屋,也就十多平方米吧,四张上下铺。除了床,只剩侧身走的过道,衣服鞋袜都堆在床底下,那味儿啊,不行了徐哥,我也想多挺两天,实在挺不住了。"

我问他怎么出来的,周庸说:"交钱呗。交六千元钱生活费就放你走。我本来想逃来着,但院里有五六个院管,抓住就罚钱,没钱就得被打。"

我点点头。这基本上跟"北派传销"一个路子，我问周庸："女性成员和你们关在一起吗？"

周庸摇摇头："那地方只有男的，我把我剩的半盒烟塞给了一个院管，和他套关系闲扯，他说女的都关在另一个地方，开车送我来这儿的是个莫西干头，院管说他就是主要负责女性那边的。"

吃完饭，让周庸回家洗澡换了衣服，我们又来到陆礼桥边上的小区，但这次我等在了地下停车场的出口。周庸在小区楼下，拦住来面试的人，告诉他们别上当，我在停车场出口刚点着烟，一辆GL8开了出来，司机是个莫西干头，长相和周庸形容的差不多。

我通知周庸上车，跟着莫西干头出了城，向北开了半个多小时，又沿着泥路向西一个小时后，在一处庄稼地的中心，看见一栋二层小楼，楼外围着一圈约三米高的围墙，围墙上有玻璃片和铁丝网。

在这堵围墙北侧，有一个两米宽的大铁门，看起来很重，也不是电动的，这地方就像个小型监狱。

铁门的左边有一个收发室。我们到附近的时候，一个秃顶的男人正坐在里面打盹，一张看起来纵欲过度的脸毫无精神。

GL8停在门口，按了几声喇叭。听到声音的门卫挺着啤酒肚，吃力地将大门拖拽开，一边和司机打着招呼，一边色眯眯地探头向车里打量。

我开着车缓缓地经过这个院子，不敢停下，以免引起注意。开了大约六七百米，在一个看不见那栋二层小楼的转弯处，我停下车，从后备厢里拿出一个梯子，向院子走去。

在一个隐蔽的墙角我架上梯子爬上墙，探头往里看。院子里有三十多个女人在散步放风,几个拿着警棍的男人站在楼前聊着天,偶尔监视性地看看院子里的女人。

我想了想,回车里拿出一个迷你蓝牙耳机,连在备用手机上,给自己打了一个电话,然后接通,跑回了墙边。

趁着一个姑娘走近我所在的墙角,我发出一点声音吸引她注意。她抬头看见我吓了一跳,我对她比了个"嘘"的手势,将迷你耳机扔到她脚下,示意她戴上。

姑娘趁那边看守的几个男人没注意,弯腰捡起耳机,戴在右耳上,并用头发盖住。

我拿起手机:"你听我说,我是来帮你的,能不能告诉我这里面什么情况?"

她把声音压得很低:"快报警!他们关着我们,还强迫我们去卖淫!"

我挂断电话,回到车里给鞠优打电话,说明事态的严重性。当天傍晚,警方就把假剧组连带这所"监狱"一网打尽。

鞠优来了以后,我把刚才通话的录音发给她:"给你提供点证据。"

刘可和其他被解救的女孩一样,录完笔录就被放出来了。

我们把杜超带到刘可面前时,她泣不成声:"对不起,我不应该跟着去面试。"

后来有次和鞠优、周庸一起吃饭,鞠优告诉我,"打小三"那件事,是假剧组的人演的。这些人在面试到刘可这样的姑娘——外地来旅游、本地没亲戚、对燕市不熟、长得不错、不愿当场就跟他们走的,往往会上演一出"打小三"的好戏,趁乱将姑娘掳走。由于路人不愿掺和别人家私事，大都不会管。

周庸听了这事特来气："就算真小三也不能说打就打啊。她是做错了，那也有人权啊！"

我说："是。有人为了赚钱，去当帮人离婚的职业小三，有人利用小三的坏名声，在大街上假装打小三掳走女孩。但不管是真是假，一个女孩在大街上被人群殴、被拽上车，我们都不应该只发个微博。真实情况到底是什么，谁也不知道。"

周庸点点头："而且这帮女孩也太好骗了，哪儿那么容易就能拍戏当明星？"

我点点头。这事让我想起了2009年的胡卫东案，也是假借"进入娱乐圈"的幌子，拐骗一些有姿色、想当明星的女孩从事卖淫工作。

这件事解决之后，杜超问我能不能别把这件事透露出去，怕对刘可影响不好。

我说："媒体我就不卖了，以后这件事可能写在故事里，但肯定用假名，你放心。"

他说："谢谢。"

过了半个月，他又给我发微信："浪哥，发生了这种事，我不知道还能不能和她在一起了，现在我俩待着的时候，总是别扭。"

我说："这事我帮不上忙，选择权在你自己手里。"

又过了一个月，我忽然想起这件事，想关心一下他最终是怎么解决的，就发了条微信过去，结果发现，他已经把我删除了。

WARNING
如何判断星探及其公司是否正规

1. 以星探的名义向你要联系方式，但无法出示正规的星探证，基本是骗子。
2. 星探不需要与你有身体接触。
3. 对非相关院校毕业、无任何从业经验、自身条件普通的你大肆追捧的星探，很可能是骗子。
4. 星探只会留下自己的星探号并让你直接联系公司。
5. 在工商网站上查询星探公司是否合法注册。
6. 不认真审核，不认真登记身份证、毕业证等个人资料的星探公司需要警惕。
7. 星探及星探公司不会在你没有任何收入前先向个人收费。

10

**老同学被香港女友骗了十几万，
路虎还被她开跑了，他说车是假的**

事件：克隆车事件
时间：2017年1月28日
信息来源：同学聚会偶遇
支出：2000元
收入：待售
执行情况：完结

相亲和过年，总被联系在一起。

一到年关，父母们就像疯了一样，到处替自己单身的子女寻找对象，田静妈妈就是其中之一。春节前，老太太拿着田静的资料，在中央公园跟一大群父母一起"摆摊"。我还好奇地去看了一眼，场面很壮观，一公园的大爷大妈，满地的征婚启事，特像早市卖菜。

几天后和田静一起吃饭时，我问她："现在缺女不缺男，你妈妈这么急着把你嫁出去干吗？"

田静说她妈妈看了一个新闻，燕市未婚男女比例从6∶4变成了6∶5，而且未婚男性主要集中在乡村，未婚女性集中在城镇。也就是说，城里的剩女数量，实际上已经高出了剩男，这把她妈妈急坏了。

我说是不是你妈觉得你年纪大了，田静在桌下给了我一脚。

田静妈妈当然不是个例，不管在哪个城市，最看不惯年轻人单身的都是父母。我在燕市这几年，我妈给我介绍过四个姑娘，让我加微信，和人家好好聊。

相亲网站 2015 年对一千二百人进行了调查，在单身人群里，百分之八十五的人面临压力，而这些压力主要来自父母。

这些压力和需求，使相亲市场变得巨大，相亲网站、软件、婚介所、相亲角这些应需求而增多。

除此之外，许多心怀不轨的人也看上了这块肥肉。有人通过酒托、诈骗、仙人跳等手段骗财，有人骗色，还有人骗财又骗色。连传销团伙都盯上了相亲市场，假借相亲名义把人骗去搞传销。

但这些骗财骗色的事，都没我一个月后遇上的那对相亲情侣离奇。

春节前一周，我做了个决定——春节期间不更新了。这一年又调查又写稿的，实在太累了，我要歇歇。我给周庸打了个招呼，跟他说我要去旅行休息，让他发条语音通知一下读者。收拾好行李，我就开始考虑去哪儿休养生息。

最后我没去旅行，而是回了家，休息还是在家比较靠谱，即使一月份的哈市气温低至零下二十多摄氏度。

2017 年 1 月 26 日上午，我在哈市西站下了车，背着包走回了家——我父母住的小区，离西站只有一公里。

进小区需要刷卡，我没有门卡，正打算给我爸打电话让他出来接我，一个男人从我身后走过来，刷卡开了门。

我说了声"谢谢"，低头进了小区，他在身后迟疑地叫住我："徐浪？"

我转过身，发现刚才开门的是我的初中同学，只好假装惊喜："咱俩多少年没见了？你也住这个小区啊？"

他点头说"是"。我俩寒暄了一会儿,他拍拍我,说:"咱这帮同学就数你最神秘,基本谁都联系不上你,也不知道你在干吗。"

我说:"就是瞎混,混得也不好,就不太好意思和大家联系。我爸我妈还等我吃饭呢,咱改天再聊。"

他说行,问了我的电话和住址,就走了。

回到家放下包,和父母吃了饭,我决定这几天尽量少出门,避免碰见熟人,增加一些不必要的应酬。结果当晚应酬就找上门来。

那个在小区遇见的同学打电话给我,说年初二晚上有场同学聚会,他已经在班级微信群里说我回来了,很多同学都十分期待见到我,让我一定到场。

同学里总有些这样的人,喜欢攒局,四处联系,我不好意思拒绝,就答应了下来。

年初二晚上,我开着我爸的A4去大厨酒家参加聚会。在路上堵了一会儿,到得比较晚,进包厢时,同学们基本都到了。挨个儿握手寒暄后,我找位置坐下,有人问了句:"徐浪到了,咱今天还差人吗?不差人就走菜吧。"

和我住一个小区的哥们儿站起来看了一圈:"还差刘宇,我给他打个电话。"

他拿起手机,还没拨出去,一个中等身高、很瘦、皮肤很白的人就推门进来了:"大家新年好啊。"

相比学生时期,刘宇的皮肤变得很糟糕,但还是很白,说话和动作有些娘。直男癌盛行的学生时代,还是在崇拜硬汉形象的东北,他因此没少受欺负。

但今天他和那些欺负过他的人谈笑碰杯,看不出有一点隔阂。

在同学们眼里，刘宇现在是个出息人，在广东做生意赚到了钱，还找了一个香港富婆，听说已经到谈婚论嫁的阶段了。

我正听着他们说话，刘宇拿着瓶啤酒挪过来："浪，上学那会儿你总帮我，今天必须敬你一杯。"

我端起杯子和他干了一杯："听说你现在可以啊，在深圳没少赚，女朋友还是个香港美女，怎么认识的？"

他打了个酒嗝儿："我去年年中就回来发展了，我妈非让我找对象结婚，我就在相亲网站上注册会员，约了她，一见面还挺合得来，就处着了。"

我奇怪香港姑娘怎么在哈市相亲："我还以为是你在广东认识的，她在这边做生意吗？"

他摇头："她本来也是哈市的，后来定居在香港。"

我问他网上约的相亲，不怕被骗吗。他说："没事，现在相亲见面，都得带着身份证，先看完身份证再继续往下聊。"

我点点头，这确实能降低一些诈骗发生的概率。

晚上散场的时候，我见到了刘宇的女友。长发，人看起来文静秀气，开着一辆路虎极光。几个同学把喝醉的刘宇扶上副驾，她按喇叭示意一下，开走了。

我看着路虎，总觉得这车有点不对，就拿手机拍了两张照片发给周庸，让他看看这辆车有没有问题——他是我认识的人中最懂车的。

过了一会儿，周庸回微信给我："线条感觉不太对，底盘看上去也有点低。这车是不是陆风X7改的啊？"

确实，这车有点像陆风改的，国产的陆风X7外形和路虎极光非常像，许多人都会做些微调，把它改成路虎的样子。

我还没给周庸回微信，他电话就打了过来："徐哥，看照片里车牌是哈 A，你回哈市了？"

我说"是"，他说："那我去找你吧。我奶奶家、姥姥家都去过了，跟燕市待着太没意思，我现在就订机票。"

没等我回话，他就把电话挂了。

我回到家，在楼下抽了根烟，觉得有点怪。按饭桌上同学们讨论的，刘宇的"香港女友"应该挺有钱，不至于开辆假路虎啊！

第二天上午，我去机场接周庸，在回我家的路上，我给他讲了这事。

周庸说："这肯定是骗子吧。你还记得开假奔驰那哥们儿吗？也是用国产车改装的，在相亲网站假装大款，骗财又骗色，这不和那一个套路吗？"

我点点头，两件事确实很相似。

周庸说："你应该告诉你那同学一声，防止他受骗。要是已经受骗了，得赶紧止损。你打算告诉他吗？"

我说："是。同学一场，能拉就拉一把，但我得再确定一下，万一咱俩看走眼了呢？"

我把路虎的车牌号发给了一个哈市车管所的朋友，让他帮忙查一下车辆信息，他回我说现在查得严，泄露信息风险很大。

我说不用你告诉我车主信息，就看车牌对应的是不是辆路虎就行。

十分钟后，他给我回微信："这个车牌对应的车辆信息，确实是路虎极光。"

周庸问:"徐哥,我真看走眼了?"

我说:"应该是。"

他不服,拿出手机,开始翻照片:"怎么看都像陆风啊,路虎的侧面线条应该再硬一些,徐哥你能不能想办法让他把车开出来,不是陆风我把车吃了!"

晚上周庸赖在我屋里不走,一直唠叨这件事,说自己肯定没看错。我答应明天约刘宇出来,他才回客房睡觉。

年初四上午,我在班级群里找到刘宇的微信,加了他,问他有没有时间出来一起吃顿饭,他很痛快地答应了。

晚上我们一起吃晚饭,我和周庸花了一个小时将刘宇灌醉,问清楚他女友叫闫冰,然后用他的指纹开了手机锁,打给闫冰,说刘宇喝多了,能不能来接他。

姑娘说"行",让我们把刘宇扶到饭店门口,她一会儿就到。

我们扶着刘宇出了门,站在路边。过了一会儿,一辆白色的路虎极光开了过来。周庸把刘宇架上车时,顺便瞄了几眼内饰,转过头用口型告诉我:"假的,这车是陆风。"

这时闫冰跟我们客气:"你们去哪儿啊?我载你俩一程吧。"

我说:"行,我们去西大街的大宫殿洗澡,你捎我俩一段吧。"然后我拉开后门,拽着周庸就上了车,小声告诉他我们假装喝多了。

我装作喝大了的样子和闫冰搭话:"嫂子,听说那什么,你是香港人?"

她说"是"。我说:"香港人好啊,工资高福利好。香港身份证和内地是不是不一样,能不能给我看看?"

她可能不愿和一个"醉鬼"多纠缠，拿出身份证递给我。我看了看，表面上看起来是真正的香港身份证。

记下号码后，我把身份证还给了她。

和周庸在大宫殿下车后，我俩商量了一下，决定真的进去泡个澡，醒醒酒。

泡在浴池里，周庸问我："徐哥，你看她身份证干吗？"

我说我要查一下她身份证的真假。

周庸说："香港身份证你也能查？"

我告诉他有个网站能粗略地校验身份证号码的真假，但不能查出个人信息。我拿手机登录了查询网站，输入了闫冰的身份证号，这是个合法的身份证号。

周庸问："真的？"

我说："不一定，这只能证明身份证号是真的，说不定她是盗用信息呢。"

周庸说："那你查这也没用啊，单说一个车的事你那同学能信吗？"

我说："我有办法让他信。"

闫冰开的那辆假路虎，是辆"克隆车"，先把陆风X7改装成路虎极光，再套上一辆真正存在的路虎车牌和车辆信息。把陆风改得像路虎，任何一家修车厂都能做到，但能把陆风完全伪造成路虎并套牌，全哈市我只知道一家店敢这么干。

年初五上午，我们来到宣桦街附近的一家修车店。这家店没有名字，一块褪色的绿招牌上印着各种豪车的车标——保时捷、路虎、奥迪、奔驰、宝马……

店面规模不大，里面的员工都穿着脏兮兮的蓝色工作服，一个三十多岁的妇女正在一辆 Q5 的后排座椅上擦拭前排座椅底部。店左侧的墙上贴着招学徒启事——包吃住、底薪三千、销售提成。

门口洗车，屋内修车。一个几十平方米的车间左右各有一个修车位，油迹斑驳。废旧零件随意堆放，四周的墙上挂了一些出售的冷却剂和喷漆，楼梯口贴了一张汽车美容价格表——贴膜 1888 元，抛光 150 元，打蜡 80 元，改车单聊。

周庸说："徐哥，这么破的店！可刚才我看见他们拿进去一个恩佐的配件，这店挺奇特呀，什么来路？"

我问他："听过乔四吗？"

他说："听过，是在各个中国黑社会性质组织老大榜单都排第一的那个人吗？网上都说他是因为超高层领导的车被毙了，这间修车店和他有关系？"

我说："你听的那都是扯犊子，以讹传讹。"

当时哈市和乔四同级别的"黑老大"还有四五个，后来在 1990 年的一拨严打中，这帮黑老大连带他们的后台全被依法处置了。那次严打后，哈市具有黑社会性质的组织基本灭绝了，有犯罪行为的组织都被一网打尽，剩下的基本都是些不入流、没犯过法的小混混。黑社会性质组织一解散，这帮人全都成了"无业游民"。

这批人的数目不小，好在政府帮他们解决了生存问题——在商业街一家商场的顶层开了个卖小家电的卖场，连带一批在严打中拯救的失足妇女，给每个人都分了一个摊位。

乔四的组织里就一个高层人员没被判刑，叫通哥，靠替乔四挡枪上的位，没干过什么违法乱纪的事。

通哥喜欢玩车，带着几个小弟，把家电卖场的摊位兑了，开了这间汽修厂。他毕竟是混过的人，什么车都敢改。我高中时总在这儿改摩托，和他有点交情。

陆风套牌，克隆成路虎，只有他们这儿敢干。

我们进了汽修店，问通哥在不在，一名员工去后面帮我们找。

一分钟后，一个额头有疤，五十多岁的大叔从后面转出来，看见是我："徐浪，什么时候回来的？"

周庸小声说："徐哥，这大哥头上的疤和哈利·波特的在一个位置。"

我没理他，迎上去跟通哥握了握手："怎么样啊，最近？"

他说："还那样。你在燕市干得还行啊？"

我说："还行。不扯犊子了，今天找你来是问个事，你们用没用陆风克隆过一辆车牌哈 A9K××× 的极光？"

通哥笑了："咋的了，'小鸭子'把你的车刮了？"

我没听懂，问他"小鸭子"是什么意思。

通哥说这辆车是他们改的，帮"小鸭子"改的。

我问他："'小鸭子'是叫闫冰吗？"

他说："不是，'小鸭子'叫刘宇。"

我和周庸对视了一眼，这有点出乎我们意料。

周庸问："为什么管他叫'小鸭子'啊？"

通哥四周看了眼，问旁边的一个修理工："我媳妇今天来了吗？"

那人说"没有"，通哥点点头，转过头看着我："我们几个朋友

176

总去前锋路的一家 KTV 玩，那家 KTV 有'鸡'也有'鸭'，刘宇是他家的头牌。

"有时候一起去的姐们儿会点他，我们背地里都管他叫'小鸭子'。后来他不在那家店了，听说去深圳干了，半年多前吧，他回哈市，我接单给他改的那辆车。"

我点点头："行，我知道了，谢谢你了通哥。"

他问我："有事吗？一会儿一起去临江街吃铁锅炖呗。"

我说："改天再约，我爸我妈等我吃饭呢。"出来后，我和周庸开着我爸的 A4 往家走。

回去的路上，周庸从兜里掏出一盒烟，先给我点上一根："徐哥，搞半天不是人家姑娘骗人，是你那同学吃完青春饭，想找一老实姑娘啊。"

我说："是啊，怎么就没想到那车是刘宇的呢？"

回家吃完饭，我拿起手机看了眼微信，同学群里多了一百多条消息。我点到最上面，往下翻着看了会儿，然后拍了拍坐我旁边的周庸，把手机递给他，示意他看。

他翻了翻："什么情况？刘宇被骗了，不是他骗人家吗？"

刘宇在同学群里求助，问有没有人的亲戚是警察，自己被骗了，香港女朋友欠他十几万元，现在开着他的车跑了，已经失联两天了，问怎么办。

群里有的人建议报案，有的人建议找私家侦探，我喝了口水，直接给刘宇打电话："知道她住哪儿吗？"

刘宇说："我俩住在一起。"

我让他回住的地方，我和周庸现在过去，看能不能帮他找出点什么线索。

　　刘宇和闫冰住在展览中心附近的新恒现代城，环境还不错，两室一厅，将近八十平方米，一个月房租 2500 元。

　　周庸听说这间房子的租金时觉得难以置信："多少？"

　　我说："行了，这边的房价也才一万多，你当还在燕市呢。"

　　挨个儿角落寻找线索时，周庸打开了衣柜。

　　我凑过去看了一眼。衣柜里有许多泡泡裙、女仆装之类的衣服。

　　刘宇有点不好意思："闫冰贼喜欢穿这些 Cosplay 的东西。"

　　周庸点点头："幸福！"刘宇尴尬一笑。

　　垃圾桶里有几个空药盒，上面的文字全是英文。我戴上手套，拿出来看了一眼，在搜索引擎上查了一下药名。

　　从垃圾箱里捡起的药盒，总共分两种，一种叫 Premarin（普力马林），另一种叫 Androcur（色普龙）。

　　我问刘宇这是他吃的药，还是闫冰吃的药。

　　刘宇说："是闫冰的药，这是她平时吃的减肥药。"

　　我说："你确定是减肥药吗？"

　　刘宇说："我也不知道，上面的外文我也看不懂！"

　　我让刘宇坐在床上，搬凳子坐到他对面："我现在问你三个问题，你一定如实回答。"

　　他点点头："干啥呀，这么严肃？"

　　我问他："闫冰平时情绪变化大吗？"

　　他说："大。非常多愁善感，总因为点什么就哭。"

　　我点点头，问他："你和闫冰有过性生活吗？"

　　他考虑了一会儿，看着我："没有，我回家这段时间身体一直不太好，欲望没那么强，而且她也不让。"

周庸憋着笑，给我发了条微信："肯定是身体被掏空了。"

确实，我之前听人说过，做男公关最长不能超过三年，否则就会落下病根。

我没理周庸，问了刘宇最后一个问题——他俩开过房吗？

刘宇说："开过。我们没同居时，总在松山路的华庭开房，但最多也就是摸摸亲亲，什么也没干。"

我想了想，问他用谁的身份证开的房，他说谁先到就用谁的身份证开。

我点点头，说："我要找私家侦探查一下开房记录，证实点事，但这钱得你来付，因为这个是用来帮你找人的。"

他问我多少钱，我说过年期间估计得涨价，但最多不会超过1200元，他想了想说行。

我打给了哈市本地的一个私家侦探社，根据刘宇提供的大概开房日期，让他帮忙查了一下酒店那几天的开房记录。

给对方支付宝转了一千块，十五分钟后，他发给了我一个Excel文档，我在里面检索关键词闫冰。

得到的信息是，闫冰，性别男。

刘宇有点蒙："找错人了吧？"

我摇摇头说："没错，我之前在你垃圾箱里发现的那两种药，一种叫Premarin，是雌性激素。另一种叫Androcur是抗雄激素。"

同时服用这两种激素，喜欢Cosplay，和男朋友没有性行为，由于药物作用而每天多愁善感、情绪变化大的，只有一种人——药娘[1]。

闫冰是个药娘。

周庸和刘宇都有点蒙,问我什么是药娘。

我给他们解释了一下。药娘是一种心理性别为女,生理性别为男,通过激素药物让自己身体逐渐接近女性的跨性别人群。

据说只要吃一年以上的抗雄激素和雌性激素,女装药娘走到街上就没人会认为服药人是男性,进女厕也完全不是问题。

周庸目瞪口呆,问我:"这种人多吗?"

我说:"还挺多的,我在《人世间》上看过一篇文章,说国际非政府组织亚洲促进会2014年的一项调查报告显示,亚洲跨性别者占成年人群体的千分之三,中国大陆的跨性别者人数有四百多万。但社会对他们的关注度远不如对同性恋群体的关注度那么高。"

除了个别人,余下的诸多人,都生活得不太好,很多人与家人闹翻,因为没有收入来源而依靠性交易为生。因为没钱做变性手术,只能依靠吃药或激素来维持女性的外表。

周庸拍了拍刘宇:"同居你都没发现?"

刘宇没说话,仿佛受到了打击。这就是我问他有没有性生活的原因。

---

[1] 药娘(与伪娘是完全不同的两个概念):

心理性别为女,生理性别为男,通过激素药物改变内分泌,从而使自己身体逐渐接近女性。由于一些难以说明的原因,仅有部分药娘会在后期实施变性手术。

药娘的数量在中国很庞大,但现在暂时没被社会重视,他们通常不被家人接受,也不被社会容纳。

刘宇已经报案了，我们陪他去派出所更改了一次案情——诈骗者有可能以男性面目示人，车也有可能改回了陆风X7。

大年初七上午，我和周庸坐在家里吃着我妈做的打卤面，接到了刘宇的电话。他说人已经抓住了，在哈市下属的县里，车确实改回陆风X7了，开房用的也是闫冰身为男性的身份证。

大年初八我和周庸坐飞机回到燕市。落地后，我接到了刘宇发来的微信："警察安排我们见面协调。她说骗我钱是为了买药，维持住她在我心中的形象，不想再继续骗我才走的。"

过了一会儿他又发了一条："我觉得我还是挺喜欢她的。"

周庸不可思议地问："知道闫冰是药娘之后，他还喜欢吗？"

我说："初六那天晚上，通哥给我打电话叫我出去撸串，我没去，就跟他在电话里聊了一会儿。通哥说刘宇除了接女客，偶尔也接男客，他可能是个双性恋，双性恋是能接受药娘这种存在的。"

周庸沉默了一会儿："徐哥，你怎么看药娘这种人群？"

我想了想："不论什么样的人，只要不影响到他人的生活，都应该被平等对待。"

常见的嫁接恋爱诈骗手法

1. 花篮托（多为男性且团队作案：一人行骗，另有二至三人充当亲戚）

   一般会挑选相貌普通、年龄偏大的女性，经过至少2个月的接触，取得信任后，以各种理由索要钱财。达到目的后，会以家中亲友不同意为由，终止关系脱身。

   特征：描述自己各方面条件都不错，不介意对方年龄偏大，人在异地且愿意异地恋。

2. 骗炮（多为男性）

   骗炮不是约炮。约炮是双方知情自愿；而骗感情炮则是通过消费受害者的信任和感情来达到目的，给受害者带去除身体和精神外的伤害。

3. 推荐彩票、赛车、邮币卡、原油、贵金属等投资的骗子（多为女性）

   通过晒可能并不是本人的网红照片，在照片介绍里说自己是开服装店、美甲店等，通过开店赚了不少钱，还假装专业地说自己在看各种投资走势骗取信任，并留下联系方式，等人主动上钩。

4. 找人一起开网店的骗子（多为女性）

   与上一条比较相似，一般骗子在社交网站上行骗，个人主页介绍开头会写"找人和我一起奋斗，开网店"，聊天时会先告诉你自己想找个男朋友，只要有上进心就可以，但主要希望能"和她一起开情侣网店"。

特征：骗子不会要求你把钱直接打过去，而是会把要加盟网店联系人的联系方式给你，通过第三个人骗你加盟并支付加盟费。

5. 酒托饭托（多为女性）

通过团队线上操作多个账号，多平台同时行骗。有人上钩后，根据地理位置给线下的酒托饭托打电话，让她们接待赴约男性。

特征：即使车接车送但对方仍坚持去指定地点消费，不去就以"没诚意""那就算了"等理由搪塞，且线下真人与照片有差距。

6. 网店托（多为女性）

一般会在聊熟之后，谎称自己当天过生日让你送她礼物，但你挑选的礼物她不满意，随后会发给你一个网店链接让你去该店购买。

7. 异地恋骗子（男女都有，多为异地）

以异地恋的形式与你交往，一段时间后以要去你所在的城市见面为名，骗取路费后消失。更有甚者，会要求你辞掉工作去对方的城市，过去之后将你带入传销组织。

11

全职主妇浑身是伤,
还有人在网上招募杀手要她的命

事件：网络雇凶杀人案

时间：2017 年 4 月 13 日

信息来源：粉丝提供

支出：6930 元

收入：待售

执行情况：完结

这年头干什么都流行抱团，团伙犯罪越来越多。根据广东省公安厅2016年的资料，百分之二十的职业犯罪团伙实施了百分之八十的犯罪活动，就连青少年犯罪都开始抱团。

在调查过程中，我最不愿碰见的，就是城市团伙犯罪。

城市团伙犯罪一般分两种：

第一种是随机性的团伙犯罪，成员不固定，没有预谋或策划，都是偶然机会，临时组个团，行为非常随机。在调查时，很难分析这些人的动机。

第二种是形成组织规模的。有带头大哥和小弟，犯罪都是有组织、有预谋的。调查这种组织，随时可能有生命危险。

相对来说，还是碰到第二种情况好一点，我自己解决不了的，起码可以报警。而随机性的团伙犯罪，很容易让我没有头绪，必要时无法提供准确信息报警。

团伙犯罪的增加，使我不得不花很多精力去研究这种犯罪行为的逻辑，尤其是随机性团伙犯罪。然后，我找到了一些他们的"聚集地",暗网就是其中之一。不过暗网上一般都是相对高级的罪犯,他们以走私、贩毒为主,只接受比特币交易,门槛很高。有些地方门槛就没那么高了,比如论坛。

2017年4月13日,一个读者给我留言,说自己发现了一个犯罪分子聚集地,并发来一个网址。复制到浏览器打开,是个叫"某某犯罪"的论坛。往下翻了翻,我惊讶地发现,这论坛的精彩程度不比暗网差——收身份证、买卖假钞、雇用打手,除此之外,还有一大批寻求组团合作的。盗窃的寻找开锁快的人,仙人跳和酒托寻找长相还可以的姑娘一起做局,还有人不明说干什么,只表示要干票大的,让有意的人留下QQ号。

这儿就是一个随机性团伙犯罪的发源地。

花了一个上午时间研究这个论坛,其中有条半个月前的帖子让我很在意。有人发帖招杀手,竟然还有回复。

这个论坛虽然是犯罪分子集中地,但求杀人的信息就这一条,而且还是在燕市。涉及人命的都是大事,我考虑了一下,申请了一个QQ号,在帖子下面给发帖人留了号码。

可能和上一个人没谈妥,第二天上午,有个网名叫"扑火"的人,加了我留下的QQ号,问我是否愿意接这个杀人的活。

我回说:"愿意。但报酬你怎么给我,定金多少?"

他说:"是这样,我要杀一个女人,她住在惠源里的金燕小区,我会给你提供她的一切信息,包括日常活动范围还有生活习惯,必要的话可以给你提供她家的钥匙。

"你觉得方便下手时通知我一声,动手前给我拍张照,我把钱都转给你,你再动手。"

我假装答应,让对方把目标的信息发给我,并给他一个银行卡号,让他给我打两千元钱定金。

四十多分钟后,我的银行卡里多出了两千元,看来对方真不是个骗子。

我回复收到定金后,"扑火"发过来一份 Word 文档,里面是个叫吴秀淇的女人的资料,非常详细,包括她的个人信息、生活照、丈夫上班的时间、保姆来家里打扫的时间、自己在家的时间,等等。甚至连她家的备用钥匙就放在门口花盆底下这种事,资料里都有。

我打电话叫来周庸,给他讲了这件事的大致经过,让他一起帮忙分析分析。

周庸想了想:"咱去警告她一下?"

我说:"那有什么用?又不知道是谁想杀她,这事儿防不胜防,不查到源头,永远解决不了。"

他点点头:"有道理,那怎么办?"

我说:"根据那份资料,能这么了解她生活的人,肯定跟她关系不一般。咱就从她身边的人查起,看看谁有动机。"

第二天上午,我们一早就开车到了惠源里的金燕小区。"扑火"给的资料里写,吴秀淇之前在一家新媒体公司上班,但早就辞职了,现在是个全职的家庭主妇。

她每天的生活,就是去附近的惠源公园跑步,然后去超市买菜,她老公会开车接她回家。偶尔逛街,剩下的时间基本都待在家,保姆每两天来打扫一次屋子,所以也没什么家务需要她做。

十点来钟时,我和周庸在车里,看着吴秀淇出了小区。她戴着耳机,往惠源公园方向跑。

周庸说:"徐哥,这姑娘身材保持得可以啊。"

我说:"你能不能关注一下重点?"

他问我:"什么重点?"

我指给他看:"有个穿得挺破的大哥,一直小跑跟在她身后,看见了吗?"

周庸说:"那有啥?人老心不老呗,我跑步时看见有眼缘的姑娘,也会跟着找机会打招呼!"

他说得有道理,吴秀淇的长相和身材都不错,跑在街上吸引个把中年男子的注目也正常。

我们跟着吴秀淇到了惠源公园,又跟着她去了超市。

她买完东西,出来在路边等着,过了一会儿,一辆宝骏730停在她面前,下来一个中年男人,帮她把菜放进后备厢,两个人上车走了。我们开车跟在后面,直到他们进了金燕小区的地下停车场。

周庸点上烟:"这是她老公吧,年纪看起来比她大挺多啊。"

我点点头:"先查查这哥们儿是干啥的。"

把车牌号给了车管所的小马,让他帮忙查一查那辆宝骏730的信息,我和周庸开车去附近的日料店吃饭。

刚点完我爱吃的甜虾,就收到小马的微信消息,说车主叫马杉林。

我在网上输入这个名字后,轻而易举就找到了这个人——他竟然有百科词条。

根据资料,这哥们儿是个海归,在东京大学读的研,刚四十出头就已经是燕市某家知名医院精神科的主任医师了。并且他还是多个国家级医学项目、学科学会的带头人,妥妥属于精英阶层。这样的人，有钱。

周庸喝了口梅子酒："徐哥，你说有没有可能是她老公想离开她，又不想分给她一半财产，所以雇了个人把她干掉？"

我说："不至于这么狗血吧？别瞎猜，刚才看她老公对她挺好的，不然也不会下车帮她拎菜。"

商量了一下，我们决定明天继续跟踪吴秀淇，一是看能否找到什么线索，二是可以保护她的安全，防止雇我的那个人还找了别人来杀她。

第二天上午，我们又来到金燕小区。十点多，吴秀淇准时从小区里出来，往惠源公园方向慢跑，周庸启动车："咱开到公园等她吧。"

我说："等一下，把车停路边，下车。"

周庸笑了："怎么了，徐哥？你也想跟着跑一下？你不是说上午绝对不运动吗？"

我说："你是不是傻？快看那是谁！"

他抬头看："我靠！"

昨天吴秀淇跑步时，那个穿着有些破旧的中年男子，又和昨天一样跟在了她身后。见到一个漂亮姑娘，跟着跑几步，可能是人之常情，但连续两天跟着同一个人，绝对有问题！

我和周庸下了车，远远地跟在两个人身后，到了惠源公园。这个时间惠源公园里的人已经不少了，有一群大妈正在跳舞聊天。中年男子远远地跟在吴秀淇身后，时不时看看周边的人，显得特别不正常。

在路过一片人少的地方时,中年男子从兜里掏出一个东西,走近吴秀淇,我和周庸故意大声说笑,跑向他们的方向,他又把东西揣回了兜里。

吴秀淇在公园里跑了两圈,压了压腿,已经快中午了,她掏出手机看了看时间,从北门出了公园。

中年男子正想跟出去,我们拦住了他,把他拽进路边的树丛里。

他用力挣扎:"你们是谁?要干吗?"

周庸说:"你小点声!"拿出手机给他看他刚才跟踪吴秀淇的视频,"光天化日跟踪一个姑娘,你还要不要脸了?信不信送你去派出所,臭流氓!"

中年男子扫了两眼视频,声音小了下来:"我没跟踪,我就是自己溜达。"

我让周庸从身后缚住他,搜了他的身——他放进口袋的好像是个作案工具,刚才想对吴秀淇使用。

在他外套右侧的口袋里,我发现了一个暗色小玻璃瓶,大约十五厘米高,里面装满了液体。我拧开瓶盖,一股刺激性气味扑鼻而来。我看了看瓶口的白色气泡:"是浓盐酸,他想毁吴秀淇的容!"

周庸听我说完,弯腿给了他一记膝撞,把他按倒在地:"这么对一个姑娘,你还是人吗?徐哥,咱直接把他送局子吧!"

我说:"先别急,听听这哥们儿有什么深仇大恨,非得毁人家容。"

中年男子问我们是谁,我说就是普通的见义勇为。"是别人雇你干的,还是你有什么目的?"

他沉默了一会儿："你们直接把我送局子吧，反正我是精神病，也不犯法。"

听他说自己是精神病，周庸有了点头绪："你是马杉林的病人吗？用这种方法来报复他？"

他不说话。

我说："你有什么仇，为了报复他把自己折进去，值当吗？"

中年男子突然开始滔滔不绝地骂起人来。说了两分钟脏话，才开始讲述自己和马杉林的深仇大恨——二十年前，马杉林还是个本科毕业生，因为没钱继续深造，服从分配到了燕北省的一个县城医院，在精神科负责收容工作。

当时当地有一伙黑势力，专门搞强拆，他们和马杉林合作，谁敢对着干，他们就把人抓起来，送到马杉林那儿开证明——"被精神病[1]"，强制收容到精神病院。

只要人一进精神病院，根本解释不清。等到出院时，家都已经被拆光，更别说什么拆迁款了。

马杉林靠和黑势力团伙合作，两年后，攒够了钱，去日本深造。

他在日本上学期间，国家进行了几次大规模的打黑行动，当时和他合作的拆迁黑团伙被消灭了，而马杉林因为在国外上学，躲过

---

[1] 湖北省十堰市彭宝泉"被精神病事件"：湖北省十堰市的彭泉，因拍摄了几张群众上访的照片，被送进派出所，并被派出所送进当地的精神病医院。

河南漯河市徐林东"被精神病事件"：帮助残疾人状告镇政府被送进精神病医院，六年半里被捆绑48次、电击54次，从而使得"被精神病事件"更引发社会关注。

一劫。回国之后，他摇身一变，成了名校毕业的海归精英，进了燕市一家知名的医院，越干越好。

中年男子就是遭遇强拆进的精神病院，出来后媳妇已经跑了，家也没了，自己在精神病院里因为吃药加电击，精神也真的不正常了。

中年男子想报仇，但一直没有马杉林的消息，直到前段时间看到一个和精神病有关的节目，马杉林作为受访专家出现在电视里，他才找到燕市来。

他说自己就是来找马杉林报仇的。但这孙子每天非常小心，进出都开车，轻易不出诊，根本抓不到他，只能报复他老婆。

周庸听得目瞪口呆："你当时就没想过证明自己不是精神病？"

我说："他证明不了，不仅是他，世界上任何一个人都证明不了自己不是精神病。斯坦福大学有一个著名的罗汉森实验，安排八位正常人前往精神病院，这些正常人伪装幻听被收容进精神病院后，马上表示症状全部消失并感觉良好，但仍然得到了'轻度精神分裂症'的诊断结果，继续接受治疗。"

这个实验结果表明，任何一个人，都不可能在精神病院里证明自己是个正常人。这几乎是个死局，而且有过一段精神病院的经历，很容易变成真的精神病人。

虽然有些怜悯他，但我和周庸还是把他送到了附近的派出所。说明情况，做完笔录出来后，已经快天黑了。我饿了一天，想吃烤肉，于是去了板桥营的刘哥烤肉。

一块牛排下肚后，周庸满足地喘了口气："徐哥，接下来怎么办？"

我说:"如果那大哥说的是真的,那马杉林就是个道貌岸然,为达目的不择手段的人,这种人完全有可能为了财产而杀妻。明天趁他不在家,咱去他家里探探底。"

按照"扑火"给的信息,周一、周三、周五的下午两点到五点,家里都只有吴秀淇一个人,保姆要周二、周四、周六才来。

周一下午两点半,我和周庸拎了几盒营养品,跟着邻居进了单元门,坐电梯到十一层,来到他们家门口,敲了敲门。

吴秀淇给我们开了门,问我们找谁,我拉过周庸说找马杉林老师:"这是我弟弟,他是马老师的病人,现在恢复得很好,我们就想着上门感谢一下!"

她看向周庸,周庸点点头,扯出了一个笑容:"抑郁症!"

吴秀淇点点头:"进来吧。"

他们家是复式,客厅在一楼,我和周庸坐在沙发上,吴秀淇给我们倒了两杯水:"马老师不在,我把你们的名字记下来,等他回家告诉他。"

我说:"谢谢。我叫徐庸,我表弟叫周浪。"

吴秀淇倒水的时候,我注意到她伸出袖子的手臂有一大片青紫:"您的胳膊怎么了?"

她说:"没事儿,摔的。"

寒暄了几句,我和周庸告辞。出了门,我俩在小区门口抽烟,他深吸了一口:"徐哥,她那伤绝对不是摔的。"

我问:"你怎么知道?"

周庸说:"刚才她倒水的时候,我不小心看到她胸口也有一大片青紫。摔跤总不可能胳膊和胸口一起受伤了吧?而且她的脖子上好像也有点瘀痕。"

我点点头："咱明天再来吧。"

第二天，我和周庸又来到金燕小区，不是为了见马杉林和吴秀淇，而是要等他们家的保姆。

上午十一点，我们藏在马杉林家门口的楼梯间里，只打开一条缝。十二点多时，看见马杉林和吴秀淇回到家，下午一点左右马杉林出门，保姆进门。我和周庸躲在门缝里，记住了保姆的样子，下了楼。

下午四点半，保姆打扫完出门，我和周庸在小区门口拦住了她："能问您点事儿吗？"

她看着我和周庸，大概我们看起来不像坏人，她说："你们想问什么？"

我说："我们是吴秀淇的表弟，上次聚餐时，发现她身上有伤痕。她在家是不是遭受家暴了？"

保姆说："不知道，我没见他俩动过手，只听见他们吵过架。"

周庸问他们都吵什么，保姆犹豫了一下："我听小吴喊过出轨、小三什么的。"

我问她还有没有发现什么奇怪的地方，她想了想："有时候我过来打扫，会看见摔碎的花瓶碗碟，小吴身上的伤我也看见过，我问她，她就哭，说都是自己摔的。"

据统计，在家暴里，百分之三十九以上的被施暴者，会选择忍耐，觉得家丑不可外扬。

周庸看了我一眼，用口型说："家暴！"

接下来的一天，我俩假装居委会的人做调查，问了马杉林和吴秀淇的几个邻居——他们都听到过两人吵架、摔东西、讨论小三的事，也都听过吴秀淇凄惨的叫声。

而且，有件事使我更确信家暴的存在——有两个邻居反映，见到马杉林和吴秀淇在剧烈争吵后的第二天，他们俩特别甜蜜，马杉林对吴秀淇又好又温柔。

这叫"暴力后的蜜月期"，在家暴里是常见现象——在暴力过后，施暴者会表现得特别温柔，给受害者制造许多浪漫温馨的幻象，两个人似乎又回到了最甜蜜的时期。

也正是在这个时候，受害者会觉得施暴者还是自己爱的那个人，他当时打我一定是因为他太生气，才一时控制不住。于是陷入恶性循环。

我和周庸回到车里，分析了一下马杉林这个人——为达目的不择手段、习惯性家暴、有小三、有心机。

雇凶杀人的"扑火"，对这个家庭的熟悉程度，就像这个家里的人。

怎么想，都是马杉林买凶杀人的可能性最大。

周庸问："徐哥，我们是不是该和吴秀淇摊牌了？"

我点点头："但不能直接说，得想个办法让她相信。"

周庸说："这有啥不相信的？"

我说："你好好想想，马杉林一遍一遍地家暴她，她都能原谅，她会相信马杉林，还是相信咱们两个陌生人？"

他说："也对，那怎么办？"

我说："只能让她感受到危险，让她清醒。我去'杀'她一遍。"

第二天下午两点，我到了金燕小区。防止发生意外，我还提前用手机录好此行的目的是去救人,而不是真杀人。

到了十一层,我在门口花盆下拿出钥匙,开门进屋。

一楼没人,上了二楼发现吴秀淇正在睡觉。我上前按住她,先堵住她的嘴,再将她的手脚用绳子捆住:"有人给我五十万,让我杀你。"

我继续道:"别喊,我就让你说话。"

她惊恐地点点头,我把塞住她嘴的毛巾拿出来,打开QQ,拍了张照给"扑火",说我已经要杀人了,让他把剩下的四十九万八千块钱打过来。

然后我把手机递给她看:"马上就有人打五十万过来,要我杀你了,你猜猜是谁?"

吴秀淇忽然笑了:"不用猜了,五十万现金在床头柜里,我早准备好了。"

我看着她的笑容,忽然浑身一冷:"你什么意思?"

她说:"这你都不明白?雇你杀我的,就是我自己啊。"

我的第一反应,这是个仙人跳,想想事先录好的澄清视频和兜里的录音笔,我又有了点底:"你到底想干什么?"

她没正面回答:"床头柜里除了五十万,还有手套,你戴上手套用厨房里的那把白柄的陶瓷刀杀我,刀上都是我老公的指纹,你可别破坏了。"

我点头说:"记住了。什么深仇大恨?他出轨了?家暴你了?"

吴秀淇又笑了,说:"调查得挺详细啊。但都没有,他爱我还来不及呢。"

我问她:"能和我说说是怎么回事吗?"

她说:"不能。"

我说:"那我不杀了,你自己玩吧。"

她想了想说:"好吧,你想知道什么?"

我问她身上的伤是怎么来的。

她点点头:"身上的伤是我自己掐的,为了假装家暴,做给保姆和邻居看的,他们将来都是人证。出轨也是我故意喊给他们听的。"

我很费解:"你这么做,你老公就一点反应都没有?"

她笑着说:"当然有。可他是个精神科医生,理所当然地把我的行为当成了嫉妒妄想症[1],就是一种精神疾病。而且你知道吗?精神病自残和自杀的比例是正常人的十倍,所以我自残也是正常的。"

我点点头:"所以每次你自残之后,你老公对你特别温柔,是怕刺激到你?"

她说:"对,有这些家暴前史做基础,人证那么多,刀上又有指纹,他怎么都解释不清。"

我说:"那我就剩一个问题了,你为什么这么做?"

她点点头:"我老家在燕北一个小县城,我十二岁的时候,妈妈被当地黑社会强奸了,我爸要去公安局报案,半路上却被黑社会劫走带到医院,鉴定成精神病患者,扔进了精神病院。

"后来我妈自杀了,我爸真疯了,我姑姑收养了我。长大后我布了一个局,找到并嫁给马杉林。因为当时鉴定我爸是精神病的,就

---

[1] 嫉妒妄想症:患者坚信配偶对其不忠,另有外遇。因此,患者会跟踪监视配偶的日常活动,检查配偶的私人物品,想方设法寻找所谓的"证据"。多见于精神分裂症、酒精中毒性精神障碍、更年期精神障碍等。

是他!"

我说:"明白了。"我把绳子给她解开,"不玩了,你自己好自为之吧!"

她晃了晃手脚,说:"你不杀我,我就报警说你入室抢劫。"

我掏出录音笔:"随便吧,不过你最好别再买凶杀自己了,否则我就把录音笔交给警察。那两千元订金,回头我给你送来。"

出了门,周庸在车里等我,我先点上烟吸了口,给他讲了事情的经过。

周庸听得觉得烟都烫手了:"这姑娘也太有心机了,吓死我了。"

我说:"是啊。走,喝酒去。"

开车去酒吧的路上,周庸问我:"徐哥,我想了想这事,觉得这马杉林那么不是人,就这么放过他了吗?"

我想了想:"过两天咱俩去趟燕北吧。"

WARNING
遇到有下列家暴倾向的对象，不要选择和 TA 结婚

1. 大男子主义者：在生活中表现出性格极端，且教养差。
2. 偏执者：嘴上挂着"为你好"，实际上只是把爱当作了他／她满足自己控制欲的工具。
3. 酗酒者：酒精的阻断作用会消除理智，使人做出一些暴力行为。
4. 攻击型人格：这一类型的人常用武力作为解决问题的首选办法，而琐碎的家庭生活，又是难免出现问题的环境。
5. 自我反思能力缺失型人格：不懂得尊重他人，不懂得反思自己的过错，这些是人格障碍的表观，也是容易出现家暴施暴者的人格类型。

12

新手妈妈失踪前去了一家倒闭的健身房，假教练不肯赔偿要陪睡

事件：健身房失踪事件

时间：2017年4月22日

信息来源：田静

支出：5000元

收入：15万元

执行情况：完结

我经常接到一些寻找失踪人口的活儿。一般来说，如果一个人失踪时间过长，我都会建议家人去人口找回的网站上登记，而不是找我，因为找到的概率不大了。

日本警察小说家堂本瞬一，曾写到过日本警视厅的一个统计——失踪超过四十八小时的人，被找到的概率极低。这数据在中国是同样适用的，四十八小时，使用任何一种交通工具，都足以远离失踪地警方的寻找范围。

两天，从燕市开车出发，都能开出国境线了。所以有人托我找一个失踪超过两天的人，我基本都会拒绝，除非是关系很好的朋友，比如田静。

她最近也确实给我找了这么一个事儿。

2017年4月22日中午，田静给我打电话，说有个朋友失踪了，让我帮忙找："孩子还不满一岁，现在妈妈失踪，已经强行断奶了。她老公特急，一直求我帮忙联系你。"

我问她："失踪多久了？"

田静说:"两天了。"

我说:"那甭急了,一时半会儿也找不到。正好我没吃饭呢,一点钟,咱们在湖东路的梨汤小馆见吧,边吃边聊。"

我到小吊梨汤的时候,田静已经到了,点好了菜在等我。

我说:"看来静姐你是真急,连点菜的时间都不打算给我。"

田静让我别贫,直接进入正题:"失踪的是我一个发小,叫杨明月。"

这人我知道,田静曾经提过几句,她妈妈催她结婚时,经常会列举一些和她同龄、已婚生子的姑娘过得有多幸福,杨明月就是最常举的例子。

杨明月的爸爸和田静的爸爸同在一个单位,房子分在仲州大学附近同一个小区,两人小时候经常一起上学。

现在杨明月结婚三年,孩子不到一岁,老公是搞金融的,特有钱,对她也不错。

我问田静:"杨明月是怎么失踪的?"

田静:"20日那天,她说去健身房跑步,就再也没回来。她老公又是报警,又是托人帮忙找,都急疯了。最后他想到了你,知道咱俩关系不错,所以让我联系你,要给你十五万,拜托你帮忙找一周,找不到钱也照付。"

我说:"你早说啊,刚才我还在想呢,给静姐帮忙,这活儿可能得白干。联系方式给我吧,下午就开工。"

田静瞪我一眼:"微信发你。"

吃完饭,我联系了杨明月老公,约好了下午在他家见面。我叫上周庸,开车前往望一桥附近的望富小区——杨明月和她老公就住在这儿。

下午三点多,我们在望富小区门口见到了杨明月的老公——微胖,头发有点乱,胡子没刮,眼镜上都是手指印。

他带我们到了家里,我观察了一下,光这大客厅就得七八十平方米,装修也好,看起来确实挺有钱。

在沙发上坐下,我问他:"杨明月失踪那天到底发生了什么?"

他告诉我们:"她生完孩子后,身材有些发福。大概两个月前吧,望一南街开了家健身房。那家健身房离我们小区大概一千米,明月就在那儿办了张卡,经常去跑跑步什么的,想恢复一下体形。"

周庸觉得奇怪:"怎么生完孩子都一年了,她才想起恢复体形呢?"

杨明月老公说:"因为附近刚有健身房,燕市这空气,室外运动,不如不动。"

我让周庸别打岔,又问了一些杨明月失踪当天的细节。

20日下午六点多,杨明月和她老公说了一声要去健身房。

晚上快十点了,杨明月老公奇怪她怎么还不回来,一打电话,发现她关机了。他等到十一点多,问遍了亲戚朋友,发现没人见过杨明月,于是报了警。

我问他:"你们的夫妻关系怎么样?"

他说:"还行,没什么矛盾。"

我点点头,又问他:"找健身房的人问了吗?"

他说:"找了,但那间健身房关门了。"

周庸说:"那就等开门再问呗!"

他说:"开不了了,那间健身房忽然关门,老板和员工都人间蒸发了。警方一调查,发现没有营业执照,租房时用的身份证也是假的。"

这事儿有点奇怪,为什么有人会用假身份开健身房?

我问他:"是否方便到处看看?"

他说:"可以。"

我和周庸挨个儿屋看了看,寻找杨明月失踪的线索。在主卧里,我看见桌上摆着杨明月和她老公的结婚照。那时杨明月的老公特别壮,但一点不胖,和现在简直是两个人。

找了一会儿,没什么有用的线索,我决定去健身房看看。

问清地址,我和周庸开车去了已经"关门"的 Filte 健身房,很近,不用两分钟就到了。

Filte 健身房是临街的一个门市,门口挂了块牌子,写着"请上二楼",但现在就连一楼的门都是锁着的。

周庸把车停在路边,正打算下车仔细看看,我一把拽住他:"等会儿。"

他问我:"怎么了?"

我说:"你往健身房方向看,那个身材不错,穿着牛仔裤、黑T恤的哥们儿。这哥们儿一直在附近转来转去,偶尔还贴着健身房一楼的玻璃门往里看。"

周庸说:"徐哥,他干吗呢?"

我说:"不知道,可能是闲得无聊。现在人太多,还有跟这儿转悠的。咱们晚点再来。"

周庸问我:"晚点来干什么?"

我说:"你看门口的棚顶,有个监控摄像头。咱们晚上再来,潜入这个'关门'的健身房,看能不能找到监控存储设备,试着找到杨明月失踪那天的监控记录。"

我和周庸去望都的点酉小馆吃了一顿海鲜,又开车回到了Filte健身房附近,在车里放倒座椅睡了会儿。凌晨一点多,我俩下了车,直奔健身房。

健身房一楼的玻璃门,是用老式链锁锁死的。这种锁简单,我拿铁丝捅几下就打开了。

我们正要进去的时候,后边忽然有人大喊了一声"干吗呢",吓了我俩一跳。

我俩回过头,发现是白天一直在这儿转悠、穿牛仔裤的哥们儿。可能晚上冷,他又多穿了一件牛仔夹克,凑齐了一套牛仔装。

"牛仔"看着我和周庸:"你们是来搬器械的吧?"

我问他:"搬什么器械?"

他说:"别装了,你们是健身房的人吧。就知道你们舍不得这些器械,想趁着晚上偷偷搬走。没门儿,我告诉你们,我在这儿蹲好几天了。要么你们赔钱,要么我报警,自己选吧。"

我问他:"赔什么钱?"

他说:"卡里的钱,年卡三千多,还有私教课一万二,一共一万五。你们才开了俩月,说走就走,忒缺德了,坑了多少人知道吗?"

周庸说:"哥们儿,我们真不是健身房的人。但就你一人跟这儿守着,真来几个搬健身器械的人,你这么跳出来,不仅拦不住人家,还得挨一顿打。"

"牛仔"不信,我掏出手机,百度了一下杨明月失踪的新闻,递给他看:"这姑娘来这儿健身之后就失踪了,我们是她家属委托来找人的,想进去看看有没有线索。"

"牛仔"接过手机看了一眼,皱了皱眉,把手机还给我:"她失踪了?"

他的表现有点奇怪,听语气好像认识杨明月。

我问他:"你见过杨明月吗?"

"牛仔"点点头:"我每天都来健身房,这姑娘也经常来,脸熟。"

我问他:"这间健身房最后一天营业是什么时候?"

他说:"应该是16日,下午还开着,晚上忽然关了门,说暂停营业,就再也没开过。"

我和周庸互看了一眼,这正是杨明月失踪的那天。

"牛仔"对我们的身份还是有点怀疑,我说:"这样吧,你就跟门口站着,我俩要搬出一样东西,你立马报警!"

他考虑了一下,答应下来。

我和周庸拉开玻璃门,上了二楼。

打开手机的手电筒,我四处看了一下,这是间规模还可以的健身房,设备也挺全——推胸机、下拉器、划船机整齐地排在场地四周,都是大品牌产品。

周庸是个健身达人,看见一屋子健身器械就手痒,他走向一台垂直轨道的传统史密斯,搓了搓手。

我说:"你别闹,调查呢。"

他不听,"嘿嘿"一笑,走向前,双腿微弓,将杠铃托在肩上,提了两次就放下了。

"徐哥，感觉不对啊。杆上有小倒刺，四周粗糙不平，这还是 LIJIAN 的呢，这牌子是要黄啊！"

之后周庸又换了几台设备玩，但质量都一般："LIJIAN 这是怎么了，净出残次品呢？"

听他这么说，我挨个儿检查了一下，这些健身器械确实做得很差，不仅做工粗糙，连机器上的商标都印得特别模糊。

我说："这应该是贴牌的山寨器械，LIJIAN 这牌子我知道，很多年了，销量一直不错，不可能这么毁自己。"

周庸问："健身器材还有山寨的？"

我说："当然有，国内有专门贴牌的厂家，小到杠铃，大到跑步机都能造假，价格是正品的十分之一，不仅在国内卖，甚至远销外国。"

我让他别管健身器材，先绕着健身房开始找线索。大厅里只有一些器材，员工休息室里也什么都没有。这绝对是有预谋的跑路，否则不会收拾得这么干净。

整个休息室，唯一没收拾的，就是垃圾桶。我戴上手套翻了翻，发现了一个透明塑料包装，里面还剩了点乳白色的液体，我闻了闻，觉得好像是坏了的牛奶。

除了这个，我还发现了全英文的药盒，上面写着 Synthol（西斯龙）。我查了一下，这是一种合成醇，用于刺激肌肉生长，对人体有危害。这种药物国内没有卖，只能从国外高价代购。

又找了半个小时，没找到监控存储设备，可能已经被带走了，我和周庸没什么收获，只好先离开。

从健身房出来，"牛仔"还站在门口，我掏出烟，递给他一根，他说不抽。

我自己点上，吸了一口："得，你也别看着我俩了，挺晚了，咱都回家吧！"

他点点头："你们跟那姑娘熟吗？"

我说："朋友。"

"牛仔"看着我和周庸，有些欲言又止的感觉。

周庸说："哥们儿，有话直说，告诉我俩也不用负法律责任。"

听见周庸开玩笑，"牛仔"放松了一些："不是我编派你们朋友啊，但我听说，这姑娘和健身房的一个教练可能有一腿。"

我问他："听谁说的？你确定说的是她吗？"

他问我："那姑娘的孩子是不是还没断奶？"

我说："是。"

"牛仔"点点头："就是她。我之前在这个健身房有个私教，这些都是他告诉我的。"

我问："她是和你的私教有一腿吗？"，

"牛仔"说："不是，是另一个，我也见过，他们看起来是有点暧昧。"

周庸问："你和健身教练的关系这么好吗？"

牛仔说："是，昨天我们还聊了微信。"

我觉得奇怪："那你怎么不通过他去找健身房老板？"

"牛仔"摇摇头："他也是受害者，压根儿不知道健身房关门的消息，现在还是失业状态。"

我让周庸加了"牛仔"的微信，留下电话号码，就回家睡觉了。

第二天中午,我俩开车又来到了望一桥附近的望富小区。

坐在杨明月家里,我问她老公:"你妻子有没有可能和别人跑了?"

他说:"不会吧?你们查到什么了?"

我说:"你老婆喜不喜欢肌肉型的男人?"

他半天没说话,从茶几底下掏出条中华,拆出一盒,点着一根,吸了几口,说:"这烟有点干了。我从打算要孩子时开始戒烟,杨明月怀孕加上孩子出生,两年多没抽了。"

我说:"理解。烟也抽了,咱先把眼前的问题解决了吧。"

他点点头:"和我老婆认识的时候,我还挺壮的,有六块腹肌,她当时和我说过,就喜欢有肌肉的。所以她要是在健身房里看上谁,我倒是不觉得意外。"

周庸好奇:"那你是怎么发福的呢?"

他说:"戒烟。"

我和周庸一起"哦"了一声。

沉默了一会儿,他说:"你们还是继续帮我找她吧,孩子这么小,不能没妈。放心,你们的钱,我还是一样给。"

从杨明月家出来,上了车,周庸看着我:"当然是选择原谅她呀!"

我问他:"你说什么呢?"

周庸说:"徐哥你什么也不懂,真是年纪大了。"

我说:"别胡说,跟'牛仔'联系,他不是说和健身房的教练关系不错吗?问他能不能帮忙约一下他的私教,看有没有线索。"

周庸点点头,打电话过去说明情况。

"牛仔"很热情,说马上联系。十分钟后,"牛仔"回电话说他的私教生病了,正在樱桃东街的第三医院看病。如果我们想见他,现在就可以去医院。

我问"牛仔":"提前跟人家打招呼了吗?"

他说:"没有,打什么招呼?直接见面说呗。"

开车赶到第三医院时,"牛仔"已经到了。他身边站了一名壮汉,大臂比我大腿还粗,怎么看都像个健身教练。

周庸凑到我跟前:"徐哥,这哥们儿的胸赶上我屁股大了。"

我让他闭嘴,过去跟健身教练握手,拿出杨明月的照片,问他:"你知不知道这姑娘的事?"

他有点蒙:"她的事问我干吗?"

我说:"是这样,这姑娘现在失踪了,我们听说她在健身房和某个教练走得挺近的,想找你了解情况,看能不能找到那个教练,从而找到这姑娘。"

他点点头:"我来的时间不长,一个月吧,就是看住的地方附近开了家健身房,才来应聘的。刚待了两天我就觉得不对,这儿的健身教练都是半吊子,证也是假的,每天只知道推销课程。"

我说:"没其他人意识到吗?"

他说:"当然有。有好几个客人都觉得教练不行,想退课,杨明月就是其中一个。"

我点点头:"最后事情解决了?"

他说:"是,那个健身教练不想让杨明月退课,说自己可以陪睡。第二天,他还和其他教练聊过这事儿,说杨明月竟然还有乳汁,好几个人都表示羡慕。"

周庸说:"打断一下,健身房还有这服务?"

健身教练点点头:"有,起码我们健身房有几个都是这种。"

211

周庸问:"那老板不管吗?"

健身教练说:"当然不管,这几个人都是老板的亲信,跟我这种应聘来的不一样。"

这种事之前就被曝光过,没想到让我们碰上了。

我问他:"你能不能联系上那个教练?"

他说:"联系不上。"

周庸说:"那健身房老板呢?"

他说:"也联系不上,我要能联系上他,说啥也得让他给我那个月的工资!"

从健身教练这儿没得到什么有用的信息,周庸问我:"怎么办?"

我想了想,说:"要不从健身器材着手吧。找到山寨 *LIJIAN* 牌健身器械的工厂,想办法拿到他的出货单,从中找到 Filte 健身房的进货人,十有八九就是他们的人。通过他们,就能找到和杨明月有关系的教练了。"

接下来的两天,我负责和各个线人联系,打探燕市是否有生产贴牌健身器的工厂。

周庸则在网上搜索与 *LIJIAN* 牌健身器材有关的信息,并在网上发布需求——希望大量购买便宜的 *LIJIAN* 牌健身器械。

4月26日,周庸那边先有了消息。他接到一通电话,对方说自己是一家运动器材公司的老板,有自己的生产基地,在北郊,关键是,他们有物美价廉的 *LIJIAN* 健身器械。

我让周庸和他约好,立即过去看货。

沿通北路开了将近两个小时,我们到了一家路旁的独栋厂房,上面写着"具健运动器材有限公司",一位姓林的经理接待了我们。

寒暄过后,他带我们参观了器材区——跑步机、登山机、动感单车成堆地码在一起,十几个工人正在将这一屋子的健身器材装箱。

周庸假装检查健身器材的质量,到处摸摸看看后凑过来:"徐哥,和咱前天晚上在 Filte 健身房看的,绝对是一批货。"

我点点头,问林经理:"我想在东顺区金桦路附近开家健身房,全套下来得多少钱?"

他说:"用不了多少。相信你也知道,我们这儿都是贴牌货,一台贴牌 *LIJIAN* 的小飞鸟机只要八千块,原厂起码得三万!"

我点点头,问他:"质量怎么样?这玩意儿质量不好是要搞出人命的。"

他说:"保质保量。我们厂做 *LIJIAN* 贴牌的货没多久,这批货目前为止,只供给过默盾健身俱乐部,你们知道吧?"

周庸说:"知道。"

默盾是燕市这两年新兴的连锁健身房,在燕市连开了十几家。

经理点点头:"他们从我这儿大量进货,一点事儿没出过,你担心什么?"

我们跟经理说再想想,就离开了这家山寨工厂回家。

周庸开着车,点燃一根烟:"徐哥,没想到啊,这么有名的连锁健身俱乐部,竟然用假货。"

我说:"还不知道是不是真的,但如果那林经理没撒谎,他们的新产品没卖给过 Filte 健身房,只卖给过默盾健身俱乐部,那就有意思了。"

在网上搜到默盾健身俱乐部的总店在牛家堡附近,我们开车去了南城。

到了牛家堡默盾健身俱乐部总店，我们发现这家健身房不支持单次消费，只能办理会员消费，我让周庸掏钱，办了两张八百元的月卡。

我们又去牛家堡金泰买了两套运动服。我俩回到默盾健身俱乐部，换了衣服，挨个儿试了一遍机器。这里的健身器材有真有假，一些容易致命的器械，比如卧推架，默盾健身俱乐部小心地放了真货，而跑步机之类不易造成伤害的器械，基本都是假货。

看来那林经理没说谎，默盾健身俱乐部的确从他们那儿进了大量的假货。但他说只卖给了默盾一家，那 Filte 的健身器械，很有可能是来自默盾。

周庸觉得既然来了就该锻炼一会儿，拽着我硬是健身了两个小时，有氧、无氧都来了一遍，还跑到前台买了盒 450g 的蛋白粉，拿纸杯冲了，递给我一杯："喝点蛋白粉巩固一下。"

我接过喝了一口，像水一样，一点也不黏牙，我问周庸："你是不是冲的时候蛋白粉放少了？"

周庸看了看杯底，没什么残留物，说："没有啊，我放了小半杯，还担心冲不开呢！这蛋白粉溶解快又不黏牙，可能是假的。"

我俩把蛋白粉拿到洗手间，用打火机烧了一点，毫无异味。果然是假的，真的烧过会有点臭味。

周庸说："这太缺德了！假的蛋白粉能导致肾衰竭。我这辈子就希望腰好肾好，他们这不是毁我吗？我去退货。"

我说："别退，正愁没谈判的筹码呢！"

拿着蛋白粉和小票，我和周庸去了总经理办公室。一个有些秃顶的大哥正坐在桌子后面玩手机，看我们没敲门就进来了，问我们找谁。

我说:"您是总经理吗?"

他说:"是。"

周庸说:"那得嘞,就找您!"

他问:"你们有什么事?"

我给他看周庸买的蛋白粉:"跟你们这儿刚买的,假货。"

大哥挺镇定:"不可能。我们这儿卖的都是真货,你要实在喝不惯,我们可以吃点亏,给你退货。"

我说:"甭退,还指着它聊天呢。假蛋白粉[1],对身体伤害特别大,你这健身房没少卖吧?要不我找几个记者朋友过来看一眼?"

他盯着我和周庸:"你们想要什么,钱?"

我说:"不要,那不成勒索了吗?我知道你们默盾健身俱乐部的器材都是贴牌货。我就想问问,这些健身器械,你们还卖给别人了吗?"

秃顶大哥点了点头:"卖过,怎么着?"

---

[1] 如何鉴别假蛋白粉:

1. 将蛋白粉溶解水中,加入碘伏,如液体变蓝说明含有淀粉,蛋白粉不纯。
2. 取少量蛋白粉燃烧,有臭味说明是真蛋白粉。
3. 将少量蛋白粉加入沸水中,真蛋白粉会呈现絮状或颗粒状。
4. 真蛋白粉的粉质比较细腻,用手揉搓有滑感;假的颗粒感较强。
5. 真蛋白粉闻起来有微微豆味,颜色偏自然的豆黄色,假的呈淡黄色。
6. 取少量蛋白粉放入口中,真蛋白粉溶解慢,黏牙;假的不黏牙,溶解快。
7. 喝完冲泡的蛋白粉后,如不冲洗杯子,在适宜环境下残留的蛋白粉会发酵,假的则不会。

周庸说:"嚯,还当中间商赚差价啊!"

我瞪了周庸一眼,说:"是这样,我有个表弟,在一家 Filte 健身房玩卧推的时候,因为器械出毛病,受伤了,后来老板跑了,我现在只想找到那人。"

秃顶大哥说不认识。

我催他给我看出货单:"出货单上总有电话号码吧!"

秃顶大哥考虑了一会儿,说得和人商量下,然后发了会儿微信。

我们催他快点,他在电脑上打开了一个 Excel 表格:"你们自己看吧。"

我走过去,翻出货单,周庸站在我背后,防止秃顶大哥偷袭我们。

翻了一会儿,我发现有个人的进货时间和地址,都和 Filte 健身房相吻合,并且最近他又预订了一批新货,送到慧欣西街的另一家健身房。

我用手机拍下出货单上的姓名、地址和联系方式。刚要走,门外进来了五个身材魁梧的健身教练。

秃顶大哥笑了,让我和周庸把手机交给他:"两个小崽子,给你们看出货单,是为了让你们别跑。"

我说:"不跑,跑什么啊?我进屋之前都报警了,还给食品监督局打了电话,要真跑了,警察来了还以为我报假警呢。"

他说:"你蒙谁呢?你说报警就报警了?"

我让周庸打开手机,给他看十五分钟前打的 110。他想了想,让健身教练们先散了,提议给我五万块钱消灾,警察来了让我说没事了。

拖延时间的间隙，警察到了。

警察把秃顶大哥带回去调查，我和周庸也跟着去做了笔录。

在派出所做完笔录出来，周庸问我怎么接着往下查，我说："我想到个办法。先回去睡觉，明天再说。"

第二天上午，我们雇了辆小皮卡，去北郊的山寨工厂花四千块钱买了两台贴牌跑步机，假装是默盾送货的，送往Filte健身房联系人的新地址——慧欣西街新开的健身房。

到了慧欣西街的健身房，我打电话给联系人，说送健身器械，电话还没挂断，几个人就嘻嘻哈哈地走出来，帮我和周庸一起抬跑步机。拿着手机的人问："就这两台啊？"

我回答："这两天货紧，暂时就这两台，剩下的还得等几天。"

周庸试着跟他继续搭话："你是这里的老板吗？"

他说："哪儿能啊，我们都是健身教练，给人打工的。"

周庸说看你们这身材，也不像健身教练啊。

他们笑了："你们卖假机器，我们当假教练，开假健身房，这不是'一条龙'吗？"

假教练我懂，假健身房还是头一次听说，我给他们挨个儿递烟，向他们请教。聊了一会儿，我明白了，忽然关门的Filte健身房，就是假健身房。

他们的运营模式是这样——用假身份证先租一个场地，一般只租一个季度，然后搬几台便宜的跑步机到里面，做出要做健身房，正在装修的样子。雇一批人，在地铁口之类的地方怂恿路人办卡，说提前办卡有优惠。

他们拿这些办卡的钱,再大量购置劣等健身器械,把健身房搭建起来,以相对优惠的价格继续吸引顾客办健身卡并储值。在场地租约到期前卷着钱逃跑。

除了需要付出一点房租和假器械的钱,剩下的全是空手套白狼,而且因为用了假身份证,也没办营业执照,警察追踪起来很困难。

出了门,把车费给皮卡师傅结了,我和周庸到慧欣西街的淮南水乡饭馆吃饭。

点了火腿芦蒿,周庸喝了口水:"徐哥,咱接下来怎么找人?"

我说:"这样,你让'牛仔'来一趟,看和杨明月出轨的那个健身教练在不在新店。"

"牛仔"来了以后,我让他上楼假装参观健身房,过了一会儿他下楼:"倒是有两个熟面孔,但没有那个人。"

我想了想,说:"咱在这个健身房先混几天,搞清到底谁是老板。"

周庸说:"徐哥,咱俩刚送完货,那帮人能认出来,没法混啊!"

这儿离他们之前开的那家健身房不算远,也就三公里。我问"牛仔":"我们开车接送你,给你办张新健身房的卡,你能不能帮个忙,每天来这儿健身,顺便搞清楚谁是老板?找到他,我们还能帮你把钱要回来。"

"牛仔"和上次一样,答应得很痛快,当天下午就过来健身了。

三天后,"牛仔"说他搞清了谁是老板——每天下午四五点,都会有一个中年男人来健身房转一圈,所有健身教练都管他叫老大。

第四天,这个中年男人开了辆奥迪 A4L 出现在健身房楼下时,"牛仔"给我们指了一下:"就是他。"

我让"牛仔"先回家。五点多钟,中年男人下楼上了车,沿北园路向着北郊的方向去了,我和周庸开车跟上。

到了龙苑广场附近等红灯时,我看四周没人,在他打开窗户抽烟时,假装到地方下车,走到他车门前,快速把手伸进车窗,打开车门。中年男人还没反应过来,就被拽了下来。

周庸把车靠在路边,帮我把他拽进我们车的后座,锁死车门。又去把他的奥迪 A4L 也停在路边,按下了锁车按钮,回到我们车的后座坐下,和我一起把中年男人夹在中间。

控制住中年男人以后,我让周庸通知"牛仔",让他联系那天在医院见到的健身教练来辨认,这是不是 Filte 健身房的老板,是的话正好把工资要回来。

周庸点点头,下车去打电话,我面向中年男子:"之前 Filte 健身房的监控,你有存档吗?"

他笑了:"你们是冲这个来的?那是个假摄像头,我在淘宝上花几块钱买的。"

周庸这时打完电话回来,说:"对啊,这孙子开个假健身房,怎么可能真心装监控防盗!"

我点点头,接着问他,关于他手下和女顾客的问题,他摇头不说话,并且一点都不紧张。

半个小时后,他终于开了口:"你联系一下你们那个朋友。"

我不知道他是什么意思,示意周庸给"牛仔"打电话,结果"牛仔"关机了。

中年男子笑了:"我手下的健身教练,都是从一个健身房带到另一个健身房,一直跟着我。你让你朋友去找我的小弟来指认我,不是找弄吗?"

这么说,在医院见到的健身教练在说谎,他也是这个男子的手下。

周庸说:"徐哥,要不咱把他送到派出所吧。"

我说:"先找到'牛仔'再说。你想要什么?"

中年男子说要给手下打个电话:"我问问你那朋友落在谁手里了,我让他们送人来,到时你让我走。"

我说行,把他电话开了机,还给他:"但你得开免提,让我们也能听见。"

中年男人点点头,打了几个电话,却发现事情不太对劲——他的手下,没人见过"牛仔"!

他有点慌了,问我们到底要找哪个健身教练,周庸刚要说话,我伸手拦住他:"我们的朋友叫杨明月,我们要找和她发生过关系的教练。"

问了几个人,他知道了那个乱搞的教练是谁,打电话过去:"杨明月在你那儿吗?"

电话那边没反应过来:"谁?"

中年男人说:"杨明月,你搞过你不知道是谁!"

那边想起来了:"知道了,那个还在哺乳期的少妇。自从咱溜了之后,我就没联系过她啊!"

又说了几句,确认杨明月没在他那儿,中年男人挂掉电话:"你们玩我呢?"

我说:"谁有空跟你玩?那个大概一米八左右,方脸,肌肉特别发达,大臂像我大腿,胸部像我屁股的教练,是不是你小弟?"

他想了想,说:"知道了,你说的是那个变态。"

我问他:"什么变态?"

他说:"开上一家健身房时,一个肌肉男找上门来,说想在这儿当教练,要求的薪水也不高。我手下没什么人有肌肉,觉得他能撑住场子帮忙骗钱,就答应了。

"这人是个健身狂人,每天从早到晚都在健身。不仅如此,他对肌肉痴迷到了一定境界,还注射类固醇、西斯龙,冒着生命危险为肌肉塑形。

"我听手下的健身教练说,这人还在网上买过人奶喝,因为人奶健身是国外特别流行的健身方法。但因为网上购买的人奶无法确定源头,会传染疾病,他还因此得了梅毒,总得去医院。"

我们把健身房老板交给警察,赶回了 Filte 健身房——那个健身教练说过,他就住在附近。我打算在周围找找线索,看街边哪家店有监控。

刚回到健身房附近,我就发现有点不对,Filte 健身房的门缝正往外冒烟,看起来像着火了。

我低头过去查看,并让周庸报火警。门是锁着的,但是明显不是我上次开的那把锁,这次是把新锁。

我用铁丝打开锁,趁火势不太大,憋住气用手捂住口鼻冲进去,看见火圈中间有个人,躺在地上向我挥手。

上次和周庸来夜探的时候,我记得在门边墙角见过一瓶灭火器。我摸过去,用灭火器喷出一条通道,发现里面躺着的人正是"牛仔"。他赤裸着上半身,下半身只穿内裤,用牛仔裤捂着口鼻。

我过去扶他,他还不忘分我一条裤腿。

扶着"牛仔"出了火场,我问他怎么到这儿的。他说:"我去找私教，告诉他失踪的杨明月有线索了，让他和我一起去指认健身房老板，他直接给了我头上两拳，把我打晕了。"

我点点头："你知道他住在哪儿吗？"

他说："知道。"

让"牛仔"带路，我和周庸跟着他来到了附近的振奋园小区。我们找到他住的那栋楼，上了五层，我拿出"隔墙听"隔着门听了一会儿，屋里应该没人，我用铁丝打开门锁，进了屋。

在卧室的床上，我找到了杨明月。她的嘴里被塞着一条内裤，上半身赤裸，双手、双脚都被绳子紧绑着。她看见我们进来，发出了"呜呜呜"的声音。

我脱下外套盖在她身上，从兜里掏出爪刀割开绳子，问她发生了什么。她摇头一直哭，说不出话。

我让周庸报警："说明情况，告诉他们这里有个危险目标，最好带枪。"

挨个儿屋检查了一下，在冰箱里，我找到几小瓶用矿泉水瓶装着的奶。我拿出来看了一眼，周庸和"牛仔"正扶着杨明月经过厨房门口，看见我手里拿的东西，杨明月崩溃了，冲过来把我手里的瓶子打翻在地。

这时门口传来开门声，那个特别壮的健身教练开门进来，看见我们时他有点蒙。我离他最近，冲过去伸手抓住他的胳膊，然后就感觉自己飞了出去，摔在地上浑身疼得像被车撞过。

周庸过来扶起我，问我没事吧，我让他别管我，去追人。

他点点头，转身往楼下跑，我勉强站起来，让"牛仔"扶着杨明月去医院检查，走到阳台，想看看周庸追没追上。

结果打开窗户，我看见楼下停了两辆警车，一个警察正拿枪指着健身教练，另两个正在给他戴手铐，周庸站在旁边看着。

两天后，我收到了警方的反馈——那个疯子太过热爱肌肉，当私教赚的钱，都买了美国健身界特别流行的药物和人奶，这些东西不仅贵，还让他感染了梅毒。

所以他对来健身却赶上 Filte 健身房关门的杨明月起了邪念。他从同事那里知道她还在哺乳期，是新鲜的奶源，于是借口附近还有别的健身地点，将她骗到偏僻处，打晕扛回了自己家，每天让她提供新鲜人奶。

"牛仔"来找他时，他以为自己被发现了，直接打晕"牛仔"，放到没人的 Filte 健身房里，想放火伪造火灾灭口。

健身教练被带走后，我把手里的黑健身房、生产假器械厂家等证据都交给了警方。杨明月回到家，她老公果然选择了原谅她。

WARNING
分辨健身房和健身教练的好坏

健身教练：
1. 看教练的身材：身材好的教练不仅可以教别人如何练好身材，还能教如何保持身材。
2. 审核教练资质：要求教练出示资格证书。
3. 了解教练专业性：与教练交流，判断他是否能理解你的锻炼目标，并能够为此制订清晰、可执行的训练计划。
4. 分别体验一次普通健身和私教课：体验普通健身时观察大部分教练的上课态度、风格，选择一两个认可的教练预约一次私教体验课。

健身房：
1. 空气质量：健身非常消耗体力，因此需要呼吸大量新鲜空气，并排出二氧化碳。如果空气中有异味说明排风系统不佳，非常不利于健康。
2. 设备维护和卫生：任何经营不错的健身房对设备和场地的维护和打扫都会很重视。
3. 非高峰时段的训练人数——一个经营状况良好的健身房任何时间段都会有人。

13

常常有添加剂被端上餐桌，
只有这家小龙虾让我蹲马桶都飘着香

事件：食品安全调查事件

时间：2017 年 5 月 3 日

信息来源：徐浪妈妈

支出：约 4500 元

收入：待售

执行情况：完结

5月，是小龙虾全面上市的时节。

众所周知，我最爱吃小龙虾。五一期间，我回了趟哈市，看看父母，歇一歇，顺便约朋友吃吃小龙虾。

2017年5月3日傍晚，我看朋友圈，李何宇也回了哈市，就打电话约他出来吃小龙虾。他是我为数不多也在燕市混的老家朋友，但因为都忙，基本没时间见面。

李何宇接了电话，一听要去吃小龙虾，就拒绝："不去，回哈市不撸串，吃什么麻小啊？而且最近这麻小你敢吃？前两天在道里，刚有个孕妇吃流产了。等回了燕市，咱去夜市吃吧。"

我问他怎么回事。他说不是特清楚，听几个朋友说的。"有一个孕妇在道安街那边，吃了麻小就流产了。现在都说哈市这批小龙虾可能不太干净，有寄生虫，还是甭吃了。新闻都报道了，你搜一下。"

我说："成，那就回燕市再约吧。"

挂了电话，我搜了下相关新闻，发现确有其事，不是谣言。

我妈正好在我身后拖地，突然接茬儿："这事我知道，那姑娘就住在咱小区。太惨了,出了这种事,那怀孕的时候能瞎吃吗?"

我说:"妈,您偷看我手机,能不这么光明正大吗?"

在吃小龙虾方面,我绝对算是行家。为了能放心地吃小龙虾,我曾经操碎了心——调查虾的源头,又自己花钱拿去实验室做化验。我可以确认,现在的小龙虾基本都是人工养殖的,安全性有保证,虽然会有些浮游生物,但很少会有寄生虫。而且一般水产品含有的寄生虫,都是肺吸虫。这种寄生虫虽然对人体的伤害不小,但似乎没听说过能快速导致流产,我觉得有点不对劲。

我拿了我爸的车钥匙,开车去了道安街——我要去那家出事的江龙小龙虾店看看。

这家江龙小龙虾所在的道安街,在哈市的老城区,特别不好停车。我在转角附近发现了一个车位,赶紧停了车,步行去江龙小龙虾。

这家店在网上的评分和人气都很高,但我进店时已经是下午五点钟,店里却没有几个客人——哈市的饭店生意最好的时段基本上是晚上五点到八点,他们家在网上明明人气不错,实际却这么冷清,看来是受到了"流产事件"的影响。

找了一个靠窗的位置坐下,服务员拿来一个平板电脑给我点菜。翻了一遍菜单,我点了小份的麻小、炸馒头片和橙汁。

二十分钟后,服务员端了一脸盆麻小上来。

我问:"这是小份吗?"

服务员说:"是啊。"

我点点头,在燕市时间长了,都不习惯东北的菜量了。

我夹出几只小龙虾,放在碟子里——个头儿挺大,背壳和肚子都很干净,没有泛黑的地方,一看就是养殖的净水虾。如果是在不干净的水里生长的野生小龙虾,虾壳上会有一层油泥,肚子整个都是黑的。

这虾绝对没问题,肯定是净水养殖的,而且尾部卷曲,一看就是新鲜下锅,这样的虾,不太可能导致流产。我想起一种可能,曾经有孕妇因为对小龙虾过敏而流产,这次可能也是这样的情况。

确定小龙虾没问题,我把一盆全吃光了。确实好吃,怪不得这家店网评那么好。

开车回了家,让我妈帮忙联系那个流产的孕妇,我躺在床上玩了会儿手机就睡觉了。没有写稿的压力,晚上入睡轻松了不少。

第二天清早,我还没睡醒,我妈就不断敲门,让我起床洗漱吃早饭。

迫不得已,我起来洗漱,又上了个厕所。刚要开门出卫生间,我觉得有点不对——为什么上完厕所后,一点臭味也没有,反倒有股诡异的香味?

我喊了声:"妈,您往厕所里放香熏了?"

她说没有。我觉得很奇怪,到处找香气的源头。最后我发现,香味最浓郁的地方,竟然是坐便器。

我蹲下贴着坐便器闻的时候,我妈走进来,见我抱着坐便器使劲吸鼻子,吓了一跳:"你干吗呢?"我问她有没有往水箱里加洁厕灵之类的东西,她说:"没有,啥也没加啊。"

疑惑地吃完早饭,我接到周庸打来的电话:"徐哥,你这一走我太无聊了。哈市有没有发生什么有意思的事?给我讲讲呗。"

我说有个孕妇吃麻小流产了,我去那家饭店也吃了一顿,发现没什么问题,虾是好虾,做得也不错。

再就是我今天早上上完厕所,发现在卫生间在没有用任何空气芳香剂的情况下,坐便器里特别香。

周庸在电话那边一直笑:"徐哥,你是不是太自恋了,觉得连自己的屎都是香的?"

这话让我想起一件事:"你别说,还真可能是屎香。"

他憋住笑:"什么情况?"

我说:"现在说不好,得去查一查才能证实。"

周庸让我等等他:"这么有意思的事千万要带上我,我马上坐时间最近的航班去哈市,一会儿你去机场接我啊!"

下午三点,我在机场接到了匆匆赶来的周庸。"什么也没带?"

他点点头:"现买呗,关键是我想知道屎为什么香,着急。"

我给他解释了,有一种叫"一滴香"的食品添加剂,清汤只要加一滴,就会变成香气四溢的老汤;炒菜只要加一滴,满锅都是香气。

因为这个东西增香太厉害,吃了以后,有时会连屎都有香味。

"你有没有吃了米线、麻辣烫或者火锅之类的东西后,大便气味不寻常,甚至飘着香味?"

周庸说:"没有,我基本不吃麻辣烫和米线。"

我说:"你知道意思就行。这种东西一般放在汤里,我昨天没喝汤,一时没反应过来,现在想想,有可能是一滴香。"

带着周庸,我们开车去了道安街的江龙小龙虾,点了一盘大份麻小、拍黄瓜和拉皮。周庸吃了口拍黄瓜："徐哥，你明知有添加剂，还带我来吃？"

我说："这种东西少吃点没事，不常吃就成。关键咱得验证一下，看是不是他家的问题。"

第二天早上五点钟，我就喊周庸起床了。周庸说："干吗啊徐哥？你疯了，这么早，你一般不都下午才开工吗？"

我说："饭店一般都是早上补当天的食材。咱们早点去，看看有没有人给他送调料。"

十多分钟后，周庸打来电话："徐哥，他们肯定在小龙虾里加了添加剂。我从来没上过这么香的厕所，有种拉的是食物的错觉。"

我点点头："那就好，咱就从他家开始查。"

到酒店接上周庸后，我俩开车到江龙小龙虾门口蹲点。蹲了一上午，六点多有人送龙虾和青菜，七点多又有一拨送饮料的。上午十一点左右，来了一辆送货的小面包车，一个男服务员从车上搬了两箱货进饭店，然后递给面包车司机一些钱，司机接过钱数了数，上车走了。周庸拿望远镜看了半天，转头看我："好像是送调料的，徐哥，咱跟上吧。"

我点点头，开车跟在面包车的后面，从新太路往城北走，一直开到北极批发市场附近。

北极批发市场是哈市最大的小食品、调料批发市场，周围也都是独立的食品调料店。

面包车在北极市场附近的一家调料店停下，司机下车，又从店里搬了好些货物到车上，开走去送货了。

司机走后，我俩下车进了调料店。店里不大，但堆满了货，一个中年女人站在柜台后,正拿笔在本子上记着什么,貌似是老板娘,见我和周庸走进来,问:"要什么?"

我说:"我们新开了家饭店,有人推荐我到你这儿来买调味品,有什么建议吗?"

老板娘问我们开的什么饭店。"包子饺子的馅儿一般用'香料四号',馄饨馅儿用'特香粉',汤用'特鲜1号'或'一滴香',炒菜用'一滴香'或'万里香'都行。"说着,她指指旁边一块红牌子,"上面写的基本都有货,看你具体有什么需要。"

我俩转头看,红牌子上密密麻麻地写着各种食品添加剂名称,周庸小声说:"卧槽,徐哥,赶上报菜名了。"

我点点头,确实是,拿去给说相声的报菜名都够用了。

我说我们主要做小龙虾。老板娘说:"那'一滴香'或者'曼斯顿'都行。老城区有几家做小龙虾的店,用的都是这俩。"

我说:"行,那你先给我少来点,我回去试试,好的话我再来拿货。"

她说:"可以,你记一下我们的电话号码,量大的话还可以免费送货。"

"一滴香"和"曼斯顿"各买了五瓶,我和周庸从店里出来,坐进车里。

我点上烟,按下车窗,边打量这些食品添加剂,边跟周庸说:"你往车窗外弹烟灰,别掉车里让我爸看见,还得管我抽烟的事儿。"

周庸点点头说:"看出什么了?是吃这个吃出香味的吗?"

我说:"好像不是,这个'一滴香'应该是合法的。"

食品添加剂要在"获得国家允许生产的食品添加剂生产企业和

品种名录"内,该名录共有三百八十九个生产企业及产品,除此之外,其他食品添加剂产品均不准生产销售。

上网查了一下这个名录,结果发现,我手里的这瓶"一滴香",在允许生产的食品添加剂名录中。

按照食品安全法规定,食品添加剂包装上还要清楚地标示"食品添加剂"字样,这个"一滴香"上面也标示了。

周庸问:"所以这'屎来香'还是合法的?"

我点点头:"但可能超标使用了,这里面含有乙基麦芽酚,一旦过量使用,对肝和肾的损害都很严重。"

我给一个当医生的朋友 W 打了电话,问他这种情况是否能导致流产,他说:"可能性不大,就吃一顿应该没什么影响。"

刚挂了电话,我妈就打过来了,说那个流产的姑娘约到了:"你来小区咖啡馆吧,我说你在燕市当记者,你可别说漏了。"

我说:"知道,放心吧,我这儿有证,一会儿都带着。"

我们先回家取了"记者证",到了小区里的咖啡馆。我妈正坐在沙发上和一姑娘说话,看我和周庸进来,招了招手。

我过去跟姑娘握手,说:"您好,我是徐浪,这是我同事周庸,我们对您最近遭遇的那件事感到很惋惜,想看能不能报道一下。"

姑娘点点头:"您好,我叫许莹。"

我问她流产那天的事。她说:"肯定是江龙小龙虾的问题。我报了警,找了卫生监督所去查,却都说他家没问题,拜托您一定把他们的问题曝光。"

我说:"行,我肯定会客观地写。除了吃小龙虾,那天还发生过什么其他的事情,可能导致您流产吗?"

她说:"没有。我每天的生活很规律,一般就在家里吃,中午在公司订餐,也就只订一家常吃的饭店。"

许莹出事那天,早饭是在家里吃的,中午订了每天都吃的饭店外卖,只有晚上和平时不同,因为她那天特别想吃辣的,所以去了江龙小龙虾吃麻小。我点点头,问能不能去她家里看看。许莹考虑了一下,给自己老公打了个电话,确定老公在家后,对我们说可以。

我和周庸跟着许莹去了她家,她老公正坐在沙发上看电视,见我们进来,问许莹我们是谁。

许莹说:"他们是记者,来采访流产的事,我非得把那个江龙小龙虾曝光了。"

我说要换鞋,她老公说不用,把我们请到客厅沙发坐下,给我们拿了两瓶水。我喝了口水,注意到阳台有提前买好的婴儿车和小衣服。这些东西大概很久都用不上了。

和许莹两口子聊了一会儿,没聊出什么信息,我问他们我们能不能在屋里到处看看,拍一些照片,方便之后写稿,他们说行。

我在各屋看了看,检查还有没有什么能导致流产的东西,包括他们平时吃的食物。能看出来他们平时挺谨慎的,冰箱里除了蔬菜、水果、牛奶、肉类基本都是进口的。我把每样食品都拿出来看了一眼,其中有样东西让我觉得有点眼熟——一袋巴西进口的牛肉,但我又想不起来在哪儿见过。

我拿手机查了一下巴西进口牛肉的相关信息,很快我就知道为什么眼熟了。前段时间,闹得全球沸沸扬扬的"巴西黑心肉"事件,就是这个牛肉。因为它,中国现在已经禁止从巴西进口肉制品了。这批牛肉的问题很多,既有往过期变质的肉里添加化学物质掩盖不良气味、调整色泽、注水增重、出口外国的问题,还有小部分牛肉携带沙门氏菌或李斯特菌之类致病菌的问题。

如果许莹家冰箱里的这袋牛肉恰好含有李斯特菌,就能解释许莹流产的原因了——李斯特菌堪称孕妇和新生儿杀手,感染了李斯特菌的孕妇,有百分之三十的概率会流产。

我拿着这袋牛肉,问许莹和她老公是在哪儿买的,许莹看着她老公。

她老公说:"在展览中心的超市买的。我单位在那附近,下班顺便买的。"

我点点头,说:"这肉可能有问题,会导致流产。"

她老公说:"不能吧?这是进口的啊!"

我说:"进口的也不一定百分之百安全。"然后拿出手机给他看"巴西黑心肉"的新闻,并向他解释,这牛肉里可能含有李斯特菌,很容易导致流产。

许莹听完就哭了,她老公也有点发蒙,坐在那儿低着头不说话,屋里只听见许莹抽噎的声音。

她老公沉默了两分钟,说:"不对啊,媳妇,这牛肉咱俩根本没吃啊,买回来就没动过!"

许莹也想了想,说:"对啊,这段时间我们根本没吃过牛肉。"

我也有点蒙,本来以为找到了真相,结果却完全不是这么回事。

从许莹家出来,我和周庸在小区里散步,他点上根烟。"徐哥,牛肉放在冰箱里,细菌会不会感染别的食物?然后许莹吃了别的食物,感染了李斯特菌,导致了流产。"

我说:"应该不能,那块牛肉是完全密封的,别说细菌了,气体都出不来。"

他点点头:"他家咱也看了,小龙虾店也查了,都没有问题。会不会是许莹自己摔了一跤,导致流产,但想从江龙小龙虾那儿诈笔赔偿金,所以硬说自己是吃了小龙虾才流产的?"

我说:"有这个可能。但在许莹每天的活动范围里,还有一个事儿我们没调查。"

周庸问我:"是什么?"

我说:"是外卖。她说上班时,每天中午都在同一家快餐店订外卖,从来没出过问题。但之前没问题,不代表之后没问题,我觉得还是应该去查一查。"

许莹常订外卖的那家饭店,我吃过,是三名街上一家很有名的老店,黄桃锅包肉非常好吃,我去燕市之前,经常会到他家吃饭。

我说:"正好赶上了,他家菜不错,咱俩去吃一顿吧。"

我带着周庸去了这家老店吃饭,点了黄桃锅包肉、炸三样、炖菜和大花卷。我把凳子挪了挪,找了一个能看到后厨的最好角度盯着——如果菜有问题,只能从后厨找原因了。

哈市的饭店很少有开放式厨房,后厨那扇门,除了上菜,一直是关着的。所以盯了一会儿,我就开始专心吃饭了。

吃完饭出了门,周庸说:"徐哥,这后厨咱也看不见啊!"

我说:"很快就能看见了。"我指了指饭店的玻璃,上面写着招服务员、洗碗工,底薪2300-2800元。

周庸点点头说:"懂了,让我去应聘服务员是吧,一有这种破事儿绝对让我来。"

我说:"别瞎说,没让你去应聘服务员。"

他抽了口烟:"你去?"

我说:"不是,你去应聘洗碗工。服务员不一定常在后厨,洗碗工能一直在后厨待着。"

周庸说:"徐哥,你咋不去呢?"

我说:"太埋汰了。"

第二天上午,我带周庸去连锁服装店买了套特土的衣服,开车送他去饭店应聘洗碗工。

面试周庸的老板娘一眼就看中了他,想让他当迎宾服务员,在周庸的坚持下,不情愿地让他当了洗碗工。

晚上九点半,我去接周庸下班,他伸手给我看:"徐哥,磨出血了。"

我说:"你能不能坚强点?发现什么不对劲的地方了吗?"

他说:"没有,就一件事,你们哈市的厨师脚都这么臭吗?"

我问他什么意思,他点上根烟:"刷碗、刷盘子,都没什么,就这一天,后厨的这股脚臭味差点没熏死我。"

我觉得不对劲,厨房又是油烟又是菜香的,一个人的脚得多臭,才能盖过这些味道!

我问他:"你确定是脚臭味吗?"

周庸说:"确定。脚臭你没闻过吗?上学那会儿随便找个男生宿舍,一进门就能闻到,一样一样的。"

我说:"闻过,但后厨也不应该是这个味道啊。"

晚上我在家翻出一件自制的偷拍坎肩,上面有颗纽扣被我换成德国产的高清摄像头,让周庸再坚持一天,尽量和后厨的人套套话,问清这股味道是什么。

5月7日晚上,我又来接周庸,他说:"明天怎么着也不来了。"

我说:"吃点苦挺好。有什么收获吗?"

他说:"有,自己看!"

我把他偷录的内容导到电脑上,让他给我快进到关键部分,画面上出现一个穿着厨师服的男人,周庸递了根烟过去:"王哥,来根烟!"

王哥接过烟,周庸给他点上,他客气了一下:"小周你不是本地人吧?"

周庸说:"不是,我是燕市人。"

王哥问他为什么来哈市洗盘子,他反应很快:"我打工旅行,体验生活。"

王哥抽了口烟,一副什么都明白的样子,点点头。

周庸怕他接着问,转移话题:"对,王哥,咱后厨一股什么味儿,挺臭的,是什么东西坏了吗?"

王哥说:"不是,二号上了批新盐,不太好,搓一下一加热就有股臭味,但做菜还行,吃不出什么。"

看到这儿我明白了,这是批脚臭盐,根据最新的新闻,这批盐流入本省了,在丰市已经被发现了,那哈市有也不奇怪。

这种盐只要加热或者用手搓,就会散发如同脚臭般的味道。最主要的是,这种脚臭盐已经被检测出含有亚硝酸盐,不仅有造成流产的可能,严重的情况下,甚至可能致人中毒死亡。许莹很可能是吃了这种盐才流产的。

我给工商局以及公安局打电话举报,很快有人来查封了这家我很喜欢的老店。我还向他们反映了许莹流产的事,说可能是脚臭盐造成的。公安局把许莹和她老公叫来,做了笔录。出来时,许莹和她老公对我们表示感谢:"谢谢你们一直调查。"

我说:"应该的,有什么反馈记得通知我一声。"

第二天上午,被我妈叫醒后,我带周庸去西大街的哈里酸菜汤吃饭,我们点了酸菜汤、肥肠炒茄子、猪手和狮子头。

周庸被香得够呛:"太好吃了,徐哥,吃完饭咱跟哪儿遛去啊?"

我说:"去超市赚钱。"

他问我:"赚什么钱?"

我说:"在超市发现过期、有害食品,购买以后,超市是要十倍赔偿的。咱去把许莹老公买的那款巴西进口黑心牛肉,都买下来。"

周庸蒙了:"至于吗,徐哥!"

我说:"能让他们及时下架这些有害产品,多好。"

吃完饭,我兴冲冲地带着周庸,去了展览中心的超市,在冷鲜区和进口食品区找了好久,都没发现那款巴西进口牛肉。

周庸问:"是不是被下架了?"

我摇摇头,找到冷鲜区的销售,给他看了那款牛肉的照片:"这个牌子牛肉咱这儿还有吗?挺好吃的,我想再买点。"

他看了一眼,摇摇头:"咱这儿没上过这款牛肉啊。"

我说:"不可能啊,我有一朋友就是跟这儿买的。"

他说:"不会,所有上过的肉我都记得,这几个月没改过货单,卖的一直是一样的东西,这款牛肉我们没卖过。"

想到这家连锁超市是统一上货,我们又找了其他分店,都说从没卖过这款牛肉——他们没必要撒谎，如果下架了，直说就好，没必要说没卖过。

也就是说，许莹老公可能记错了，他不是在这家超市买的这个牛肉，而是在别的地方。

我正想着给许莹打个电话问问，许莹却先来了电话，告诉了我们一个消息——她的流产，和那家饭店的脚臭盐无关，在饭店使用这批脚臭盐之前，她就已经流产了。

我忽然想起，周庸偷拍的视频里，那个王哥说这批盐是5月2日开始用的，但许莹4月就流产了，所以确实和那家饭店无关。

想着这事儿，我就忘了问许莹，那块巴西牛肉，她老公到底是在哪儿买的。

周庸问："徐哥，咱还找不找牛肉了？"

我说："找，挨家超市找，顺便再仔细想想这件事，看有没有漏掉什么线索。"

哈市各个区的超市，我俩几乎溜达遍了，都说没卖过这款牛肉。晚上五点多，在一家新开的本地超市，我们终于发现了这款牛肉。冰柜里还有十七块，我全都放到了购物车里，推去结款台买单，交完钱后，我让收银员叫一下经理。

经理来了后，我给他看这款牛肉有害，需要下架的新闻。"我有权要求十倍赔偿吧？十七块，一块八十元钱，十倍赔偿，一万多元钱呢！"

经理说得请示一下，我说："不用请示，按法律规定你们必须赔。但我不用你们赔，只要你们给我看一样东西，我就原价退货。"

他问我："什么东西？"

我说:"最近两个月,冷鲜区附近的监控录像。"

经理打电话请示了一下,说:"可以。"

我们到了超市的监控室,开始快进查看近两个月冷鲜区的录像。一个小时后,在一个月前的4月8日,我看见许莹的老公转到冷鲜区,挑了几块牛肉放进了购物车。录像里有一个姑娘亲密地挎着他的手臂,但并不是许莹。

毫无疑问,许莹的老公在她怀孕期间出轨了。

我用手机录下这段视频,把许莹单独约出来。她看完特别崩溃,当时就要给她老公打电话。

我拦住了她,说:"你忽然流产这事儿,挺诡异的,事后检测有没有查出什么?"

她摇摇头,说:"没有,医生就说我体内激素有点紊乱,可能是这个原因造成的。"

我问她:"你认识视频里这姑娘吗?"

许莹说:"认识,她是我老公的同事,我见过两次,但没想到这俩贱人有一腿。"

周庸说:"咱现在做个最坏的假设,你认为有没有可能,你老公和这姑娘产生了感情,想和你离婚,所以故意用什么方法害你流产?"

许莹说:"不知道,我现在什么都不敢说。"

我说:"这样,你把你知道的有关这姑娘的全部信息给我,我去查一下。你就装作什么也没发生,监视着你老公,偷着翻翻他的包啊,手机啊什么的。"

晚上睡觉前,许莹把那姑娘的姓名、电话号码、住址都发给了我。第二天上午，我和周庸到了那姑娘所住的小区，用猫眼反窥镜确定了她家里没人，应该是去上班了，拿铁丝打开门锁，进了屋。

我们找了一圈，没找到什么有用的东西，电脑里也删得干干净净。唯一的线索，只有抽屉里的身份证和医保卡。周庸拿着医保卡："徐哥，这有用吗？"

我说："我也不知道，试试吧。"

一般人都不知道，自己的社保卡是可以在当地社会保障网上注册，在线查询社保信息甚至医保消费记录的。而注册，只需要有医保卡号和身份证号就够了。

这姑娘的社保号没注册过，利用她的身份证和社保卡，我轻松地注册，并查到了她的医保卡消费信息。

2017年4-5月，她曾多次到安康药店购买药物。我和周庸拿着照片去打听了一下，她买的是一种避孕药。这种药能提高人体内的雌性激素，而雌性激素过高，很容易导致流产。

我们把这些都告诉了许莹，并陪她去派出所报了警。

当天晚上，许莹的老公和那个姑娘都被逮捕了。不过第二天，许莹的老公就被放了出来，他并没有参与这件事。

这姑娘和许莹老公搞在一起很久了，一直希望许莹老公能离婚，和自己结婚。但就在这时，许莹怀孕了。姑娘怕自己失去竞争力，就想了个办法，把家里的避孕套都扎漏，让自己"意外怀孕"。

但没想到，和许莹老公逛超市时，买了含有李斯特菌的巴西牛肉，她吃后流产了。她不知道是牛肉的问题，以为是许莹老公给她下了堕胎药，于是想报复。

她听许莹老公说过，许莹每天中午都会在同一家饭店订餐。于是她假装是许莹，在许莹的单位门口拦住送餐员，让自己弟弟穿上，把下过药的外卖送给了许莹。日复一日，许莹就流产了。

回燕市的时候，周庸在飞机上问我："徐哥，你说这姑娘值吗？就为这么个男人。"

我说："不值的多了。有人做过抽样调查，随机抽取的百起命案里，情杀占百分之五十三。燕市检察院统计近四年女性犯罪的故意杀人案里，情杀也占了百分之四十多。"

周庸点点头："那这姑娘致人流产，最后会怎么判？"

我说："应该是故意伤害罪。据《人体重伤鉴定标准》第七十八条规定，孕妇损伤引起早产、死胎、胎盘早期剥离、流产并发失血性休克或者严重感染，可以被认定为重伤。这姑娘故意伤害人体，而且对实施结果有预料，应按故意伤害罪追究刑责，估计得判个三到十年吧。

"你觉得不值得的事情，却是杀人率最高的原因，你说这帮人值不值？"

WARNING
吃小龙虾的注意事项

1. 小龙虾一定要煮熟、煮透。100℃加热10分钟以上，就可以有效杀死寄生虫。
2. 尽量不吃小龙虾的头。如果小龙虾的生长环境存在金属含量超标的风险，则这些金属成分大多富集在小龙虾的头部，摘掉不吃，可以很大程度避免风险。
3. 去值得信任的老店（良心店）食用小龙虾。老店销量高，小龙虾流转快，一定程度上保证了新鲜程度，良心店的清洗较为认真，二者都可以很大程度上降低食用小龙虾带来的风险。
4. 只食用尾巴卷曲的小龙虾。活着下锅的小龙虾，尾巴都会卷曲起来，而不新鲜的小龙虾，熟后尾巴仍是直的。
5. 变色不食；销量差、见不到活着的小龙虾的小店不食。小龙虾死后会快速滋生大量病菌，食物中毒的风险高。

14

东北老乡逼我跳楼，
就因为捏脚没点套餐

事件：毕业季求职骗局

时间：2017 年 6 月 15 日

信息来源：粉丝求助

支出：873 元

收入：待售

执行情况：完结

每年的毕业季，对燕市来说，都是一次新鲜血液的注入——大量毕业生涌向这儿，追求些什么，并为此累得像狗一样。与此同时，在一些别有用心的人眼中，毕业季就是肥羊收割期。求职诈骗案件层出不穷。

因为燕市是许多毕业生的第一选择，出现此类案件的概率就更高。针对求职者的诈骗，大都是骗钱，也有更严重的——监禁、性侵，甚至杀害。幸好这些都是个例，但大家对找工作遇到诈骗习以为常的话，那就不是好现象了。

2017 年 6 月 15 日，一位姑娘得到我的联系方式后，向我提供线报——她来燕市找工作被骗了。

这姑娘大学临毕业时，就在各种招聘网站上给燕市的公司投简历，因为收到了几份面试通知，她一毕业就从老家来了燕市。

一开始面试了几家公司，都没成，她不甘心，又接着投了一段时间简历。6 月 10 日，她接到一通电话，对方说自己是秒莘公司的

HR，有份销售的职位在招人，她如果有兴趣，可以第二天上午十一点，前往湖甸区沃驰大厦面试。

第二天她准时到达，看见已经有一些年轻女孩聚集在大厦门口。这时来了一辆进口中巴车，下来一个女人，让面试秒莘公司的人都上车，要带她们去总部面试。

这姑娘上了车，找了个靠窗的位置坐下。

车里有几个姑娘一直在谈论这家秒莘公司有多好，并热情地和大家互加微信。她不是个爱交际的人，就假装转头看窗外，但越看越觉得不对劲——周围的建筑在逐渐减少，路标显示这辆车正开往燕东高速。

她用手机地图查询位置，发现车已经开到了东郊的边上，正往邻省的燕东镇方向去，再开下去就要出燕市了。姑娘觉得有点害怕，便借口下车上厕所，在路边拦了辆出租车，回到了她在广通苑的住处。

我问她会不会是想多了，她说不可能。她回家后发现车上那几个加过她微信的人，都已经把她拉黑了，上网搜这家公司，什么也查不到。

我给通知面试的号码打过去，已经停机了。

这事儿确实有点奇怪，我决定调查一下。我告诉周庸第二天上午九点来接我，一起去沃驰大厦看看。

第二天十点多，我和周庸开车到了沃驰大厦，在周围看了一圈，没有监控设备，没法获得那辆进口中巴车的车牌号。

周庸点了根烟："徐哥，接下来怎么办？这次的线索只有这个面试地点。"

我说:"没什么好办法,只能跟这儿蹲几天,看会不会再有车来接人。"

我们在沃驰大厦蹲了两天,没发现什么有用的线索。第三天中午,我俩商量了一下,正打算放弃这次调查,周庸忽然指向车窗外:"徐哥,那边。"

在上泉路边,站着八个穿着清凉的姑娘,正在相互说笑。几分钟后,一辆国产面包车开过来,八个姑娘都上了车。

周庸看了看我,说:"徐哥,这和咱们调查的是一回事吗?这几个姑娘看着也不像刚毕业的学生啊。"

我说:"不知道,但蹲三天了,怎么着都得跟上去看看。"

这是辆燕北省的车,车牌号是北H35×××,我和周庸跟着它,从城北出燕市,走燕东路旧线,一路开到了燕东镇。

面包车又开了一会儿,停在了一家叫燕盛的养生会所的后门,几个姑娘下了车,进了洗浴中心。

我拍拍周庸:"下车,去按个腿。"

他说:"不去。我昨晚刚在CBD那边按过,再说了,这地方一看就不怎么干净,要按你按。"

我说:"那行吧。"

下了车,推门进了燕盛养生会所,一个男服务生迎上来,把我俩带到沙发处脱鞋:"哥,咱们是保健还是足疗,还是来点别的项目?"

我说:"都不用,能不能给我俩开个房,临时休息一下,我俩想按摩的时候再叫你?"

服务生有点为难,说:"哥,这个不太好办,要不你还是找两个妹妹按一下吧，咱们这边都是按摩赠房间，按完再休息多舒服。而且咱这儿刚刚来了几个新人，都可带劲了！"

我说："真不用，要不这样，我俩不按，你给我俩开个房间就成，按最便宜的保健结账。"

服务生愣了一下，带着我们上了二楼。他还不死心，一个劲儿地给我们推销服务套餐，从捏脚踩背到全身按摩一路介绍到房间，都被我拒绝了。

进了房间，我从包里掏出一个阻门器顶住房门。周庸问我："这是干吗？"我给他解释——保健按摩的客房通常都锁不了，客人在这儿接受特殊服务时，方便加项目或者加人。

周庸说："徐哥你为啥懂这些？"

我说："我去外地调查，不想给人留下线索的时候，经常就住在这种地方。这种保健房不用身份证就能开房，所以也习惯随身带一个阻门器了。"

我俩商量了一下，决定歇一会儿，叫个按摩的小妹套套话，看能不能有什么发现。

我俩正在屋里说话，房门的把手忽然被人拧了一下，我和周庸看着门，外面的人又拧了两下，还是没拧开。

突然"砰"的一声，吓了我俩一跳。外面有人在踹门，因为有阻门器，门没被踹开。

让周庸去我包里把甩棍拿出来，我走到门口，透过猫眼看了一下。门外是刚才接待我和周庸的服务生，身边跟着五六个壮硕大汉，正在轮番踹门。

我对着门外说："等等，哥们儿，什么情况，咱们是不是有误会?"

服务生破口大骂:"还跟我装糊涂,别以为我不知道你们是干啥的!"

接过周庸递来的甩棍,我也有点糊涂,难道我们暴露了?但他们是怎么知道我俩身份的?

光靠一根甩棍,估计我俩很难逃出去,我一边示意周庸去开窗户,准备跳窗,一边试图稳住他们:"哥们儿,我不知道你啥意思,我们就是想简单休息一下。听你口音是东北的,我也是东北的,哈市的,咱们肯定有什么误会。"

他说:"没什么误会,你这种人最可恨,既然一个地方来的,你还想坑我,今天我就跟这儿废了你俩!"

周庸这时候凑过来:"坏了徐哥,窗户上有防盗网。"

阻门器没有门锁加持,效果会打折扣,不知道门什么时候会被踹碎。我冲到浴室,快速浸湿两条毛巾,拿出来绑在防盗网上,掰下挂窗帘的杆子穿过毛巾,让周庸快点儿拧,我继续去堵住门。

好在这里的防盗网用的是质量一般的铝合金,没拧两下就断了。我把包先扔下去,在他们冲进房间之前,跟在周庸后面从二楼跳了下去。落地后,还能听见他们在砸门。

回到车里,周庸问:"这什么情况,咱俩这就被发现了?"

我也有点搞不清状况。说实话,我一开始以为这就是一个普通的卖淫场所,那几个在上泉路被接过来的姑娘,可能只是换场——许多色情场所会置换手里的失足妇女资源,互换姑娘增加新鲜感,以留住老客人。

但现在看来,这家店对我们的防备心这么重,一定隐藏了什么秘密，比如骗找工作的姑娘来卖淫也不是没可能。

我想了想，让周庸打电话报警。

"怎么说？"

我说："就举报燕盛养生会所在从事卖淫嫖娼活动，警察一搜查，他们不管有什么事都会被发现。"

周庸用网络电话报了警。十几分钟后，几辆警车开过来，下来一堆警察，进了燕盛养生会所。

半个小时后，警察出来了，一个人也没带走。

我看了下时间："失误了，才下午三点多，没什么人来嫖，很难抓到现行。"

周庸问我："怎么办？"

我说："晚上再举报一次。"

他点点头："现在干吗？"

我说："先去买鞋。"我俩刚才是穿养生会所的拖鞋跳下来的。

周庸一拍大腿："我的限量款运动鞋！那鞋特不好买！"

我说："你别磨叽了，那鞋那么丑，丢就丢了。"

开车去买鞋的时候，我们顺路在五金商店买了罐乳胶漆。采购回来，我俩把车停在燕盛养生会所的后门。

九点多，我俩下车走到正门，确认进去了几拨客人后，从后备厢拿出乳胶漆，洒在燕盛养生会所那辆面包车的挡风玻璃上。这样，他们就不能及时开车将店里的失足妇女转移了。

坐回车里，我用真电话报了警，说燕盛养生会所有性服务。

周庸问我："为什么不用网络电话？"

我说："下午那次出警什么也没查出来，再用网络电话打，还以为又是报假警呢，万一不出警怎么办？"

十几分钟后，警察又来了。这次他们没有空手而归，带走了二十来个男女。

周庸看着警方将这群男女带上车："徐哥，接下来怎么办？"

我说："回燕市吧。这家店和咱们得到的线报有没有关系，过几天就知道了。"

在派出所做完笔录，回燕市的路上，燕东镇街面上的人和车都变得稀少。到了北方学院附近，离路口还有七八百米，周庸说："徐哥，你停一下。"

我说："怎么了？"

他说："你看那边，是不是有个姑娘蹲在路边哭？"

我往右扫了一眼，一个人影蹲在马路边，因为没有路灯，我仔细看了看才发现。

我说："周庸你太牛了，我只能看见一团黑影，你居然能看出是一个姑娘蹲在路边哭，真是天赋异禀。"

周庸"嘿嘿"一笑，解开安全带想开门下车，我拦住他。他说："怎么了？不是碰瓷儿的吧？"

我说："应该不能，哪有姑娘半夜寻死似的在路上碰瓷儿？再说这大半夜的，也不是繁华路口，没有摄像头，别说碰瓷儿了，被车撞死都得第二天才能被发现。但你得看有没有其他危险，有些人会利用女孩叫停来往车辆，然后打劫。"

把车倒退几十米，观察了一下周围，排除了有其他人埋伏的可能。我打开双闪把车靠边停下，跟周庸一起走了过去。姑娘看见我俩有点害怕，问什么都不回答，提出要帮她报警后，她才说不用，并对我们有了点信任感。

这姑娘叫于慧,出身于单亲家庭,毕业后来燕市工作,把她妈妈也带过来了。结果前些日子她妈妈被一家投资"电子商务、连锁经营"的公司骗到了燕东镇,死活要让于慧也过去考察一下。

于慧为了救她妈妈,来到燕东镇,被硬拽着听了好几天课,怎么劝说她妈妈都不听,非要留在那儿发大财,说要赚够一千零四十万。

不仅如此,于慧北漂几年攒下的十三万存款都被她妈妈给了传销公司。

她实在没办法,一个人跑到了街上,想不管她妈妈直接回燕市,又舍不得,只能绝望地蹲在路边哭。

周庸把我拽到一边:"徐哥,咱帮帮她呗。"

我说:"还是算了吧,你知道我不爱管传销的事。"

传销抓人容易,但立案一直很困难,因为搜集证据和定性都非常复杂,常常是抓了人,证据不足,只能放了。

而且刚才听于慧说的话的意思,她妈妈陷入的应该是一种叫"1040阳光工程"的传销,属于南派传销,并不限制人身自由,想走就能走,现在是她妈妈被洗脑,自己不愿走。

周庸转头,看那姑娘哭得稀里哗啦,站在那儿就走不动路了。

磨叽了半个小时,我没办法,只好屈服。

周庸挺高兴,上去跟姑娘交换了联系方式。"快别哭了,正好我们也要在燕东镇做调查,你可以把知道的资料都发给我,我们试着去救你妈妈。"

于慧不放心她妈妈，在中心街的快捷酒店开了间房住下，说等我俩消息。

燕东镇是全国传销最严重的地方之一，有上万人从事传销工作。开周庸的 M3 太容易被人注意，于是第二天我俩开着我的车，先去连锁服装店买了几件最便宜的黑 T 恤，让周庸换上。

周庸觉得奇怪："徐哥，干吗突然给我买衣服，买这么便宜的，还买好几套？"

我说："怕你没换洗的衣服。"

他一脸疑惑。

我说："你不是要帮于慧找她妈妈吗？不混进传销组织怎么找？你穿着一身奢侈品咋混进传销组织？"

周庸说："我还得混进去啊？"

我点点头说："废话，谁揽的活儿谁当主力。"

于慧告诉我和周庸，她妈妈所在的那个传销组织，常在林家庄"拉新"。我俩在路边一家叫"超级驴肉火烧"的小店，点了个"黄金顶配的驴火"，吃完就奔林家庄去了。下车之前，我给周庸戴了一个伪装成发卡的骨传导耳机，在他腰间粘了一个信号收发器和四个窃听麦克风。

我和他说好，找到了于慧她妈妈就立刻通知我，耳机只能用三十个小时，所以两天内必须得脱身。好在南派传销不太限制人身自由，这点应该比较容易。

戴上设备，周庸下了车，在林家庄北边的公园附近开始转悠。"喂喂，徐哥徐哥，你能听见吗？这边人不少，我怎么能确定谁是搞传销的？"

我说:"你有点耐心。而且你那燕市腔收着点,别露馅儿了。"

正说着话,他身边走过一个戴黑框眼镜的西装男,擦肩而过的时候,那哥们儿手机响了,听到铃声:"轰轰烈烈两三年,生铁也能炼成钢。"

周庸说:"徐哥你听见了吗?这铃声也太难听了。"

我说:"难听就对了,这首歌叫《滔滔北部湾》,是南派传销的'战歌',你快点跟上他。"

周庸乐了,说:"什么'战歌',精神有问题吧。"

我说:"搞了传销后,谁精神能正常?"

周庸远远地跟着西装男,七扭八拐地走了一路,那人最后走到一个早点摊,坐下来点了两根油条和一碗豆浆。周庸也跟着他坐下来,点了屉小笼包。

我在车里远远地看着,拿起手机打给周庸。我说:"周庸你先别说话,听我说,我说一句你跟着重复一遍,大点声,我说'完活儿',你就不用学了。"

他说:"嗯,知道了。"

周庸跟着我,间断地说:"喂,嗯,刚到燕东镇,没找到工作呢,随便找个活儿先干着呗,谁不想发财?大学都没读过上哪儿发财去?行,不说了,先挂了。"

我在车里看着,西装男明显被打电话的周庸吸引了,他端着豆浆凑到了周庸那桌。

"老弟,我看你也一表人才,没上大学怪可惜的,好在当今社会乃至世界商海,这英雄只要成功,不问出处。"

周庸赞同地说了几句,西装男高兴了,说:"这样吧,我带你去见见吴老师,给你介绍个工作,有钱大家一起赚!"

周庸假装答应,朝我停车的方向比了个"OK"的手势,跟西装男走了一段,上了辆国产商务车。他俩上车时,我看到,副驾上已经坐着一个中年男人,正在和车里的其他人聊天。西装男跟周庸介绍这位就是吴老师。

见人坐满了,吴老师告诉司机开车。

中途路过一家新华书店时,他让司机停一下,下车买了几本书回来:"来来来,我在官方的书店买了点参考资料,分享给大家,大家先了解一下国家的宏观调控思路。"周庸也被发了本资料,翻了两下:"不对吧,吴老师,新华书店2004年就开始改制了,不算是官方,而且这印刷质量也太次了。"

吴老师有点着急了:"怎么不是?新华书店可是根正苗红的革命书店,肯定是代表国家方向的,小伙子你不懂没人怪你,但是干大事的人不会乱讲话。"

我在耳机里叮嘱周庸,让他别瞎说话,他才忍住没还嘴。

车子兜兜转转,进了燕东涵城小区,在紧靠角落的一栋楼前停了下来。我怕被发现,没敢跟进去,就停在了小区外边。

周庸上电梯的时候,耳机信号断了一会儿,刺啦刺啦的。下了电梯,我让他汇报下位置,他立即跟旁边人说话:"公司怎么在十四层呢,多不吉利,是便宜吗?"

旁边的吴老师赶紧纠正他:"这是国家的事业,咱们都是唯物主义战士,不信这些唯心的说法,十四层一样能创造人生的辉煌。更何况,这是国家给咱们提供的办公场地,不要房租。"

这是"1040工程"传销的惯用手段,他们做事都打着国家名义的幌子，最后让人相信这是国家行为，一定能赚钱。

"国家把整个十四层都给了咱们团队供伙伴们使用，咱们入行第一个要学习的，就是凡事都要有感恩之心。"吴老师一边说着，一边拦住了刺儿头周庸，让他单独去一个房间，不让他和其他新人待在一起。

耳机里传来了关门反锁的声音，我担心周庸要挨打，赶紧下车准备去救人，结果一个女声从耳机里传来："小伙子，你好，我是邓老师。听吴老师说，你很有思想。有思想是好事儿，干大事儿的人必须有思想，但思想也需要引导，今天我先陪你聊聊怎么样？"

女老师简单地说了两句开场白之后，就开始介绍起所谓的"项目"来。

"咱们是'国家1040阳光工程'在燕市的延伸，咱们燕市分部呢，主要为国家抓电子商务这一块儿，要培养一批'高精尖'的电子商务人才，为国家在世界商海之中立足出力。"

这姑娘长得一定不差，因为周庸说话的语调挺高兴的："姐姐，不对吧，这不是在燕东镇吗，怎么就算燕市分部了？"

"你看，小伙子，不懂了吧，"邓老师从容地解答，"燕市坐公交就能到燕东镇，对不对？

"燕东镇已经被有关部门划给燕市了，当然这是内部消息，不允许外传，所以才有燕市的公交车开到燕东镇来啊。"邓老师继续解释。

我让周庸别打岔，装装老实，让她快点说完好研究救人。

邓老师告诉他："想成为'1040阳光工程'的一员，要先投入

69800 元，此后根据介绍新人加入的数量，层级在组织中不断递升，每月所获得的收益也随之增长。而所有人投入的资金则被国家用于'铁公鸡'建设，就是铁路、公路、机场。国家绝对不会让大家赔钱的。"

周庸假装赞同。

邓老师继续："最重要的是，只要晋升到第五级，拿到出局证，不仅可以拿到 1040 万，还可以随便接手大量国家项目。"

邓老师一边说，一边开始画起缭乱的草图。我听见周庸打哈欠，提醒他控制住："你就假装觉得她扯的犊子都是真的。"

一小时后，邓老师讲完了她的课程，告诉周庸晚上参加新伙伴欢迎晚宴。

晚宴在十四层的另一个房间，每个人要交 30 元。周庸跟吴老师说："不都是国家支援吗？怎么还 AA 制吃饭呢？"

吴老师说："因为不想占国家便宜。既然是国家在培养我们，我们当然要对得起国家。"

举行晚宴的房间是三室一厅改的一室一厅。客厅里坐了一百多号人，周庸回忆着于慧发来的照片，扫视人群，发现于慧妈妈坐在角落里，旁边还坐了一个男人。两人贴在一起，看起来关系很亲密，周庸后来跟我说，他们看起来就像夫妻。

参加完晚宴，周庸以新人拜访的名义，顺着十四层挨个儿屋串门，跟每个房间都打得火热，成功加了十四层所有姑娘的微信，顺便还摸清了布局，找到了于慧妈妈所在的房间，但为了避免被识破，没有跟她接触。

于慧妈妈所在的房间就在防火通道的正对面,周庸走到门跟前拽了拽,发现门从外边锁上了。这也是周庸的"室长"能放他在十四层自由活动的原因之一。

晚上睡觉的时候,周庸被分到了一个大开间里,算上"室长",一共五个人,都是在地上睡大通铺,但并不太挤。

听周庸小声说要睡了,我也放倒座椅,准备睡会儿。这时小区门口开来一辆进口中巴车,小区里走出七个年轻姑娘,上了车。有两个站在车门口,四处张望,似乎不太情愿上车。但在身后的四男一女的推搡之下,她们还是上了车。我忽然想起面试姑娘的线报和她提到的进口中巴车,立刻坐起身发动车,远远跟在进口中巴车后面。

中巴车开到燕东镇医院北侧一栋没开灯的三层建筑前,下车时那两个刚才不愿意上车的姑娘还被甩了几耳光。

这伙人进去后,我看见三层亮起了灯,就打电话报了警。在我报警的同时,四男一女里的那个女人,从楼里走出来,打了个车离开了。

我开车跟上,又回到了燕东涵城小区。

两个多小时后,警方打电话给我,问我是否方便去做个笔录。我说还有点事,可能得明天,他们说行。

第二天早上,周庸在那边小声说话:"喂喂喂,徐哥你在吗?我上厕所呢。"

我说:"在,你上厕所告诉我干啥?"

他说:"十四层到处都是人,想正常说话只能在厕所。"

我说:"今天我还得去趟派出所,咱最开始追查的找工作被骗那事儿有线索了。你不是摸清楚了于慧妈妈的位置了吗?赶紧带着她出来。"

周庸说:"咋带啊?于慧都带不出来,我能带出来吗?"

我给于慧打了个电话,让她关机,又让周庸去找于慧妈妈:"我刚让于慧关机了,你就跟于慧妈妈说于慧出车祸了,不信让她打电话。"

他说:"行,你接应我?"

我说:"接应什么,南派传销不限制人身自由,没看手机都没收吗?你们直接下来就成,我在大门口等着。"

用耳机听着周庸去找于慧妈妈,说于慧出车祸的事,于慧妈妈慌了,急忙跟着周庸走,走到一半突然说:"哎呀,我得找我爱人啊,我爱人去别的房间开会了,还没回来呢!"

周庸蒙了:"阿姨,你说于慧她爸爸也在?"

于慧妈妈说:"对。"

周庸在耳机问我:"怎么回事?徐哥,于慧不是说她是单亲家庭吗?"

我也觉得有点奇怪,说:"别管那么多,先把人弄出来再问。"

周庸跟着于慧妈妈去1407找老公,邓老师正在给几个骨干开会,说最近地方警察正在严查传销之类的,他们执行的是"国家机密任务",不能和地方警察起冲突,暴露自己的身份。

说着,她给大家看了一份最新的"红头文件",里面写着不能和地方警力起冲突,暴露秘密任务。"所以回头通知一声,最近这段时间,大家能不外出就尽量别外出了。"几个骨干都说好。于慧妈妈忍不住了，上去拽那个迎新晚宴上和她坐在一起的男人："咱闺女出车祸了。"

那男人一把甩开她，说："我开会呢，有什么事等开完会再说。"

邓老师看了于慧妈妈一眼，问她怎么知道出车祸的，是不是警察通知的。

于慧妈妈说："不是，"她指着周庸，"是这小兄弟告诉我的。"

邓老师看着周庸，让几个骨干去守住电梯，不让人出去，并把出去的人找回来。

周庸拽着于慧妈妈出去时，电梯已经被人守住了。他拍了拍耳机："坏了徐哥，电梯走不了了。"

我说："都听见了，正拿工具呢，十五分钟后，我在十四层防火楼梯口跟你们接头。"

我坐电梯到了十三层，去爬防火楼梯，顺手抄了角落里的一个干粉灭火器傍身。

到了十四层防火门，我敲了敲，周庸在那头："徐哥，是你吗？快开门啊！"

我说："你等等。"我本来以为是普通的A级锁，没想到他们又给这门加了副狗王锁，穿过把手锁死了。

狗王锁的锁芯等级很高，想打开这玩意儿得用液压剪，但因为太沉，我放后备厢没拿上来。

我给周庸解释了一下，他急了："快点啊徐哥，一会儿他们肯定找我！"

我跑到十三层，坐电梯下楼去车里取液压剪，又快速返回十四层防火门时，我听见有个女声正在跟周庸说话，是邓老师的声音。

她已经明显开始怀疑周庸,不能再等了。我调整好液压剪,快速剪断了狗王锁,一把拽开防火门。

周庸、于慧妈妈和一个长相不错的女人被这两声响动吓蒙了,转头看着我,我上前拽了周庸一把:"走啊。"

周庸背上于慧妈妈,沿着防火梯迅速下楼。邓老师在楼上正在喊人,我拔出干粉灭火器的保险栓,喷了她和两个迅速围上来的骨干一脸。

邓老师脸上满是白色粉末,捂脸咳嗽着,还在喊人。

我快速下楼,跑到二层时追上了周庸。他背着于慧妈妈,累得跟狗一样。"徐哥,你不是说南派不限制自由吗?怎么我一来忽然就限制了?"

我说:"我知道为什么,等会儿再告诉你,先跑。"

冲下了楼,几个可能是传销组织的人得到了消息,正在从正门方向往这边跑。我说:"不能去正门开车了,咱走侧门。"

我俩从侧门冲出,街上没什么人,也没出租车,只能靠一双腿跑。身后追了一群人,派出所又离这里比较远,我想了想,让周庸跟紧我,跑向被我举报的那个燕盛养生会所。

后边人追得越来越近,我们离燕盛养生会所也越来越近。我看见那个带着一群人踹房间门的服务生,正和一个戴金链子的光头一起擦着一辆 SUV。

我冲他们大喊一声:"干死这帮孙子!"

擦车的服务生看我和周庸带一群人冲过来吓坏了,进屋去喊人。然后我又转头对着传销的人喊了一遍。

周庸放下于慧妈妈,我俩"带着"一帮传销的,冲向了燕盛养生会所那帮人。

两帮人瞬间打在了一起,我和周庸夹在中间,急于脱身不便还手,挨了好几记重拳。冲出混战圈,我看SUV的钥匙插在车上,拽上于慧妈妈,开门坐进车里,锁死车门报警。

周庸的脸被打肿了一块,他捂着脸问我:"徐哥,你不是说南派传销没什么危险性吗?差点没把我打死!"

我说:"昨晚之前确实没什么危险。"然后我给他讲了一遍我昨晚追踪进口中巴车的事儿。

周庸揉着脸:"这俩事挨着吗?"

掏出烟给他点上一根,我说:"当然挨着。今天我打开十四层防火门的时候发现,耳机里听到的那个邓老师,就是昨晚四男一女里,没被抓走的那个女人。所以她今天就不让你们出门了,怕把警察招来。"

于慧妈妈这时从刚才的震惊中缓过来,问于慧怎么样了。

我说:"没事儿,她就是想把你骗出来。"

她说:"那我要回去找我爱人。"

我说:"阿姨,您先在这儿坐着吧。您看车外这情况,现在能出去吗?"

警察一来,这两伙人迅速逃跑。我们下车解释了情况,跟他们回派出所做笔录,连昨晚举报的那次笔录也一起做了。

我问做笔录的警察,那伙囚禁女孩的人到底是什么来头。

他很友善,告诉我是个北派传销组织,但不能透露太多,因为还没结案。

我说:"是那个女老大没抓到吧?"

警察惊诧地看了我一眼,说:"是。你怎么知道她是老大的?"

我说:"猜的。"

做完笔录往外走,那个燕盛养生会所的服务生,正和几个人一起被铐在边上,等着做笔录。

我从他身边经过,问:"哥们儿,咱到底有什么仇啊?"

他说:"我一看你们就是搞传销的。来保健的地方不保健,开房就为睡觉。周围有那么多旅馆不去,肯定是传销公司骨干,没有身份证,又没地方住,来这儿对付一下。

"我当初从东北来燕东镇就是被你们这帮搞传销的王八犊子坑过来的,什么女朋友、狗屁连锁经营,骗钱还揍人,好险没死在这儿。骗老乡,你不得好死。"

我没解释,拽着要和他对骂的周庸出了门,打车回到燕东涵城小区门口,取了我的车,坐在车里抽烟。

周庸深吸一口:"徐哥,那北派传销和邓老师到底是怎么回事?"

我说:"北派传销比起南派传销,手段更极端,会限制人的自由,发现逃跑就是一顿暴打。不服管教的姑娘,甚至会被团伙成员轮奸,以此让她老实。

"他们甚至会刻意骗一些年轻女孩进来,作为给男性成员的'礼物',以增加这些人对传销组织的认可,更方便洗脑。而那个邓老师,很可能是北派的老大。"

周庸说:"还能这样吗?她是南派的经理,又是北派的老大?"

我说:"怎么不可能?她都是南派传销团伙的经理了,去北派,不做个带头人也没什么意义。因为除了最上面那个人,别的人都不赚钱。

"就像华山派的掌门兼任武当派的掌门一样,反正下面的人都不知道,没什么不可能的。"

周庸觉得奇怪:"那就没人发现吗?"

我摇摇头:"传销组织等级很严,每一层只知道每一层该知道的事,没人知道上面发生了什么。"

抽完烟,我俩开车回派出所,接于慧妈妈。她不愿走,说要在派出所等她老公。

我说:"阿姨您先跟我们走吧,先去找于慧,等您爱人放出来,你们娘俩一起过来接。"

于慧妈妈哭了,说:"她怎么可能和我一起来接?她一直就不喜欢她这后爸,前些日子忽然拽我们来燕东镇玩,然后她爸爸就进传销组织了!"

我说:"阿姨,您的意思是,您爱人进传销组织,是于慧干的?"

于慧妈妈看了我一眼,不再说话了,只是坚决不跟我们走。

我说算了,让周庸给于慧发微信,告诉她人在派出所门口,这事儿就算结了。

开车回燕市的路上,周庸问我:"徐哥,你说这于慧一家是怎么回事儿?"

我说:"可能是家庭伦理剧。她不喜欢后爸,找机会把他塞进了传销组织,没想到她妈妈也跟着进去了,后悔莫及呗。"

第二天晚上,周庸请我去望都的赛车场跑了半宿卡丁车,说是要补偿我为他做了这次传销调查。准备回家时,我一把抢过周庸的

265

车钥匙:"这回我来开车,怕你卡丁车开习惯了,拿 M3 当飞机开。"

周庸坐在车上,拿出矿泉水喝了一口,说:"徐哥,我在里边住了一宿,大概能理解,为什么你不愿管传销的事儿了。"

我说:"是,陈忠实在《白鹿原》里写过一句话,'会被自己幻想出来的偶像所控制,谈不上是信仰,只能说是另一种形式的迷信'。我觉得传销和迷信差不多,把人捞出来不难,有的是办法;但要试着把人心救回来,太难!"

6 月 22 日,我跟向我提供此次事件线索的女孩反馈结果,大概讲了一遍经过,还给她看了些东西,比如于慧的照片之类的。

她收到于慧的照片后,激动地给我发了一条语音:"浪哥,就是这女人,在中巴车上就坐我旁边,一直说那个公司有多好。她是托儿吧?"

WARNING
求职者如何避免求职陷阱

1. 只在正规求职平台上找工作,不要在小网站递交个人简历,谨防个人信息泄露。
2. 高薪低要求的工作绝不能信,对行业薪酬水平和自身工作技能要有合理认知。
3. 在线刷单等,承诺回报过高和需要预付所谓"押金"的工作,都不可信。
4. 面谈永远好过仅在线上沟通,通过面谈时的状态和细节综合判断求职的公司,可以规避风险。
5. 面试前做好功课,留意"企业名称""地址""工商注册信息"等。面试前实地考察周围环境,判断企业对外宣传的真实性和持续经营的能力。
6. 面对亲友提供的异地工作机会,需要问清楚准确地址,提前搜索公司的情况,不在推荐人的陪同下独立考察。
7. 面试时找利益不相关的伙伴陪伴,或把地址实时反馈给亲友,确保自己的人身安全。
8. 入职前收取"押金、体检费、服装费"等名目费用的工作不可信。

15

有人谈恋爱花钱如流水，
有人谈恋爱赚了大钱

事件：房屋盗卖事件

时间：2017 年 7 月 15 日

信息来源：粉丝求助

支出：5570 元

收入：暂未结账

执行情况：完结

黑中介最惯用的手段，是不停地骚扰、找碴儿，逼租客提前结束租期，再找个借口，不退还押金和剩余房租。

所以，很多租房的人，都被迫体验过一种情况——从租的房子里被人赶出去。

因为这种破事儿很多，经常有人在后台留言或发微信向我寻求帮助，问遇到黑中介该怎么办。

我提前建了一个文档，一遇到在这方面找我寻求帮助的读者，就直接复制粘贴给他——首先，下次租房一定要找正规中介；其次，遇到黑中介，搜集好各种证据，包括租房合同、交易记录、通讯记录，以及与黑中介的对话录音，然后打电话向工商局举报。

2017年7月15日上午，又有一个姑娘加了我微信，不停地发消息，说自己被人从家里赶出去了。

我像平时一样，复制好常规解决办法，发给了她。

过了一会儿，她回微信说："和中介没关系，不是租的房子。我在自己家住着，忽然就让人赶出来了，然后发现我妈失踪了。"

这种事还是第一次听说，我挺感兴趣的，中午吃完饭，回微信问这个叫刘佳怡的姑娘，到底是怎么回事。

刘佳怡是锦市人，一直在锦市生活，父母离婚，她被判给了妈妈。但她们俩的关系一直不太好，总吵架，刘母因为这个，经常不在家住，常年住在刘佳怡姥姥家。

7月5日，一个陌生男子敲她家的门，说该交房了，让她搬出去。

刘佳怡一头雾水，问那人是不是找错了，那人说没有，让她赶紧搬家。刘佳怡以为这人有精神病，没理他。后来再有人敲门时，她也只是假装自己不在家。她觉得忍一段时间就没事了，实在不行再去报警。

有一天她出门买菜，那男人带着早埋伏好的一群人，忽然从楼上冲进屋，把她的东西都从家里扔了出去，并强行换了锁。

她没办法，只好报了警，发现房产证上写的就是那男人的名字。这房子原本在刘母名下，只有刘母能卖房过户。刘佳怡急忙联系她妈妈，然后发现怎么也联系不上。她找到姥姥和刘母的朋友，他们都说有一个多月没见过刘母了。她怀疑失踪的妈妈是被人胁迫卖了房，现在可能正处于危险中，问我能不能把她妈妈和她家房子找回来。

我说："这样吧，我有一个朋友在锦市当警察，叫刘强，我跟他打声招呼，你去找他帮你。"

长时间不和家人朋友接触，毫无征兆地卖掉房产并且失踪，按照我的经验，一般只有两类人：第一种是赌徒，第二种是吸毒者。这两种人，都不值得我特意去一趟锦市。

告诉刘强可以顺着这两点帮她查，然后我就把这事儿忘了。

过了两天，刘强忽然给我打来电话，说刘母的确失踪了。

我问他是怎么判断的。

刘强说："我找了一个有案底的职业赌徒，带刘佳怡去锦市所有的地下赌场找了两天，都说没见过刘母。我又询问了刘母的亲戚朋友，她近期也没有忽然消瘦、精神恍惚这些吸毒表现。而且最关键的一点是，刘母从没向亲戚朋友借钱，也不欠银行钱。赌徒或者吸毒者，很少有一分钱不借，直接卖房子的。"

我谢过刘强后，给周庸打电话，说现在锦市有个活儿，没想好要不要去，听听他的意见。

他说："当然去。徐哥，你不找我，我还想跟你说呢。咱快出去避避吧，燕市的天比三亚都热，非洲人都在这儿中暑了。"

我告诉他这是城市热岛效应，由于污染和人多造成的。

周庸说："别管什么岛，走着。锦市是吧，我现在就订机票。"

7月17日下午两点，我们坐飞机到了锦市。

周庸一下飞机就蒙了："不是说锦市气温比燕市低四度吗，怎么感觉比燕市还闷呢？"

我说："天气预报显示的是绝对温度数值，你得看体感温度，那个才靠谱。而且锦市潮湿，同样的热度下，空气潮湿会让体感温度提高四五度，这儿其实比燕市还难受。"

他说："徐哥，你为什么不早说？都到地方了才告诉我！"

我说："那姑娘出价了，除了报销吃住费用，如果找回她妈妈和房子，她愿意付出房价的百分之五作为佣金。我查了一下，她家房子位于玉兰树学区，房价平均两万多块一平方米，一百多平方米的房子,我们这次怎么着也能有十多万元的佣金,我不可能不接。"

出发之前,我们在网上找了一个租车公司,租了辆黑色的轿车,约好了下飞机前送到机场。

在机场停车场,我们找到租车公司的人,取了钥匙。租车公司的小哥服务态度很好,我和周庸看天气太热,决定先把他送回办公室,再去找刘佳怡。

从机场往市里开的时候,周庸一直抱怨车的性能:"徐哥,你看这车,油门都踩到底了,速度还上不来。想租个好点儿的车你还非不同意,让我租那进口 SUV 多好。"

我让他别啰唆:"咱们能开那么惹眼的车吗?"

这时租车公司那小哥插了一句,说他们公司只有一辆进口 SUV,被人长租了,还没送回来。

送完租车公司的小哥,我俩跟刘佳怡约好在一家冒节子肥肠粉店见面,这是本地的特色小吃,感觉跟燕市的卤煮意思差不多。

不一会儿,我们在约好的店里见到了刘佳怡。坐定点菜,我让刘佳怡介绍一下情况。刘佳怡把自己被人从房子里赶出来,到跟她妈妈刘淑琴失去联系的前后过程又详细地讲了一遍。

她讲的这一遍,比上次多了三点进展。

一、刘强在警务系统内查询后发现,刘母近期没购买过飞机、火车、客车票,说明刘母离开锦市的可能性比较小,除非是打车或被人开车带离。

二、刘母的身份证号这两个月内都没有开房记录,怀疑她可能被人囚禁在某个地方。

三、有人在锦山景区旅游时,见到过一个长得像刘母的人,但线索就到这儿了。

我点点头，问她最后一次跟她妈妈联系是什么时候。

她说大概是6月2日，两人一起吃了顿饭，吵了一架，不欢而散。

周庸有点好奇："你和你妈妈的关系怎么会搞得这么差？"

刘佳怡犹豫了一下："我爸妈离婚，完全是因为我妈出轨，而且出了两次。我爸甚至怀疑我不是亲生的，还带我去做过亲子鉴定。"

周庸问："那你是亲生的吗？"

我在桌子底下踹了他一脚，转移话题："你觉得有多高的可能性，是你妈妈自己卖的房？"

她说："不太可能。我家那套房子，在玉兰树小学附近，是学区房，房价这几年一直在涨，升值又保值，这些我妈都知道，不至于这么想不开！"

刘母的亲戚朋友，在我们来锦市前，刘强都已经探访过了，所以我决定还是先从房子入手，看有没有线索。

让周庸去结了账，我说要去房子所在地了解一下情况。

她说要带我们去，我阻止了她："别了，万一人家见了你就不开门了怎么办？你就回去等我消息吧，咱们电话联系。"

问清地址，周庸买完单回来，我们出门开上租来的车，打开导航，去往玉兰树街。

我们赶上了晚高峰，车子堵得一动不动。周庸说："锦市这儿我也来过几次了，各方面印象都挺好的，就这交通让人头疼。"

我说："你从燕市过来的，抱怨人家锦市交通堵，说得过去吗？"

折腾了将近两个小时,终于到了刘佳怡提供的地址——玉兰树街的一幢老房子。我和周庸停好车,上楼敲了门。

里面的人问我们是谁,听到我们说是来问买房子的事,不肯开门,让我们别骚扰他。

你来我往磨叽了二十多分钟,对方就是不开门,我和周庸下楼抽烟。

到了楼下,我让周庸给刘强打个电话,问他下班没有,过来见一面。要是他还没离开单位,让他直接穿警服过来。

半个小时后,刘强到了。"怎么还不让我脱警服呢?"

我说:"想和买房那人聊聊,找找线索,但人家不信任我们,不给开门。我觉得你穿这身应该能让他们开门。"

刘强说:"你们就坑我吧。"

我说:"别怕,你又不是执行公务,只不过恰巧穿了警服而已,法律又没规定和朋友见面不能穿警服!"

我们仨一起上了楼,我和周庸站在楼梯拐角,猫眼看不见的地方。

刘强上前敲了敲门,说想问问买房的事。里面的人在猫眼里看了看,问他:"你是警察吗?"

他说:"是。"并拿出警官证举到猫眼前。

那哥们儿打开房门,我和周庸急忙凑过去,推着刘强一起挤进屋。

开门的哥们儿蒙了:"你们要干什么?"

我说:"哥们儿,我们真就只是问问这房子的事,问完就走。你要是不放心,咱们可以在走廊说。"

他想了想,说:"我老婆孩子都在家,去走廊说吧。"

四个人转身到走廊,那哥们儿关上了房门。

我拿出烟递给他,他接过一根。抽了两口烟,这哥们儿放松了点儿。"我这房子都是办完合法手续买的,原房主失踪的事情跟我无关。"

我们问他怎么知道有人失踪,他抽了口烟:"被我赶走的房主女儿说的,她都打上门好几次了,让我把房子还给她妈妈。我房子是花钱合法购买的,还什么还!"

我说:"我们不是来要回房子或威胁你,主要是现在有人失踪,能找到的最后一条线索就是这房子,所以来跟你了解一下情况,别紧张。我们就想知道这房子到底是怎么买到的。"

买房这哥们儿放松了些,看了一眼刘强,给我们把情况简单介绍了一下。

这哥们儿以前在燕市工作,后来受不了工作压力,赶上公司在锦市成立分公司,他就申请过来,调到了南边的高新区产业园里工作。

在燕市攒了几年钱,原来准备在燕市先交个首付,发现在锦市全款买房都够了,所以前段时间他就一直在看房子。

6月8日,他在小达巷附近的锦乐房产中介公司跟中介聊完,刚出门,一个一米八左右、浓眉大眼的男人在门口把他拦住了,说自己着急用钱,手里有套学区房要低价卖,比正常价格便宜近十万块,但要付全款,问他有没有兴趣,车就在旁边,现在就能带他去看房。

买房的哥们儿本以为这个男人是骗子,但转头一看,这人开了一辆进口SUV——开这么贵的车,不像骗子。

他抱着侥幸心理上了车,发现有个漂亮的中年女人坐在驾驶位上,那个女人开着车,带他一起来到这套房子里看了看,他立马就看中了。

"后来买房子的时候,我还担心会不会被骗,专门委托律师确认过房主信息和房本真实性,6月12日一起去房产局办的过户手续。"

我拿出手机,找出刘佳怡发给我的刘母照片:"是她吗?"

买房子的哥们儿点点头,说:"就是她,开车和卖房的都是她,我对比了很多遍房产证和身份证上的信息,确定是她本人才签的合同。"

我请他给我们看一下购房合同,他想了想,说:"原件不能给你们看,我可以拍照发给你。"

我答应下来,让他把遇到卖房人的中介公司地址告诉我。

出了小区,我上网查了一下买房这哥们儿说的他工作的公司。这公司总部的确在燕市,在锦市有一个分公司,刚刚成立没多久。

这人看起来没什么问题。

结束今天的调查,刘强请我和周庸去锦汉路的香拐弯耗儿鱼一起吃了顿消夜,这家的招牌菜耗儿鱼锅很好吃。

吃完饭,我俩开车送刘强回了家,再回预订好的锦园酒店住下。第二天早上,我俩洗漱完,开车前往小达巷附近的锦乐房产中介公司。

这家叫锦乐的房产中介公司,门口有一个监控摄像。我们进去,向经理说明情况——6月8日的录像,可能和一名失踪人口有关,能不能让我们看看。

经理很豪爽,说:"没问题,看!"

他叫来一个业务员,打开电脑鼓捣了一会儿。业务员跟经理说:

"看不了，老大。我们这监控缓存一个月一清，6月8日的录像已经被删了。"

我和周庸谢过中介公司的人，出门四处寻找周围是否还有安装了监控设备的商户。在锦乐房产中介公司的斜对面，有家小卖部，这会儿老板支起了桌子，正在屋里看电视剧。

这家小卖部上面，有个对着街面的全景摄像头，我和周庸过马路走了进去，喊老板帮我拿一条烟。老板一动不动，眼睛根本没离开电视，喊他儿子出来给我拿烟。

小伙子出来的时候，正在打游戏，一直盯着手机，特不情愿地帮我找烟。

我在他身后说："哥们儿，我问你一件事儿啊，这附近是不是有偷电动车的？我6月8日在街对面让人偷了台电动车。"

小伙子没理我，一边打着游戏，一边从柜台底下抽出一条烟扔给我："二百一十块。"

我扫码支付后，拿手机给他看。小伙子瞄了一眼，点了下头，完全没理我提的问题。

对这种沉迷游戏的少年，我没什么办法，看了一眼周庸。

他掏出手机，在淘宝上买了几个同款游戏的限量皮肤，走上前："哥们儿，缺皮肤吗？我这儿有几个兑换码，都是限量的，你要不要？"

小伙子终于来了点儿兴致，抬起头："低价出？"

周庸说："不出，都送你。6月8日，我们的电瓶车被偷了，能不能看看你家监控？"

他盯着周庸手机里的几个兑换码："是有一伙外地人，我上学骑的山地车没锁好,都遭他们偷过,龟儿烦人得很。"

周庸说:"不能乱开地图炮,我俩都是外地人。"

我又问了一次能不能看一下监控视频,说不定有线索能抓到贼。

他点头,回屋把电脑拿出来,打开一个文件夹递给我:"你自己看嘛,都按日期排好顺序的,要是能抓到他们就最好了。"

说完他看着我们,让周庸把兑换码给了他,他立刻兑换起来皮肤。

我找到 6 月 8 日的监控记录,用八倍速快进看着视频。但有一个问题,这监控拍不到街对面,只能拍到小卖部前面的一段路。

我反复看了几遍,在下午 2 点 45 分左右,一辆进口 SUV 经过了食杂店门口,车牌号是锦 AG1×××。

车牌号是拍到了,但车里边拍不清,只隐约看到车里坐着一男一女。我把车牌号发给刘强,让他帮忙查一查,然后就和周庸回酒店等消息了。

晚上洗完澡,周庸对我晃晃手机,说刘强刚才来电话了,那辆进口 SUV 不是私家车,是一家租车公司的,正是我们租车的那家公司。

我点点头:"就那辆我没让你租的车?"

周庸说:"是。"

我用毛巾裹住头,说:"睡觉。明天上午联系给咱送车那哥们儿。"

第二天上午,周庸打电话给租车公司的小哥,告诉他我们现在就要租那辆进口 SUV。

小哥说:"您再等一天吧,今晚就到期了,明天可以租给你们。"

周庸问:"能透露下租给谁了吗?我们今晚就想用车,能不能跟那个客户协商一下，我们今晚去取车？"

小哥让我们等等，他给那边打个电话商量下。过了一会儿，他打电话过来，说："对方同意了，你们在网上交一下费，还从明天开始算。我给你个电话号码，晚上七点半，你去三眼桥取车。"

晚上六点，我和周庸吃过饭，开车沿着河朝东走，来到了三眼桥。

给租车行小哥提供的号码打了过去，对方说自己在一家爵士吧，让我们过去。

导航到了爵士吧，一个矮个儿男青年站在门口，手里晃着进口SUV的车钥匙。我俩刚要下车过去打招呼，一辆出租车停在酒吧门口，一个化浓妆的中年女性下了车。

矮个子男青年一看见她，就兴奋地冲上前去，又是搭话，又试图拉手。对方似乎不想搭理，甩开他就往里走。

这哥们儿惋惜地看了一眼，又盯上了另一个走在街边的中年妇女。

周庸说："这哥们儿是搞传销呢，还是阿姨控？口味挺独特啊！"

我说："不知道，下去看看。"

走到矮个儿青年面前，问是不是找他取车。

他说："是。走，咱去停车场说。"

绕到酒吧后边的停车场，几个穿着西服的年轻人正用进口SUV当背景相互拍照。

我仔细观察了一下，他们当中并没有一米八左右、浓眉大眼的人——将刘佳怡妈妈弄失踪的男人，并不在这里。

周庸凑过来小声说:"徐哥,他们不热啊。"

走到进口 SUV 前,矮个儿青年拍了拍手,说:"行了,兄弟们,到这儿吧,人家来取车了。"然后把车钥匙递给我,说:"你要是不租,这辆幸运 SUV 我们还想续租两天。"

我问他为什么叫幸运 SUV,他哈哈一笑,没接这茬儿:"你俩对泡妞感兴趣吗?"

我说:"我一般,他还行。"

矮个儿青年又哈哈一笑,递给我一张名片:"我们明天下午两点在商界大厦有个盛会,你们感兴趣可以过来,保证让你们有泡不完的妞。"

我接过名片,说一定去。

我让周庸开这辆进口 SUV,我去取停在路边的车,一起回了酒店。到了房间,我们开始研究那张名片。

名片上面写着 PUA 达人李老师,以及他的联系方式。周庸问我 PUA 什么意思,我告诉他,就是 Pick-up Artist(把妹达人)的简称。

在中国有个本土的名字,叫"泡学",是专门教人泡妞的。这是个舶来文化,源于一个叫尼尔·施特劳斯的美国人,他写了本书,叫《把妹达人》,专门教男人通过各种手段泡妞。

周庸不屑:"这玩意儿靠谱吗?刚才那哥们儿连续搭讪两个阿姨都失败了。"

我说:"我又没学过,只是知道而已。但确实有很多人相信这套理论,听说做得最好的泡学公司一年能赚好几千万,都快上市了。"

他点点头:"明天去打探一下,顺便见识见识。"

第二天,我俩上午把黑色轿车退回了租车公司,下午开着 SUV,

两点钟准时到了商界大厦。

来到商界大厦楼下,门口停着一辆豪车,像昨天在停车场一样,十几个穿着正装的人围着这辆车,逐个上前,摆出各种姿势合影。

我和周庸停好车,给李老师打电话,他从正门出来迎接:"呦,今天是开这辆幸运 SUV 来的啊!"

周庸问这辆车为什么叫幸运 SUV,李老师又没回答:"等下再说,先上楼,了解一下我们。"

等电梯的时候,李老师一直盯着周庸看:"其实吧,第一眼见到你,我就觉得你有这个潜质了,毕竟你年轻,外表条件确实也比较好。"

周庸笑了:"什么潜质啊?出去卖?"

李老师把手机递给了他:"卖什么卖!我的意思是可以在我们学校培训一下,将来别说买房子,保证你要啥有啥!"

说着他滑动放在周庸手里的手机,介绍起他们学校:"我们这里,就是教你怎样快速、批量地泡妞,到时候你要肉体有肉体、要钱有钱。成功的学员不计其数,要是让我说,他们的条件都不如你,你的底子真的不错!"

电梯到了,我们跟着李老师上了六层,进了 606 室。整个屋子就像一个大的摄影棚,全都是布置好的场景——花花草草、豪华卧室、咖啡厅……

见李老师的注意力都在周庸身上,我开始四处走动观察。

角落放了个大柜台,上边写着"道具"。我走过去,看见里面是些名牌钱包、金表之类的奢侈品,旁边标着使用价格。金表 30 元可拍照五分钟,名牌钱包 20 元可拍照十分钟,干邑白兰地 10 元可拍照十分钟。

300元可以在五个小时内任意使用柜子里的东西，但每次只能取用两样。

一个留着小胡子的哥们儿过来退手表，一边把一块名表从手上摘下来放在柜台上，一边跟我抱怨："今天一早就来了，交三百块钱，就为拍这么几张照片，发到朋友圈里做什么展示面建设，你说亏不亏？"

柜台后面收钱的姑娘检查了一下手表，说："不亏，朋友圈格调不高一点，哪能吸引姑娘？你想想文成吉，二百多万都到手了。"

我问姑娘什么二百多万，正好李老师带着周庸走过来，说："文成吉是我们学校的毕业生，最近刚从一个富婆手里得了一套学区房，听说卖了二百多万！"

周庸和我对视了一眼，问："李老师能详细说说吗？"

李老师点点头："你们今天开的那辆幸运SUV，前段时间被这个叫文成吉的学员借去开了。他靠着那车装土豪，钓了一个小有资产的富婆，说合伙做生意，让那富婆卖了套房，拿了二百多万给他投资。"

我问李老师："能联系上这人吗？"他笑着点点头，但没给我们联系方式。

我从背后拍了周庸一下，说："这样，老师，我们报学校的课程，能不能帮我们联系下这位大神？就是想请他吃饭，跟他请教点经验，哪怕给钱也行啊！"

李老师说："可以。你们先了解一下我们的课程，从培养气质、搭讪、吸引，到发生亲密关系，包你全都学会。学费只要5000元。"

283

我让周庸去交了五千块，说让他先试试，有用我再报。

交了钱后，李老师很热情地拉着周庸去窗边的咖啡桌坐下。"培养气质要从建设朋友圈说起，今天先教你几招，你望着窗外，在桌上放个钱包，我给你拍照。"

周庸偷偷翻了个白眼，望着窗外，从兜里掏出他纯色没 logo 的牛皮钱包，放在桌子上。

李老师摇摇头，说："你这钱包不行，"然后转身离去，"我去那边给你拿个名牌的。"

周庸看着我，说："他疯了吧！我这钱包比他说的那个牌子贵多了！"

我说："你先忍忍，咱好不容易有线索了。"

李老师拽着周庸，教了一堆泡妞绝技后，终于帮我们联系了文成吉，说明天可以见一面，但需要交三千块的学习费。

我俩答应下来。

晚上回到酒店，我俩都感觉很轻松。骗走刘母的人应该找到了，明天和他见一面后，差不多就可以收尾了。

第二天中午十二点，我俩开车去了"月光茶社"，跟文成吉见面。在茶馆二层大厅，我见到了文成吉，他就像买房那哥们儿描述的一样，一米八左右，浓眉大眼，穿着短衬衫和西裤。

我们坐下，要了一壶正山小种，主动给他倒了茶，并把我拍的监控照片给他看："6月8日那天，和你一起坐在 SUV 里的这个女人呢？"

文成吉起身要走："我不晓得你在说啥子。"

我说："哥们儿，别的事儿我先不管，刘淑琴她人在哪儿？是死是活，你必须得告诉我。"

他说："我真不晓得你说的啥子。"

我说："你非得逼我报警吗？要不要把买房子那哥们儿叫来做证？"

文成吉笑了："你报警吧，让警察去查监控，那几天我一直在皮匠街朋友的网吧耍，你说的事情，我都不晓得。"

然后他转身就走了。

周庸喝了口茶："这哥们儿信心十足啊！"

我皱了皱眉头，说："是有点儿奇怪。先去他说的网吧看看。"

到了皮匠街的网吧，老板根本不给我看监控，把我俩赶了出来。

周庸问我怎么办，我说："给刘佳怡打电话，让她报警，就说文成吉是她妈妈失踪前最后见到的人。"

刘母最后一次出现，是在 6 月 12 日的房产局。警方接到刘佳怡的报案，肯定会调查文成吉在这段时间内的不在场证明，我们只要等着就好。

打完电话，我和周庸把车停在网吧对面，一直蹲守到下午五点多，看见有两个警察来了网吧。我拍了拍他："走。"

警察来到网吧前台，调取了 6 月 8 日到 12 日的上网记录以及监控录像。我和周庸装作围观群众，躲在几个看热闹的人后面，打开手机，偷拍监控录像。

在网吧的上网记录里，6 月 8 日到 12 日这几天，文成吉都在这儿上网。在监控录像里，来往的文成吉一直戴着口罩，但身高体型、头发长短都差不多，眉眼也很相似。

周庸小声问我："是他吗？"

我说:"有很大概率不是。因为这网吧老板是他朋友,监控里的人一直戴着口罩,录像又没那么清晰。文成吉要硬说这是自己,警察也没什么办法。"

他点点头:"所以说刘佳怡妈妈的事,肯定是文成吉干的。"

我说:"他的身高、长相完全对应得上买房那哥们儿的描述,泡学公司那些人对他骗钱的事也都知道,这些人都没必要骗咱们。但现在的问题是,没法证明文成吉的不在场证据是伪造的。"

周庸想了想:"我在那泡学公司报名时,他们让我填了份巨详细的表。什么乱七八糟的信息都得填,而且那个李老师说,有的优秀学员,会把自己的成功经验反馈给学校,学校会给予一部分金钱鼓励。咱能不能搞到文成吉的资料,看看他都是怎么骗人的,判断有什么问题?"

我说:"行,咱俩今晚再去一趟泡妞学校。"

我俩开车到商界大厦附近,找了一家冷锅串串吃了饭。

吃完饭我俩开车到大厦楼下,盯着六层的窗户。六点多钟时,灯关了。

我和周庸等到七点,带好了开锁工具,穿上帽衫,戴上帽子口罩,躲着摄像监控,上了六层。

晚上七点半,六层一个人都没有,费了点工夫打开这家公司的电子门禁,我俩在八点钟成功进入了泡学公司。

进门后,我们找到了后勤办公室。打开桌上的电脑,发现他们用的还是 WinXP 的系统。我用这个系统默认带有的超级管理员账户,在安全模式下访问了电脑。

在一个叫作"学员图片存档"的文件夹里,我们找到了历届学员跟名车合影等照片。每个人不同角度各有六张照片，估计是专门提供给学员发到社交网络，打造形象的。

周庸眼尖，说："徐哥你看，文成吉的照片，有好几张呢！"

我一张一张地对比着下午和周庸偷拍的网吧监控，想从眉眼体型上找出一些不同。

借着屏幕的光，对比了半个小时，我眼睛都要瞎了，终于发现了区别。

我把监控里戴口罩的文成吉截图，与一张坐在楼梯上的文成吉照片，比给周庸看——两张都是文成吉在低处，从高处俯拍的照片。"你发现不对了吗？"

周庸看了一会儿，说："姿势不同，头发长度稍稍有点儿不一样，但这是不同时期拍的，有差别也正常。"

我说："你仔细看，他们脑袋上的头旋儿，戴口罩的文成吉有一个头旋儿，不戴口罩的这个有两个头旋儿。所以这两张照片拍的绝对不是同一个人。"

我把照片以及文成吉骗女人的案例资料存到手机里，关上电脑，跟周庸出了大厦，开车回酒店。

到了酒店，我给文成吉打电话，告诉他我现在掌握了两份资料，一份是从泡学公司拿到的他骗钱、骗色的精彩故事，另一份是他伪造不在场证明的证据。

我告诉他："不仅是你，你那两个朋友也涉嫌伪造证据，要么你来找我，我们当面谈谈，要么我就把这些资料都给警察。"

晚上十点，我们在酒店大堂见到了文成吉，他求我俩不要报警："我真不知道人在哪儿！"

周庸说:"你放屁,人被你骗后就失踪,你能不知道人在哪儿?"

文成吉的脸色特别不好看:"我骗什么了?我才被骗了!"

我觉得奇怪,问他怎么回事。

他说:"我根本就没骗到钱,还倒贴很多钱。当初为了钓她上钩,我给她买首饰、请她吃饭、租车假装大款,花了十来万。以为她已经相信我了,就说让她卖房,投资我做生意,赚大钱。结果我被耍了,房是卖了,我一分钱没捞着。"

周庸说:"怎么可能?你不是和她一起去卖的房吗?"

文成吉点点头:"她收完钱,说转账有限额,一天最多只能转五十万,她先给我转了五十万过来。我收到了短信,以为钱到账了。结果第二天我发现,钱根本就没到账,我再去找她时,她说不认得我。管她要钱她不给,我让她把我给她买的东西都还给我,她也不还,还找了二三十个人要打我。那些人也不知道都是她从哪儿找的,有男有女有老有少的,一个个对我恨得咬牙切齿的,我才是受害者啊。"

说完他给我看他收到的短信。

看了短信,我相信他说的是真的。用手机银行转钱时,卡号故意输错一位,银行会给对方银行卡的手机号码发送转账业务提醒短信。但此时,钱不会直接转入对方账户,要等银行审核,在银行发现收款人姓名与卡号不对的时候,就会把钱退回转账卡内。这是一种常用的诈骗手段。

周庸问他:"既然不是你干的,那你费那么大劲儿找人冒充你上网干啥?"

文成吉说:"我这不是怕警察顺着线索查到我在泡学班上过课吗?我不要面子的啊!钱没骗到,给她买那么多东西,还想找她要回来呢,租的车也一直给她开,租金都是我出的。为了面子和赚泡学学校那点经验钱,我只好跟其他学员说拿了她二百多万。其实我拿了个屁啊,我都赔死了!"

让文成吉走后,周庸蒙了:"徐哥,现在是什么情况?"

我说:"我也不知道,而且有一件事很奇怪,刘母的朋友、亲戚这段时间都没见过她,她是从哪儿找来一大群有老有少有男有女的朋友的?"

周庸想了想:"难道刘佳怡妈妈是混黑社会的?"

我说:"不知道,现在我也一头雾水,施害者变成了受害者,想弄清楚究竟是怎么回事,还得先找到刘母。"

文成吉刚才说,这辆进口SUV之前一直给刘母开,每个租车公司的车都会安装质量不错的GPS定位器,记录和追踪一段时间内这辆车的行动轨迹。根据行车轨迹,可以判断刘佳怡妈妈平时都去了哪儿。

周庸急忙给租车公司的那个小哥打了个电话,说清楚了其中利害,希望他能帮忙提供这辆SUV的行车轨迹图。

犹豫了两秒之后,他答应了下来。

我们研究了6月5日到12日的行车轨迹,发现她经常去北斗山附近转悠。

周庸说:"徐哥,我不明白,这能看出什么来啊?"

我说:"你想想,如果刘母是自己主动失踪,既没住亲戚朋友家,也没住酒店,有什么地方,是住宿不需要登记身份证的?"

周庸说不知道,我说:"你傻啊,寺庙和道观。"

我上网查了一下,北斗山有座叫玄真宫的道观,在山顶。

第二天，我和周庸上午起床，开车用了不到一个小时，到了北斗山，开始爬山。

爬到半山腰，周庸去公厕上厕所，我在外边等他。忽然他在里面大喊一声："徐哥，哈哈哈……快来看这个！"

我进去看了一下，在厕所的洗手处贴着一个宣传板，上面写着"可怕的适度手淫无害论""手淫会大量损害先天元精，导致发育受损、智力下降、肾虚"，等等。

最后面还写着"若有疑虑请搜索戒色论坛，看看百万网友的血泪史、悔恨史和重生"。

周庸笑得不行了："这都什么玩意儿！"

我给他科普了一下，戒色论坛刚成立时还挺正常的，只是劝人不要过度手淫。但现在已经衍变成，凡是跟手淫、婚前性行为、看毛片等一系列和性有关的事，他们都要反对，而且列了一大堆耸人听闻的后果，什么得鼻窦炎、变丑、失元气、肾虚、不孕不育、阳痿，甚至死后下地狱，甚至连意淫都不行。

周庸说："怎么跟邪教似的？这玩意儿真有人信吗？连意淫都管！"

我说："确实挺像邪教。这群人在网上天天举报色情资源。"

他笑得蹲了下来，说："徐哥我不行了，你别说了，这帮人太搞笑了，再讲今天我就不用爬山了。"

本来往山上爬只有半个小时路程，我们却花了足足一个半小时。因为戒色论坛的人在山间树上贴了很多标语，周庸每走一会儿，就得停下来当笑话看一阵儿。

到了道观，我俩还没迈进去，就有两个年轻小伙凑上来给我们发传单，让我们戒淫。

进了门，还没走过正殿，又有一个中年男人凑上来，问我们是不是来参加戒色论坛锦市线下聚会的。

我俩还没找到刘佳怡妈妈，不想多事，就说自己不是网友，只是来爬山的游客。

大哥很热情，说："不是网友也行。来来来，玄真宫中午提供免费的斋饭，咱去饭堂，我给你们介绍介绍，边吃边聊。"

被大哥拽到饭堂，领好斋饭坐下，大哥开始滔滔不绝地给我俩讲淫邪的坏处和戒色的好处，还告诉我们看待女性就要像看待骷髅一样，说这叫白骨观。

正听得头疼，周庸捅捅我，说："徐哥，你看大木桶旁，墙角那儿的女人，是不是刘佳怡妈妈？"

我转过头去，看见刘母正坐在墙角边的桌子旁吃饭，和一男一女谈笑风生。她果然住在这道观里。

打断滔滔不绝的大哥，我问他这边晚上都怎么住宿。大哥说："道观是大通铺，男女混合住。这次来了很多戒色论坛的网友，大家一起也可以互相监督，避免淫邪。"

和周庸商量了一下，我们决定当晚不下山，在山上住一夜。大哥很高兴，还以为成功把我们拉入了组织。

晚上七点，天黑下来，我俩故意睡在靠近刘母的地方，假装想聊天儿，跟她打招呼："阿姨您也是网友吗？来几天了？"

她说："有差不多一个月了。"

我说："我想起来了，那天在锦市，是不是好多网友帮你打跑了一个男人？"

刘母说:"对,那男人总骚扰我,干扰我戒色,我才在上山之前联系网友,把他赶走的,还得多谢你们帮忙。"

我说:"没事,都是举手之劳。"

逐渐聊开了,我问她:"您有孩子吗?"

她说:"有一个女儿,但关系不好。"

周庸问:"是不是和许多网友一样,因为淫邪,影响了母女之间的关系啊?"

刘母说:"对,我年轻的时候出轨,导致家庭破裂,所以现在加入戒色论坛大家庭,想约束自己。"

我说:"是这样,阿姨,约束自己,为什么要卖房子呢?我有一个朋友,叫刘佳怡,她有天在家住得好好的,忽然被人赶出去了,因为房子被她妈妈卖了,她妈妈还失踪了。我们这段时间一直在帮她找妈妈,阿姨!"

刘母脸色变了,说:"刘佳怡现在知道找我了!以前她总对我恶言相向,但毕竟我是她妈妈,把她养大,她怎么能那样对我呢?她现在没有房子住,是不是就念起我的好了?"

我没接茬儿,说:"这是你的家事,我们找到你,就算完成任务了。但有一件事我挺好奇的,你和戒色论坛网友打跑的那个人,算是你的前男友吧,文成吉,你怎么把他耍成那样的?"

她想了想,问我:"听说过泡学吗?"

我说知道,文成吉就是学泡学的。

刘母点点头:"除了男泡学,还有女泡学。我一直就很喜欢跟年轻人一起玩,然后能谈个恋爱就更好了,但是我也因此被那些小年轻骗了很多钱。刘佳怡非常生气,而且一点都不理解我,总为这事责怪我，觉得我应该安分守己。其实被骗了钱我也很懊悔，就加入了戒色论坛。通过网友交流我才知道那些骗钱的小年轻是从泡学班出来的，所以我也去报了一个女泡学班，她们教我如何扮成富婆泡那些想傍富婆的男人，文成吉就是这么认识的。他想让我帮他投资开公司，我就觉得投资别人不如自己开一家，专门教像我这样的大龄阿姨学泡学，所以就把房子卖了，准备和戒色论坛认识的几个老姐妹合伙开公司。我就想证明给刘佳怡看，我的追求没有错。"

一年后，我和刘佳怡偶然在微信上聊了起来。我问起她妈妈怎么样了。刘佳怡告诉我，她妈妈的公司办得很成功，现在她也在公司里帮忙，她们家还在别墅区买了新房，我们下次去锦市一定要请我们吃饭。我谢过她，觉得她和妈妈的关系能因此变好也不错吧。

WARNING
如何识别渣男 / 渣女

1. 总能够投你所好，你看到的可能都是针对你而设计打造的形象展示面。
2. 在每个评论可见的社交平台上，与其他异性暧昧不清。
3. 在和你一起相处的时间里，有时会躲闪你，独自接电话和回信息。
4. 在语言表述上，会有前后矛盾的情况出现。
5. 对你总是表现出很强的目的性，无论是身体还是钱财。
6. 只能在指定的时间用语音、视频进行沟通，其他时间总有理由忙碌。
7. 用他（她）的手机号作为关键词，在各个 APP 上进行搜索，会呈现他（她）不同的社交面貌。
8. 总是手机不离身，而且有意隐藏手机里的信息，极其排斥分享个人信息。
9. 他（她）总喜欢打探你的个人信息，自己的却不愿意提起或刻意夸大。

16

有家培训班专帮富豪训媳妇，挨揍不能叫，挨骂还得笑

事件：高端相亲会失踪事件

时间：2017 年 7 月 26 日

信息来源：粉丝求助

支出：8 万元

收入：待售

执行情况：完结

曾经有位姑娘托人找到我，说她男朋友跟一个来燕市出差的前同事喝酒，凌晨还没回来。她非常担心，不停地给男友打电话，打了几个小时，一直没人接。凌晨四点多的时候，忽然有人接了电话，但不是她男朋友，是个女人。对方告诉她，她男朋友的车在望都南，她可以过去取，姑娘问她男朋友在哪儿，对方不说，挂了电话，再打又没人接了。第二天上午，她去了望都南，找到了男友的车，但男友还是联系不上，于是她通过一个朋友找到我，希望我能帮个忙。

我问她是否知道她男朋友的手机账户和密码，在没关机的情况下，通过这个可以定位，她说不知道。我又问她男朋友工作的公司、父母、同事的联系方式，她还是不知道。

问了一圈，这姑娘自己也傻眼了，这时才发现，同居一年多，对男友竟然丝毫不了解。这姑娘的男朋友最后是自己回来的，说喝断片了，不知道发生了什么。

仔细想想，即便是多年夫妻，也不一定了解对方。我提醒这姑娘，对任何自己不了解的人，最好都要有戒心。

2017年7月26日上午，有个叫李雯的姑娘发微信给我，说自己的同事兼闺密吴丹，去相亲时失踪了。

吴丹去的是场跨国相亲——不是和外国人相亲，是相亲活动在外国进行。她付了三万多元的年费，成了一家婚介公司的高级会员，对方承诺帮她找到"成功男士"。7月的时候，这家婚介公司说要办一场跨国相亲，组织很多男女会员去迪拜玩一周。

吴丹当时还劝李雯一起去，说这次去的男性都是成功人士，相亲成功下半辈子就不用愁了，但李雯比较排斥相亲，就拒绝了。

去了迪拜后，吴丹就没了消息，发微信不回，朋友圈没更新，一周以后，也没回来上班。领导知道她俩关系好，还特意找李雯问吴丹请假时间到了为什么还没回来上班。

这事儿很不正常。吴丹平时是一个特别爱炫耀的人，什么事都喜欢发在朋友圈里，但这次除了去迪拜前发了张电子机票，说自己要去迪拜了，之后就再也没有发过朋友圈。

给我讲完这事儿，李雯问我："浪哥，我需要报警吗？"

我说："你报警不一定会被受理。现在也没有实际证据证明吴丹失踪了，她也可能就在国外玩呢。"

李雯说："那怎么办？浪哥你能不能帮帮我？你平时对女性失踪案件不是特别感兴趣的吗？"

想了想，我问她："你是在燕市吗？"

她说："是，我就在关源桥边上的一家叫方鑫的新媒体公司上班。"

我让她把所有联系方式都留给我，然后等消息。我打电话给周庸，让他过来聊聊这事儿。

周庸来了后,我给他讲了一下大概情况,他觉得很奇怪:"徐哥,你竟然接这种都不确定是不是失踪的委托?"

我说:"这可能是一件大事。2014年,老家邻居的女儿失踪,我妈把我叫回去参与调查,最后发现不止我邻居的女儿,总共有四名哈市的女孩,被人以相亲或打工的名义,骗去迪拜强迫卖淫。如果吴丹遇到的也是这种情况,背后很可能有一个组织,如果查到证据,既能造福社会,又能卖给媒体赚钱。"

周庸点了点头:"好吧。"

我俩去太新屯吃了越南牛肉粉,下午在关源桥附近的咖啡馆见了李雯。

李雯从大学毕业才两年,但长得比较显老,看起来像三十岁出头。一见面,她马上就开始说吴丹的事,看得出来她很为朋友担心。

我问李雯知不知道吴丹找的是哪家婚介公司,她说不知道。我又问了一些问题,发现没什么有用的信息。

我说:"姑娘,你先别急,一步一步来,先确定人到底失踪没有。"

她问我怎么确定,我说:"公司和员工签劳动合同时,一般都得留个紧急联系人和联系方式,正常人都会留家人的。去你们公司查一下,先给她的家人打个电话,确认他们有没有和吴丹失联。"

她带着我和周庸去了她们公司。到了之后,我发现这是家只有六七个人的小创业公司,主要业务是微博代运营,在白云天地写字楼里租了一间不足二十平方米的小房间,根本就没有HR。

说明情况后,公司CEO很通情达理,很快找出了吴丹的劳动合同,在紧急联系人那一栏上,找到了吴丹父亲的信息——姓名:吴建国；关系：父女；联系方式：15125×××××。

我给这个电话打过去，发现已经停机了。

没办法，我又根据吴丹身份证复印件上的户籍信息，查到归属地派出所的电话，然后拜托方鑫公司CEO以公司的名义打了过去，说明情况，问能不能帮忙查到吴丹父亲的联系方式。

派出所那边说可以，但要有相关证明。按照他们的要求，我们把吴丹的劳动合同和身份证复印件都传真了一份过去。过了一会儿，那边告诉了我们吴建国的联系方式。

记下电话号码，我打了过去，很快就接通了，对方问是谁。我说："我是吴丹的同事，她最近没来上班，也找不到人，请问您最近和她联系过吗？"

吴丹父亲说："联系过啊，她就在我旁边呢！"

因为屋里人很多，我打电话用的是免提，李雯在旁边听到联系上了很激动，急忙凑上来："叔叔，我是吴丹的好朋友，能让她接一下电话吗？"

吴丹父亲说行，过了几秒钟，电话里传来一个女声："喂，谁啊？"

李雯忽然不说话了，CEO在旁边也觉得奇怪，说这不像吴丹的声音。

我拍了拍李雯，让她快点说话，她犹豫几秒："是吴丹吗？"

对方说："是，你是谁啊？"

她按下静音，转过头说这不是吴丹。然后她问对方："你能说一下自己的身份证号吗？"

对方说："你有病啊！"然后直接挂了电话。

周庸问:"是不是弄错了?咱们再跟警方确认一遍吧。"

我们又给当地派出所打了个电话,反复地确认了身份证号、姓名,该户只有一个女儿叫吴丹,并没有其他孩子。挂完电话,所有人都有点儿蒙。

真正的吴丹一直在家里待着,从没去过外地。他们平时认识的吴丹,是个身份不明的人。

从她们公司出来,我问李雯:"还接着找吗?接着找,这事就从找朋友,变成了找一个'不存在'的人。"

李雯说:"找啊。不论她有什么秘密,都是我好朋友。"

我点点头:"你平时对吴丹了解得多吗?"

她说:"多啊。我俩平时一起上下班,还经常会一起去逛街什么的。"

周庸问:"她和你不重合的生活时间,都在干什么?"

她想了想:"吴丹每周六会去滨河路边上一个气质培训班,晚上会偶尔相一次亲。"

我说:"除此之外呢,她的家人、学校、过去的朋友什么的,你都知道吗?"

李雯摇头:"不知道。浪哥,现在怎么办?"

周庸接话:"还能怎么办?"问李雯,"知道吴丹住在哪儿吗?去她家看看能不能找到什么线索。"

她说知道,可以带我们去。

吴丹在滨河路附近与人合租,我们去的时候,她有一个室友在家,听李雯说找吴丹,给我们开了门。趁着她的室友回到自己房间,我掏出铁丝打开了吴丹房间的门,三个人迅速进去。

她的房间是一间十五平方米左右的次卧,里面除了床,还有一张桌子、一个衣柜以及一个特别大的木桶。我走到桌旁看了看，上面摆了几本书，都是《弟子规》《了凡四训》《五种遗规》之类的。

周庸凑过来看了一眼："嚯，这姑娘还挺热爱传统文化的。"

李雯说："是。她上的那个气质班，好像主要是教这个的。"

翻了翻桌子和衣柜，没什么有用的线索，我把注意力转移到了房间里那个奇怪的大木桶上。

周庸已经注意它很久了，边看边敲研究了半天："这是洗澡的吗？不对啊，这木桶是侧开门，洗不了澡，也不像放东西的，太莫名其妙了！欸，徐哥，什么情况下，你会在卧室里摆一个这样的木桶？"

我没回答他。其实第一眼看上去，我觉得它像个狗窝，但走近一看发现完全不是那么回事。它更像一个袖珍的桑拿房。我拿手机拍了一张照片，在网上以图搜图，竟然什么也没搜到，说明这不是流通性商品。

我问李雯知不知道这是什么，她也不知道，推测可能与吴丹上的气质班有关。

周庸说："徐哥，我发现吴丹的很多东西，都和这个气质班有关，气质班到底是什么？"

我说："我了解得也不多，好像就是培养形体仪态和生活习惯的培训机构，主要以女性客户为主。"

周庸说得对，气质班在这姑娘的生活中占的比重太大了，说不定在那儿能得到一些线索。我问李雯是否知道气质班的地址。

她说就在滨河路附近的丰收大厦，自己曾去那儿找过吴丹一次。

我说行，然后就让她回家等消息了。

第二天中午,我和周庸开车到丰收大厦,找地方停了车,上了李雯说的红色写字楼 B 栋的十五层。

出电梯往里走了一段,我俩看见有家叫华正国学礼仪培训的公司,敲门进去,里面坐着一位穿道袍、长得挺清秀的姑娘,问我们有什么事。

我还没说话,周庸快步凑上去:"报班,学礼仪。"

姑娘说:"抱歉,我们这儿暂时只对女性开放。"

周庸说:"嘿,还传女不传男?"

姑娘瞪了他一眼,把我俩赶出来了。

出了大楼,我给他一脚,说:"你是不是傻?什么话没问出来呢,就跟那儿瞎搅和。"

周庸说:"这不能怪我,我又不知道这姑娘是个禁欲系。徐哥,现在怎么办?"

我说:"他们不是只收女学员吗?那咱就找个女的来学。"

我给田静打了个电话,说想找她帮个小忙。她正忙着,想都没想就答应了,让我把碰头位置发给她。没等我回话,她已经把电话挂断了。我想了想,微信告诉她,在中山路的 Whisky Bar 见。

到的时候才六点多,酒吧刚开门,我们在角落里坐下,点了三杯鸡尾酒,田静问我找她有什么事。

我给她讲了一遍,她听完喝了口酒:"你把地址发我手机上吧。"

我说:"别,我俩跟你一起去,到时候你带一个窃听器,以免有什么危险。"

她说:"一个培训班能有什么危险?放心,一手资料肯定全给你。"

我想了想,说:"成吧。"

27日上午,田静去华正国学礼仪培训公司报名,我和周庸在楼下等她,过了两个小时她才下来。

周庸都在车上睡着了,田静敲车门时他吓了一跳,打开车门,看了一眼手机:"静姐,怎么去了这么长时间?都干什么了?"

田静说:"她们让我填了个表,还问了一大堆问题,说要把我培训成一个高端成功人士见到就爱的样子。不过具体怎么培训还不知道,明天才开始上课。"

第二天上午,田静到了培训地点,被人带进了一个挺大的会议室,会议室里没桌椅,只有讲台,下面放着一些蒲团。

会议室门口立着"公益讲座"的展架,进了门,越看越觉得不对劲。会议室入口摆着一张长桌,码了一堆看起来特别劣质的书籍,纸张粗糙而且薄厚不均,书名是《女子德育课本》《齐家治国女德为要》《女论语》之类的。会议室里左右两边各挂着两幅竖排的标语,左边写着"一个有德行的女人,承载的是一个国家的命运",右边写着"三从四德、相夫教子是女人获得救赎的唯一方式"。

田静瞬间就反应过来,这个气质培训班,其实是个女德培训班。

她没吭声,找了个角落坐下。十几分钟后,一个肥胖的女讲师走上讲台,所有人在助教的手势下站起来鞠躬,接着再跪下磕三个头——田静后来发现,这是每天都有的流程。

肥胖女讲师嗓音洪亮,语速很慢,讲了整整三个小时。

主要讲"德行好的人才能拥有健康和财富""德不配位迟早人

财两空",还举了例子说女人脾气不好,没有照顾好家庭,男人才会去嫖娼找小三,这种女人简直是祸害;女性穿着暴露,是上克父母,中克丈夫,下克子孙的破败相。讲到后面,尺度逐渐大了起来,老师喝了口菊花茶,严声厉斥,说三个男人的精液混在一起是毒药,女人不能换男人,要保持种族的纯洁。

下午换了个男讲师,讲的内容更激进了。从传统男女分工秩序分析,讲到女人在家得"打不还手,骂不还口,逆来顺受,绝不离婚",还劝告在场的学员,如果要做女强人,就得切掉子宫和乳房,放弃所有女性特点。

静姐本来就是个女强人,听了一天这个,心里窝火,晚上在太新屯吃饭的时候,没给我和周庸一点儿好脸色。

我俩没敢惹她,建议她再去的时候,带着偷拍设备,并提醒她去那儿是为了找吴丹的线索,先忍耐一下。

第二天上午,田静穿着装了针孔摄像头的衣服去上课。趁着课没开始,和几个姑娘聊了会儿天,但没人认识吴丹。这些姑娘大都是"有问题"才来的,要么有病,要么缺失家庭温暖,要么婚姻有问题,还有遭受家庭暴力的,还有姑娘说是婚姻中介推荐来的,提升气质能找个好老公。

等到上课的时间,没有老师讲课,而是来了一个号称能"摸手疗病"的高人,给大家一一诊病。

高人说,她看病的理论体系,叫"从头到脚因果病",说看不惯父亲、公公,会头晕、头疼,易得脑血栓;爱管老公,易得心梗、脑梗;恨姐妹兄弟,会肩膀疼。

讲完之后，高人还在讲台上打开网站，介绍了一些产品，说要根治病痛，除了修行女德，还需要靠圣物来疗养——"女德护"妇炎洁，"女德护"卫生巾，价格都是几百块，还有"女德护"手串，标价五千元到八千元不等。

除此之外，田静还看见了一个大木桶，叫"固本能量平衡仓"，她拿手机偷偷拍了张照发给我，问我这木桶是不是在吴丹家里看见的那个。

我说是，问她这是用来干什么的。她说就是让人在里面打坐修行用的。

第二天下午，是一堂集体忏悔课，大家念念有词，没照顾好婆婆，是自己的错；老公出轨，是自己的错；至今找不到男友，是自己的错。甚至有人哭喊"我不是人"。

进行到这会儿，大家都在哭，忽然有人笑出声来。田静抬起头，看见一个十三四岁的女孩，田静有点印象，这女孩儿是和她妈妈一起来的。她妈妈正在旁边哭喊老公出轨。

助教走过去一把抓住小姑娘的头发，把她拽倒，叫她跪下忏悔，并对她拳打脚踢。小姑娘的妈妈刚要说什么，助教就阻止她："我这都是为了她好，女孩儿不学会逆来顺受，将来得遭大罪。"

小姑娘被打哭了，哭得特别惨，但包括她妈妈在内，没人上去帮忙。田静受不了了，站起来："她只是个孩子。"

讲台上的老师被田静吓了一跳，可能没想到班里有这么不"逆来顺受"的存在，想了想，让她去办公室一趟。

田静到办公室时，老师正在看她填过的那份资料："三十岁了，还没结婚，有点儿晚啊。你没听过男人三十一朵花，女人三十豆腐渣吗？"

她说："没听过。您还能帮我嫁出去？"

老师说："当然，我们正在和一个非常厉害的婚介品牌合作。我们这儿训练出来的气质出色的未婚女孩，会被介绍给一些成功人士，非常有钱有地位的那种。他们就喜欢三从四德的传统姑娘！"

田静问她什么婚介公司这么厉害，老师说："恋久久，你可以自己查一下，这个品牌专做高端市场，举办各种富豪相亲会，新闻上都有！"

终于和吴丹的事有点关系了，田静假装感兴趣，问她自己是否符合标准。老师说田静气质方面没问题，只要认真听讲，别再捣乱，传统礼仪这方面绝对可以提高。

"长得也挺好，但你岁数确实有点儿大，成功的男人都喜欢年轻的小姑娘。但是没关系，这些也都能解决。"

田静问怎么解决，老师告诉她："我可以帮你联系再办一个户口，想改成多大年纪都可以，就你长这样，改成九〇后都行。"

田静说："我是燕市户口，再办也能办个燕市户口？"

老师说："不能，只能办外省的，但俩户口你都可以留着。"

田静假装感兴趣，跟老师要了办户口的联系方式，上完课出来上了车，把情况和联系电话告诉我："我猜你已经有想法了。"

我说："是，应该是幽灵户口。"

田静点点头："我也这么想。"

2014 年、2015 年，全国有很多人忽然发现，自己的户籍被人顶用了，有的人在不知道的情况下变成了已婚，有的人莫名其妙地有了孩子。

警方查证后发现，他们的户口都被人占用了。细查下去，不仅活人户籍被占用，还有逝者的户口也被占用，甚至有些不存在的人的户籍，被凭空加进了系统里，在需要的时候卖出去。这些户籍就是幽灵户籍。

一些有心人利用这些户籍，做了一些不法的事。这些幽灵户籍，可能现在还没彻底清除。

吴丹的户籍以及老师让田静去办的，应该就是幽灵户籍。

第二天，我和周庸打了老师给的电话号码，说自己想买户籍。

对方问我们要哪里的，我说："哪儿的都行，只要不会和别人的重复就成。"

他说这种价格有点儿高，起码得八万元，我说没事，着急用，问他能不能快点儿。

对方说："没问题。把你真实身份信息提供给我，再给我一张一寸彩照。下午就能办好，但我只要现金。"

我把一个假身份信息发给他，约好下午两点在尚文路世纪百货见面。我开着周庸的 M3 去买货，因为车好，对方不大会怀疑是警察。周庸开着另外一辆车在附近转，看看户口贩子的去向。

下午两点，我在路边接到户口贩子打来的电话，问我在哪儿。我告诉他位置，没多久，一个戴着鸭舌帽的男人敲车窗，递给我一套户口信息加身份证，说都办好了。

我问他："不怕我不给钱，拿着就跑吗？"

他说："不怕。你的真实身份信息我都有，拿着做个假欠条，发给高利贷公司，你绝对跑不了。"

我把八万元钱递给他没松手："你拿了钱还做假欠条怎么办？"

他说："那不能，我们是有职业操守的。"说完把钱抽过去数了数，然后走了。

我打给周庸，让他跟住这个鸭舌帽，然后我开车往反方向走，我发现有辆车一直跟在 M3 附近，肯定是监视我会不会跟踪。

周庸跟着鸭舌帽一直到了天台路附近的一个小区，他走进其中一栋楼，过了一会儿，周庸跟去看电梯，发现电梯在十二层停下了。

我转了一圈，确定没人跟踪后，把 M3 停在路边，打车来了这个小区，坐在周庸的车里开始蹲点。

晚上九点多，十二层关了灯，我俩正以为今天白蹲了，准备要走，忽然看到鸭舌帽从楼里出来，离开了。

我和周庸戴上手套拿着工具，在他走后赶紧上了楼。用"隔墙听"和猫眼反窥镜确定屋里没人后，我俩用工具开锁进了屋。

拿手电筒在屋里找东西的时候，我在沙发上发现了周庸下午取的八万块钱。

周庸看着我挑了挑眉："拿回去吗？"

我说："算了，甭打草惊蛇，你先牺牲点。"

在屋里转了一圈，除了一些户籍证明之类的文件，我还找到了这哥们儿的一个本子，里面记录了和华正国学礼仪培训公司的交易往来。在这些交易往来里，我发现了吴丹和她本来的名字。这事有些奇怪，为什么有些人是直接通过华正国学礼仪公司办幽灵户口，田静却是直接被告知了户口贩子的电话号码？

我把这些都拍了下来。

第二天上午,我拿着这些证据去了一趟恋久久婚姻中介公司,告诉他们,这里很多"有钱有势"的高级客户,约会的都是一些"不存在"的人,一旦这事曝光了,且不说要赔多少钱,光是这些人的报复,婚介公司就有可能承受不住。

恋久久公司的CEO很紧张,把我请进办公室,问我愿意接受多少钱解决。

我说:"我不是敲诈勒索,只想问点事,7月18日去迪拜的相亲会上,有个叫吴丹的姑娘去哪儿了?"

他叫人问了一下,告诉我:"这姑娘没上飞机,她和她的相亲对象都没上飞机。我们怀疑他们打算私下自己约会,不想交后续费用了。机票我们都给她退了。"

想起手机里存了吴丹发在朋友圈的那张机票照片,我用上面的票号查了一下,机票确实被退了。

我问CEO能不能把吴丹约会对象的信息给我。恋久久的CEO想了想,给了我那个人的信息,并嘱咐我别泄露出去。我同意了,也要求他对华正国学班隐瞒我来找过他的事,装作什么都没发生过。

和吴丹约会的人,叫刘俊生。这人不是女德班老师说的"非常有钱有地位的那种",只是一家小型创业公司的老板。为了找到心仪的白富美,他硬撑着花高价买了好车,租了一套好房子。

我和周庸轮番蹲点监视刘俊生,发现他连续好几天都没出门,天天吃外卖,他家有一个房间的窗帘从没拉开过。

7月31日,我和周庸蹲点的第三天,我俩在楼下拦住了一个给刘俊生送外卖的小哥，趁着刘俊生开门取餐，跟在后面冲了进去。

我们发现吴丹正是被囚禁在那个一直没拉开过窗帘的房间里。

在我和周庸报警后，刘俊生并没有逃跑，他向我俩哭诉，说自己也是受害者。他本以为找到了一个三从四德的贤妻良母，没想到交往一个月后，吴丹就威胁刘俊生，说已经掌握了他偷税漏税的证据，逼迫他给她两百万。刘俊生没办法，只好囚禁了她。

我没法判断真假，告诉他等警察来了再说。

找到吴丹后，我给李雯打电话，想告诉她这个好消息，结果没打通。

周庸在旁边告诉吴丹："你回去一定得请李雯吃饭，作为朋友对你够尽心尽力的了，你一失踪，她就开始到处找人帮忙。"

吴丹一脸茫然："我不认识这么个人啊！"

周庸说："不可能啊，她是你在芳鑫公司的同事啊！"

吴丹蒙了，说自己从来没听过这家公司。

我和周庸也蒙了，把吴丹和刘俊生交给警察，做完笔录后，我俩又去了一趟白云天地写字楼，发现芳鑫公司早已人去楼空，而李雯的电话，我再也没打通过。

警方在审问吴丹和刘俊生后发现，华正国学礼仪班，除了培养一群深信女德的学员，也会在合作的婚介公司会员中安插一些托儿，让她们通过相亲勾引那些有钱有地位的人，找到他们的污点，然后以此威胁要钱。

华正国学礼仪班因为无证办学和涉嫌诈骗被查封，办幽灵户口的哥们儿被抓捕，婚姻介绍公司则被勒令停业整顿。至于李雯，我一直没搞清楚是怎么回事，直到我整理这个案子的资料时，翻到了在户口贩子家拍的照片——他存了每个办过幽灵户口的人的真实信息。其中有张一寸照片,是李雯的,当然,上面的名字不是李雯。

我托人把这张照片拿给看守所里的吴丹看,吴丹说她知道这个人。这个人原来是华正国学礼仪班的一个高层,后来她自己独立出去,又开了个女德班,还试图挖过吴丹。

她可能从哪儿知道吴丹出事了,觉得有机可乘,借着我对失踪女孩的事感兴趣,找我来调查,从而端掉她的竞争对手。但她没想到,我会知道她的真实身份。

8月2日,我和周庸喝酒时聊起了这事,他问我为什么那些女性会相信这种女德班。

我说这和邪教、传销、戒色论坛都是同一个逻辑[1]。比如女德讲师说不顺从丈夫死后就会下地狱之类的话,其实都是他们的恐吓手段。

---

[1] 英国学者丹·柯辛斯总结邪教引诱人的三个步骤:引诱——从众——恐惧。

1. 引诱:先表现得很和善,接纳你,让你找到组织,有种使命感。

2. 从众:然后他们会想方设法使你处在一个与世隔绝的环境里,于是这个小团体就形成了你的社会,他们的社会认同,就变成了你的社会认同。

3. 恐吓:同时他们会不停地恐吓你,告诉你不信任他们的后果,时间一长,你就会相信他们所说的都是真的,活在对他们的恐惧当中。

WARNING
不法机构如何假借培训骗人

1. 宣传不科学的课程和理论，课程中还连带售卖各种周边产品，强制消费。
2. 培训机构推销员为了业绩，以保证就业、保证高薪等条件，不择手段进行推销欺诈。
3. 以招聘的名义骗人来面试，又以能力不够为由，要求培训后才能上岗，并收取高昂培训费。
4. 打着培训后成功就业再付款的旗号吸引学员，然后培训期间诱导甚至瞒着学员进行商业贷款，还把贷款说成是对学员的补贴。
5. 培训质量差。老师上课靠忽悠，甚至假冒专家授课，课程内容基本都是找网上的视频播放给学生们看，实际教课内容跟课程设置根本无关，而且退款无门。
6. 培训期将结束时，公司以培训不合格为由，要求学员高价补偿公司的培训损失和资源，以此讹诈学员。
7. 培训机构以各种理由忽悠学员考国家已经取消的资格证，如品牌管理师证，甚至编造资格证件。

17

女孩被拐到城中村，
被强制看了整整一周"天线宝宝"

事件：地下赌场案

时间：2017 年 8 月 13 日

信息来源：某小学学生家长

支出：5000 元

收入：待售

执行情况：完结

2017年8月13日,我接到一条线报,说北郊羊坂镇附近的一所小学内,可能有人对幼女不轨。提供线索的是一名家长,没有任何证据,只说是自己女儿的同班女同学,叫杨雨,最近放学总有一个陌生男人开车来接。她让女儿去问,杨雨就说是自己父亲的朋友,再多问也不说了。

我问她有没有把这事告诉学校。

她说:"跟班主任说了。杨雨是单亲家庭,她妈妈生完她没几年就去世了,她一直跟着她爸爸过。班主任给她爸爸打电话,一直关机,问杨雨,杨雨就说她爸出差了,她也联系不上。

"后来找到了她姑姑,她姑姑嘴上说管,但这些天还是那个男人来接,不知道怎么回事。学校再找她姑姑,她姑姑就特别不配合了。"

得到这条线索后,我找周庸商量了一下。周庸特别痛恨侵害幼女这种事,听完马上说:"必须查,我的那份钱可以不要。"

第二天下午,我和周庸开车去了羊坂小学,把那个提供线索的学生家长请到了车里,让她跟我俩一起等。周庸跟谁都能聊到一块儿去,很快两人就聊起了如何培养孩子的事,我在旁边听着觉得特别烦,幸亏没等多久就放学了。

校门口陆续有学生出来,我请那个家长辨认一下陌生男人来了没。她下车四处看了看,告诉我们,左前方电线杆旁边那辆黑色的轿车,就是每天来接杨雨的车。她说完就去接自己孩子放学了。

担心一会儿堵车,我让周庸把 M3 往前开一点儿,自己下了车,走到那辆黑色轿车后边,点上一根烟,盯着校门口,假装在等人。

十分钟后,一个穿着校服的短发姑娘走向这辆车,坐上了副驾。我绕回到车上,让周庸跟住这辆车。

一路顺着通北路往南开,到了城东靠近郊区的一个城中村。

我怕周庸开的 M3 太显眼,让他把车停在路边,我们走了进去。我们在一个有院墙的住宅区里找到了那辆黑色轿车,正好看见中年男人从车上下来。他穿着一件很皱的黄色 Polo 衫,看起来很邋遢,带着杨雨进了住宅区其中一栋楼的单元门。

我们正要跟上去,院里有个穿黑 T 恤的年轻男人快步向我俩走过来:"哥,是来玩玩的吗?"

周庸刚想问他玩什么,就被我拦住了,我说:"玩两把。"

他点点头,问:"你们带没带现金?"

我说:"没带,用微信或支付宝转账行吗?"

他说:"不行,对面的银行有 ATM 机,你们玩多少取多少,我在这儿等着。"

答应下来,我和周庸走到马路对面的工商银行。站在 ATM 机前，周庸有点儿蒙:"徐哥，咱到底要干吗啊？取多少钱？"

我说:"先取五千吧。我现在也搞不清他是哪路的。"

城中村是城市化进程中的特殊产物，像我和周庸现在所处的这种城中村，燕市的边缘得有几十个。这些城中村，有的成了艺术家集中地，有的则成了黑产业集中地——地下赌场、洗头房甚至交易毒品的场所。

那个人让我们去玩玩，并且要求只能现金交易，绝对不是什么好事。如果和杨雨以及那个男人有关，说不定是个操纵幼女卖淫的场所，所以最好能混进去确认一下。

我告诉周庸，到里面不管看到什么，都不能冲动，等出来了再报警，别连自己都栽到里面了。

周庸点点头，说知道了。

我们出了银行，跟着"黑T恤"回到刚才那栋楼，进了一个单元门，并不是我们跟踪的那个中年男人带杨雨进的那个单元。

单元里每层有三户人家，两边各一户，中间一户。这个单元一层中间那扇门被改成了一扇大玻璃门，一个穿保安制服的老头儿坐在里面，监视着每一个进出单元门的人。

看见"黑T恤"后，他点了点头，站起身离开了玻璃后面，几秒钟后，我们右手边的那扇防盗门被打开了。我和周庸刚要进去，"黑T恤"伸手拦住我俩:"哥，不能带现金进去，先换筹码。"

我没带银行卡，这五千块是周庸取的，我琢磨了一下，让周庸把钱递给了他。

"黑T恤"用手沾口水点了两遍，从兜里掏出十个筹码，递给我们，说:"这是五百面值的，到里面还可以换成其他面值。"

进了屋里,保安大爷仔细地锁好门,带着我们进了一个房间。房间里有段楼梯,能从内部通向二层。我们被带到二层一个房间的门口,保安大爷敲了六下门,有人从猫眼里往外看了看,打开了门。

这扇门的隔音效果非常好,因为刚拉开一条缝,就有嘈杂的低语声传了出来,随着声音而来的,是混杂的烟味和汗味。

我和周庸走进去。这是一个打通的大空间,五六米长的赌桌前,荷官在发牌,两名穿职业装的短裙女子在收发筹码。墙上分散地挂着三个液晶屏,在播放赌局情况,每把都开出了什么。一群围坐在赌桌边的男女,正在押注。我扫了几眼,他们在玩百家乐。这是家地下赌场。

周庸小声问我:"为什么不让带现金,又不是在澳门,违法还搞得这么正规?"

我告诉他这是地下赌场都会有的鸡贼规矩——警方抓赌时,哪怕赌桌上进行的是成百上千万的输赢,只要查不到作为赌资的现金,就不好定罪,没有直接证据,就只能轻度量刑[1]。

他点点头,问我:"接下来怎么办?"

我说:"还能怎么办?快点输,赌完就走。押庄的人多,你就跟着押庄,押闲的人多,你就跟着押闲,保证输得快。"

---

[1] 赌博罪;开设赌场罪

根据《刑法》第三百零三条规定,以营利为目的,聚众赌博或者以赌博为业的,处三年以下有期徒刑、拘役或者管制,并处罚金。

开设赌场的,处三年以下有期徒刑、拘役或者管制,并处罚金;情节严重的,处三年以上十年以下有期徒刑,并处罚金。

在赌场的各个角落里，有些只是随意溜达并不赌博的人，监视着赌场里的赌客。

我怕被人发现不对劲，一直站在周庸身后，等他输光了钱，假装拽住他，劝他冷静，不要再赌了，然后把他拉了出去。

出了单元门，走了几步远，周庸停下来点烟，说："要不咱回头去杨雨进的那个单元看看？"

我拉了他一把："先走。咱后边有人跟着出来了，别回头看。"

走到车边，我们拉开车门正准备上车，后边跟的那男人快步凑了上来："哥们儿，你俩去哪儿啊？"

周庸说回市里，他问："能不能捎我一段？这边太不好打车了，用打车软件也叫不到。你们不用把我送到家，顺路把我放在惠源公园就行，到那我自己再打车回去。"

我想看看他要干什么，就让他坐了副驾的位置，自己坐到后座——如果我和周庸都坐在前座，他坐在后面，万一他手里有个高压电棍什么的，想伤害我俩就太方便了。

这哥们儿在回市里的途中不停地和我们聊天，他自我介绍说叫林涛，聊天中会有意无意地打听一些我俩的家庭信息。他告诉我们，全燕市赌的、玩的地方，他都门儿清。

他还说大家交个朋友，我们以后可以找他一起玩儿。

我假装好奇，问了林涛一些问题，发现这哥们儿确实很懂，燕市所有高端的、隐秘的会所之类的地方，他都了如指掌。

比如东顺区有个很出名的高端会所，他说那里面的公主和空姐一样，都随身携带一个旅行箱，被客人选择进房时必须随身带着。

箱子里面是二十多种急救药和救生设备，少带一样进房都要被罚款。这群姑娘上岗前都被培训过一些基础的急救措施，为了避免客人在接受服务的时候出事儿。

我曾调查过一个公主失踪案，对这事儿有些了解。他说的应该都是真的，一般人根本不知道，这些是要对客人保密的，以免玩得不安心。

林涛和我们互加了微信，在惠源公园下了车。我坐回副驾，让周庸继续开了一段才靠边停下。

他点上根烟："徐哥，这个人有问题吗？应该就是个客人吧。"

我说："我也不知道。刚开始我担心他是赌场派出来摸底的人，但我观察了一下，判断他是个玩家。这哥们儿一身名牌，说的东西也都很靠谱儿，如果只是一个赌场马仔，有点儿说不过去。扯远了，咱查的是杨雨的事，不是地下赌场的事，先别想这个了。"

他说："怎么查啊？咱一进那院就被人盯死了，根本没法发挥啊。"

我说："只能晚上再去一趟，看能不能找到点线索。"

到太新屯附近的餐馆吃了个香草烤三黄鸡，晚上七点，周庸回去换了一辆低调的车，我们又开向了城东的那个城中村。

到了地方，我们先开车绕着那个住宅区转了几圈，发现门口和院里一直都有人，只要停车就会被注意到，更别说混进去了。

这么一直转也不是事儿，我们在住宅区斜对面一家驴肉火烧店门前停车，坐在车里观察那院子。八点来钟的时候，门口出来一个人，上了一辆白色轿车走了。

周庸说："那不是搭车的林涛吗？他怎么又来了？"

我说："也不知道是又来了，还是回来了。"

他问我:"跟不跟?看他搞什么幺蛾子。"

我说:"不跟。在学校门口接杨雨的那辆黑色轿车也出来了,咱跟着他。"

黑色轿车开到了城南的一个老旧小区,杨雨自己下了车,往小区里走,那个开车的中年人没下车,直接走了。

我们下了车,跟着杨雨进了小区,在八号楼三单元一层有一个小卖部,杨雨走了进去,半天没出来。

看了一会儿,周庸说:"正好渴了,要不咱进去买瓶水吧。"

我说:"成。"

这家小卖部大概四十平方米,靠近门口的地方摆了几个货架,上面放着水和零食等商品,再往里走,摆了四张麻将桌,但没有人在玩。

最里面还有道门,我俩喊着要买水,从里面出来一个中年妇女过来收钱。杨雨跟着她一起出来,管她叫小姑,盯着货架上的牛奶,说自己渴了。

中年妇女收完钱,从货架上拿了一瓶矿泉水,拧开递给杨雨:"别浪费啊,你就在这儿写作业,有人来就进去叫我。"

杨雨点点头。

我和周庸正喝着水,杨雨的小姑转身进了那道门后。她开门的时候,我瞄到里面全是人。

周庸趁着没人,上去跟杨雨搭话,问她在哪儿上学,几年级了。杨雨说在羊坂小学上五年级。

他假装惊讶,指着我,说:"哎呀,他就是羊坂小学的老师,你认识吗?"

杨雨摇摇头，说不认识。

我说："我是教务处的老师，我认识你。你不就是五年级三班的杨雨吗？我最近还听你们班主任说，有个陌生的叔叔总是来接你放学，有这回事吗？"

杨雨点点头。

我问她那男人是谁，她说是爸爸的朋友，姑姑也认识，那个人每天就是接她放学去他那里待一会儿，再把她送回来，别的她都不知道。

周庸问："那个叔叔有没有对你做些奇怪的事，比如脱你衣服什么的？"

杨雨说："没有，我每天在那儿就是看《天线宝宝》。"

周庸看着我，说："徐哥，我有点儿蒙，一个中年男人为什么要每天接杨雨去看《天线宝宝》？"

我说："我也想不通，看来还得再去一趟。"

我问杨雨："那个叔叔住在几楼？"

她说："三楼中间的门。"

我又问她："家里除了那叔叔还有别人吗？"

她说："没有，就叔叔自己。"

次日凌晨一点半，我们第三次到了这个城中村。绕着小区转了几圈后，发现没人在院里和门口守着了——今天的赌局大概已经散了。

把车停在马路对面，我俩步行进了小区，本来想先检查一下那辆黑色轿车，看能不能发现什么线索，结果我们在院里找了一圈，没找到。

进了中年男人住的那个单元，上了三楼。我拿猫眼反窥镜往中间这户屋里看，里面一片漆黑，什么也看不见，趴在门上也听不见声音。

周庸问"怎么办"，我说"敲门吧"。

我抬手敲了几下门，里面没人应声。周庸说："徐哥，车也没在楼下，他会不会没回来啊？"

我说有可能，从口袋里掏出工具，试着开锁。十分钟后，我打开了门，把周庸让进去，小声地关上了门。

怕屋里有人，我们先放轻脚步，在屋里看了一圈。这房子是一室一厅的，确认过客厅、卧室和洗手间都没有人之后，我们打开手机的手电筒，想四处找找有用的东西，周庸照着照着"嘿"了一声："徐哥，我找到本黄书。"

我说："你快扔了，谁知道他拿那黄书干吗了，恶不恶心。"

周庸一把将书扔到了我的脚下。我用手机一照，封面上是个穿白色半透明内衣的女人，书名叫《白小姐波霸精》。我奇怪，还有叫这种名字的黄书，就用脚踢着翻了几页，里面有很多封面上那个女人的裸照，在她的三点部位，写着一些数字。

我捡起书，周庸凑过来："徐哥，你怎么翻上黄书了？咱们动作不快点一会儿那人该回来了。"

我说："这就不是本黄书！"

他问我那是啥，我说这是本"码书"，赌地下六合彩用的"码书"。

地下六合彩，是一种屡禁不止的黑赌博产业，发端于2000年年初，一群别有用心的人，借用香港六合彩的名义，搞的假六合彩——按照香港六合彩的号码开奖，但盘是自己组的，属于非法赌博。

为了让更多人参与进来，他们非法出版了一些"码书"和"码报"，还散播谣言，说悟透里面的内容，就能猜对当天开奖的号码。

"白小姐"，就是其中最出名的一套"码书"。

除了这些"码书"，他们还散布谣言，说电视台播放的《天线宝宝》《天天饮食》和天气预报等带有"天"字的节目中，都藏有六合彩的中奖码。以《天线宝宝》为例，播出时出现了天线宝宝洗澡，嘴里念叨着"用肥皂洗干净"，就代表了中奖码——肥皂原来叫洋皂，当天买六合彩必须买羊。

周庸说："这都是什么玩意儿，有人信吗？"

我说："信的人还不少。2009年时，光会东省的一个县，就有一百万人次参与赌这玩意儿。"

他点点头："所以那男人并不是给杨雨看《天线宝宝》，而是自己看，为了赌六合彩。"

我说："应该是这样。但这解释不了为什么他每天都接杨雨来这儿，难道真的是她爸爸的朋友，每天帮忙照顾，给她做个饭什么的？"

怕人突然回来，我和周庸又找了一圈，没发现其他有用的线索就走了，打算明天去找杨雨那"不配合的姑姑"，聊聊杨雨爸爸到底干什么去了。

第二天上午，我正睡着觉，周庸打电话给我："徐哥，那个林涛给我打电话，说咱俩让赌场的人盯上了。"

我说："什么玩意儿就让人盯上了？"

周庸说:"他说,咱俩昨晚被小区里的监控拍到了,现在赌场那帮人正在找咱俩,想知道咱俩是什么人,要干什么。"

我问他林涛怎么知道这些,周庸说:"不知道。林涛想见面聊,说自己能当说客,咱去吗?"

我说:"如果是人多的公共场合就去。"

周庸说:"那还真是。他约咱们今晚九点钟,在E酒吧见面,他已经订好桌了。"

晚上九点钟,我俩准时来到E酒吧,里面全都是人,周庸还遇见了两个朋友,草草聊了几句。

我俩找到林涛订的桌时,他已经到了,开了两瓶洋酒,点了个果盘,坐在那儿,看我俩来了,拿杯子给我们倒酒。

出于谨慎,我和周庸都说只喝啤酒。周庸找了一个他熟悉的经理,要了两打啤酒。因为音乐声音太大,我们都得喊着说话。

林涛问周庸是不是常来这边,周庸说是,然后问林涛赌场的人为什么找我们。

他说赌场的人想知道我们为什么要半夜去那儿,现在赌场已经给所有熟客发了我们被监控拍下的图像。

周庸看了我一眼,我说是这样,我妹妹的同学,每天放学时都被一个说是她爸爸的朋友的陌生人接走,我们联系不上她爸爸确认这事,只好跟踪这人,看他到底是好人还是坏人。

林涛点点头,问:"那人是在三单元住吗?"

我说是,他跟我俩碰了一下啤酒,说:"那就有意思了。赌场旁边那俩单元里,住的不是打手就是猪。"

周庸说:"打手我理解,猪是什么?"

他喝了口酒,说:"向赌场借钱赌,赌输了,又没钱还,只能受控于赌场,这种人一般都被叫作猪,因为只能等待宰割。

"有的猪因为欠钱还不上,只能替赌场做事还债,不知道你说的那人,是外面找的打手还是猪。"

我问林涛为什么对地下赌场这么熟悉,他说:"我是熟客,每年我都得输给他们几百万,他们跟我没什么不能说的。"

周庸觉得奇怪:"输钱你还赌?"

林涛说:"不就是个玩儿嘛。赌博和买车、去酒吧一样,就图个开心,花自己花得起的钱就成呗。"

过了一会儿,林涛去上厕所,周庸凑过来:"徐哥,我感觉他比我有钱,一年光输钱就好几百万。"

等林涛上完厕所回来,我单刀直入,问他:"你跟赌场的人这么熟,能不能帮我问问,那个家伙是干什么的?"

林涛答应后出去打了个电话,回来说:"赌场的人说了,那男人是在赌场打工还债的猪,他每天接的那女孩的爸爸,也欠了赌场的钱。

"那男人每天都要接那女孩过去,还会拍个视频发给她爸爸,一是警告他女儿在赌场手里,二是报平安,让他尽快回来还钱。"

我问他:"女孩儿的父亲是跑了吗?"

他说:"不是,听说是去搞钱了。"

拜托林涛向赌场的人解释清楚,我俩无意冒犯,只是想帮帮小女孩。他答应下来。

打车往回走的时候,周庸奇怪地问:"咱这就和赌场妥协了?"

我说:"明天去见见杨雨姑姑,和她都说明白了,让她报警。"

第二天中午,我和周庸来到杨雨的姑姑开的那个小卖部,结果没开门。我俩在附近一直转悠到晚上。

我俩七点多返回那个小区的时候,发现小卖部门口排起了长队,大都是老人和妇女。

周庸说:"他们是要冲进去跳广场舞吗?"

我让他别扯犊子,过去看看。

走近的时候,杨雨的姑姑正好出来开了门,一群人蜂拥而入,直接冲向最里面那扇门。我和周庸跟在他们后面,进了这个不足十平方米的小房间。杨雨的姑姑看后面没人,把门锁上了。

屋里的东西很简单,一盏台灯,一张桌子,一部电话,旁边还有笔和纸。杨雨的姑姑站回桌子后边,喊了一声"下单了"。

人群围住桌子,开始说自己要买的号码或生肖。

站在我们前面的大爷,正拿着一本"白小姐"在研究。我探头看过去,发现白小姐的胸部印了一首诗:"白云深处有神仙,老孙醉酒耍醉拳,就地取材挂灯笼,智勇双全买码人。"

大爷看我探头在看,点了点白小姐的胸部:"今天开的号码,全在这里啊。"

我们等了两个小时,六合彩开了奖,除了有个小伙儿中了四百块,其他人都没中,人群逐渐散了。

等人走光了,我上去和杨雨的姑姑说了杨雨每天被赌场接走的事,让她报警。

杨雨姑姑说:"没事,接她那人是我的老客户了。我和他说好了,让他好好照顾杨雨,等我哥赚完钱回来,帮他还一部分钱。"

我说:"他就这么确定,你哥能帮他还钱?"

杨雨的姑姑说确定,让我们别多管闲事。

我和周庸出了小区,我说:"这样吧,周庸,明天麻烦点,你去报警。"

周庸说:"行。"

第二天,林涛发消息过来,要约我俩一起出去玩,说有个好地方,让我们必须去。

因为他帮忙解决了赌场的"通缉",我们不好意思拒绝。下午一点,他开了辆豪华MPV到约定的地方碰头,让我俩坐他的车去。

上车后,一路往西,开到了一个破旧的工厂内,这个工厂只有一条主车道。

在入口处,几个人在门口站着,往车里看了看,见来的人里有林涛,就放行了。

走到厂房里面,林涛带我们进了一个大隔间,里面有十来个穿着得体的人,还有几个穿着三点式的兔女郎。

我和周庸进去,林涛给我们介绍:"这个是金融企业高管,那个是娱乐公司老板。"

相互认识之后,聊了会儿天,有个老板提议大家来一局"梭哈":"玩小点儿,三万起的。"

林涛邀请我和周庸加入,我说:"算了,你们玩儿。"

金融高管不满意了,说:"怎么着,是不是没带钱啊?可以借你们。"

我说:"不是没带,是没钱。"

林涛笑了，看着周庸，说："不够意思了，你妈妈不是林总吗？你怎么可能差钱呢？"

我拍了拍他，说："哥们儿，这就没意思了。你是不是以为富二代都没什么社会经验？你以为对了，他没有，但是我有啊，你们摆这'天仙局'[1]给谁看呢？"

林涛看了看我，不笑了，说："什么'天仙局'？"

我说："就是你们惯常那套呗。几个人冒充有钱人，接近一个真正的有钱人，骗他打'梭哈'，然后出千让他赔个几百上千万的。"

林涛说："听不懂。"

我说："这样，我举几个例子。"

2007年11月，山西一位老板被人以购买商铺为名，骗至澳门，诱逼其打"梭哈"纸牌，被骗1410万元。

---

[1] "天仙局"的设局方式：

第一步，冒充某地高管或富商，有大笔资金期望投资，寻找项目并"考察"合作商；

第二步，向你发出正式邀请函，邀请你一起去外地实地考察，与"大老板"面谈合作事宜；

第三步，给你安排行程，购买机票，并制造在外地洽谈项目非常顺利的假象，让你产生信任；

第四步，以项目合作很成功为名，邀请你放松玩牌。开局很顺利，你拿到的牌特别好，像是对方主动让你赢钱，几把下来，你就开始输钱；

第五步，事实上整个牌局都是提前安排好的。输钱后他们会人身控制、恐吓、威胁你，直到你当面转账；

第六步，等你缓过神来，意识到自己被骗时，对方早已脱身，甚至失联。

2008年，杭州两位商人被人以投资生意为名，骗至深圳，诱逼其打"梭哈"纸牌，被骗900多万元。

2011年5月，新疆一煤老板被人以购买煤矿签协议为名，骗至广东惠州，诱逼其打三把"梭哈"纸牌，被敲诈现金1400万元。

2012年10月，新疆一煤老板被人以购买煤矿签协议为名，骗至香港一酒店内，诱逼其打"梭哈"纸牌，仅半小时他就输了985万港币，其中最后一把就输了870万。

2013年7月，徐州一老板被人以洽谈投资事宜为名，骗至马来西亚，诱逼其打"梭哈"纸牌，被骗1890万元。

林涛比他们玩得更先进些。这是中国"千门八将[1]"的骗局，先派出一个人接近讨好你，骗你成为熟人，然后利用关系让你入局。在这个骗局里，有煽风点火的，有和你赌的，有望风的，通过打配合，赌到你输光内裤。

林涛正想说什么，外面来人给他通风报信，说警察来了，屋内的人一哄而散。

---

[1] 千门八将：

正将：出面利用技术行骗的主角。

提将：布置和提议骗局的军师。

反将：陪伴玩乐的傍友，利用对手的爱好引其上当。

脱将：负责安排相关人等脱身、逃跑。

风将：负责派专人望风，并收取情报，发放消息等。

火将：即打手及杀手。

除将：谈判，在出老千失败后，以谈判手法解决事件。

谣将：造谣欺骗，混淆视听，让目标相信谎言并入局。

他下午找我们时，我俩正在鞠优那儿报警，我说这哥们儿找我俩准没好事，肯定又是去赌博，到时候我开着定位，你们跟着我把这些人一锅端了。

过了几天，鞠优告诉我，因为地下六合彩的事，逮捕了杨雨的姑姑后，才发现杨雨的爸爸已经出事了，在缅甸被绑架了。

我说："不可能吧，绑他干吗？他那么穷。"

鞠优约我见面，给我看杨雨姑姑手机里的视频。视频里，杨雨爸爸跪在地上，嘴上粘着胶带，头上绑着带血的绷带，一根铁棍重重地砸在他的背上，把他打倒在地，这时画外音说他欠了十万元的赌债，让赶紧还钱，汇款到缅甸的一个账号里。

鞠优说："他听说缅甸有人知道六合彩的开奖特码，想去高价购买，结果到那儿又被人骗进赌场逼着赌博，欠下了债。"

我忽然明白过来，那个天天接杨雨放学的赌徒，为什么会那么照顾杨雨。因为他觉得杨雨爸爸马上就要翻身了，通过永远不可能买到的六合彩特码。

赌徒永远把翻身的希望寄托于下一次赌博上，却不知道这会让他们输得更惨。

WARNING
如何预防熟人犯罪（这里的熟人指的是认识但没有深交的人）

1. 跟熟人或网友见面，尽量选择公共场合。如果一定得单独见面，最好有人陪同，或者把行程告知亲友，中途保持联系。
2. 在宾馆、房间等封闭空间相处时，可以留个心眼儿，提前跟亲友约好时间借打电话脱身。见面时间尽量不超过三十分钟，如果对方动作出格，尽快离开。
3. 个人隐私，比如收入、家庭情况、活动轨迹等，不要轻易向别人透露，也不要在社交软件上暴露太多。
4. 不要随便交朋友，仔细辨别跟自己关系亲密、值得进一步交往的朋友，别一概接受，尤其是抱有目的地接近你，更要注意。
5. 对方在某些事情上，比如劝酒，对你进行道德绑架，容易让你放低自己的底线，迷失自我；不要碍于"面子""友情"等，该拒绝时就拒绝，记住保持理性和清醒。
6. 和熟人发生矛盾，最好找一个两方都熟悉的人调停，切勿冲动。

18

秃头少女人间蒸发，
线索只有一段凄惨语音和两个陌生男人

事件：女大学生失踪案

时间：2017年9月14日

信息来源：周庸的辅导员

支出：11265元

收入：待售

执行情况：完结

2017年9月份的时候,我特别想吃烤羊宝,拉着周庸满燕市找,终于找到燕市烤得最好吃的两家野串,而且都有羊宝。两家野串都在城南,一家在景安里,一家在南家庄。9月14日,我和周庸在景安里吃串,他说:"徐哥,这已经是这周第三顿了,你这么疯狂吃羊宝,是不是想壮阳啊?"

　　我告诉他那些说法都是扯犊子,食物壮不了阳。

　　他刚想接着问,来了个电话。他接完沉默了一会儿,要了两瓶啤酒,给我倒满:"徐哥,我这段时间陪你满燕市找羊宝,够意思吧?"

　　我让他有话直说,周庸说:"是这样,打电话给我的是我大学时的辅导员,关系不错。最近有个学妹失踪了,辅导员知道我这几年一直跟着你调查,问我能不能请你帮忙找人。"

　　我说:"失踪赶紧报警啊,找你干吗?"

　　他又点了两串羊宝,说:"这事有点儿特别。"

失踪的姑娘叫郑雪，因为有躁郁症，经常不来上课，和同学的关系也不好。但因为有病，学校怕出事，一直睁只眼闭只眼，只要她考试不挂科就行。

这次学校要做体能测试，9月10日辅导员让郑雪的室友通知她回学校。那天下午室友正在用微信跟她说体测需要返校的事情时，郑雪忽然发来一条语音，室友点开吓了一跳，语音里是郑雪的尖叫声："你干啥呀？别动我，你别动……"之后就再也没有消息了，电话也没人接。

辅导员录下这条语音，发给了周庸。我听完，确实感觉不太对，那段语音里除了郑雪的尖叫，还有一阵嗡嗡嗡的振动声。

周庸有了个不好的联想："徐哥，这声音会不会是振动棒啊。"我摇摇头表示不确定。

周庸之所以这么猜，是因为女大学生的失踪案，一般都没什么好结果。2014年，有人做了盘点，当年8月到9月被曝出的失踪女大学生，就有九个。这九个人里，有被骗去传销组织的，有搭黑车遭囚禁性虐的，有被熟人囚禁强奸的，其中有五个姑娘，找到时已经变成了腐烂的尸体。

郑雪这事有些特殊，因为躁郁症，她曾经失联过两次，躲起来不和外界联系，一次是被警方找到的，一次是她自己主动出现的。因为她，学校传了两次女学生失踪的流言，影响特别不好。

我说："看在烤羊宝的分儿上，我可以帮忙调查，如果发现真有问题，学校最好还是报警，别怕麻烦和影响。"

跟郑雪的辅导员通了次电话，她推脱说："真的不是我们不愿意管，这回连郑雪的父母都不着急。前两次郑雪失踪，她父母都特别紧张，可是这次通知他们，他们说没事，过一段时间就出现了。"

我让她先把郑雪所有已知信息都发给我，包括她的照片、电话、微信、是否住校、有无男友之类的，务必事无巨细。

辅导员说"行"，她会让班长收集好，明天发给我。挂了电话，我看着周庸："难怪这么上心，原来是女辅导员。"

第二天上午，资料发过来，我研究了一下。学校那边，基本没什么可查的，和郑雪关系好的同学一个都没有。因此，她一直在校外租住，离学校不远，我们决定过去看看。

吃过午饭，周庸开车，我们到了城东的漕庄，郑雪就住在这里。

到了三单元八层，我敲了敲门，没人开，用猫眼反窥镜看了看屋里，发现猫眼被挡上了。

周庸问我："怎么办？"我蹲下检查了锁芯，说："开锁进去吧，要是人没事，咱赶紧撤，当什么都没发生过；要是出事了，就赶紧让学校报警。"

我戴上手套，用小工具很容易就打开了防盗门。我迅速看了一眼，告诉周庸屋里没人，赶紧进来。周庸问："怎么知道没人？"我说："这门只在外面用钥匙锁了一圈。如果门是被人在屋里反锁的，我就打不开了（周庸注：在家时，应该从屋里反锁防盗门；没有反锁的门，对拥有开锁技能的人来说，等于没锁）。"

这屋是个二十多平方米的开间，屋里挺乱，床上和桌子上堆满了东西。周庸走过去，摸了一下桌子上的灰，灰挺厚的，这屋里应该有段时间没住人了。

我怀疑这姑娘是出事了，赶紧找找有没有线索，翻了一下桌子，上面摆着一堆化妆品、保健品,各种维生素、口服液什么的,其中竟然有一大半是生发和防脱产品。

周庸从床上的衣服堆里拽出一个头盔,说:"这姑娘竟然还玩机车。"

我说:"你家机车头盔长这样啊,除了头发,什么都护不住,而且这造型一看就不是摩托头盔。"

这顶头盔上有开关,有充电插口,内侧是一排红外线灯,更像一个按摩仪,头盔边缘有四个小字写着"智德丝发"。我查了一下,这是一顶生发头盔。

我有点好奇:"这姑娘是不是脱发啊,有这么多生发产品?"

周庸说:"徐哥,你说这姑娘是不是去治脱发了,因为要面子,所以不想见人?"

我说:"那也不至于失联啊,给你辅导员打电话问问,这姑娘是不是脱发特别严重。"

辅导员接到电话都蒙了,说这孩子虽然情绪有问题,但头发一直油光锃亮,挺好的。9月初她们班有两个学生去台湾东吴大学当交换生,办了场欢送会,郑雪当时也参加了,那天辅导员还摸了她的头,问了近况。如果她当时戴的是假发,肯定能发现。

挂了电话,辅导员发过来几张欢送会时拍的照片,郑雪留着齐肩发,看起来挺清爽的。

难道这些生发的用品,是别人的?这屋里还住着另一个人?

我和周庸继续找,看到沙发上有一个SN的衣服纸袋,封口的胶带还没拆。我把胶带撕开,里面是一条连衣裙,吊牌还在上面。袋子里的购物小票上有购买日期和地址,我核对了时间,就是9月10

日郑雪失联之前的两个小时买的。

在垃圾桶里,我找到个打包袋,里面是吃剩的外卖盒,已经有味儿了,我检查了一下外卖小票,也是那天中午的。

我整理了郑雪9月10日的活动轨迹,她中午在家里吃了顿外卖,然后出门去商场买了条连衣裙,买完回来往沙发上一扔,又出门了。屋里没有挣扎的痕迹,吃剩的外卖盒没扔,东西都没被整理过,门锁只用钥匙锁了一圈,不像要出远门的样子,但因为发生了什么事,再也没回来。

我和周庸来到商场的SN服装店,想看看有没有郑雪购物当天的监控录像。商场监控录像,有保存一个月的,也有保存一周的,郑雪才失踪了六天,监控录像肯定有。

拿着郑雪的购物小票,跟店员说9月10日在这儿买东西时丢了戒指,到处都找过了,所以想看看监控,确认是不是在这儿被人偷了。

他说不能给我们看,除非有公安机关陪同才可以。这种回答就是扯犊子,商家只是嫌麻烦。根据消费者权益保护法第七条[1],只要顾客在商场里丢失物品,提出查看相关监控录像是合理的。

我说:"别整这些虚的,哪条法律规定必须有公安机关陪同才能看监控,你给我说一下,我现在去报警。"

---

[1] 《消费者权益保护法》第二章第七条:
消费者在购买、使用商品和接受服务时享有人身、财产安全不受损害的权利。
消费者有权要求经营者提供的商品和服务,符合保障人身、财产安全的要求。

他看我不好对付，打了个电话，说主管不在，让我第二天再来。

第二天上午，我让周庸先打电话给辅导员，借了十几个学生，一起去了店里。店员可能怕我们闹事，在一个保安队长的陪同下，我们看到了 9 月 10 日的监控录像。

郑雪在店里逛了二十多分钟，买完衣服就走了。保安队长跟着一起看了一会儿，反应过来，说这监控里也没有我和周庸啊。我指着郑雪，说："这姑娘是我妹妹，她出差了，没法亲自来，所以我替她来看。"保安队长可能觉得看都看了，就没再多问。

反复看了三遍，周庸忽然指着一人，说有点儿不太对劲。我点点头，视频里有一个可疑人物，看起来三十多岁，头上有些斑秃，一直跟着郑雪，鬼鬼祟祟的，还拿出手机偷拍郑雪。

周庸怀疑这个"地中海"和郑雪桌上那一堆生发防脱产品有关。看这大哥的行为，肯定知道点什么。

我咬定这大哥有偷东西的嫌疑，就要求查看商场监控拍到的他的所有视频记录。我看到这哥们儿在郑雪离开后，从商场侧门出去，上了一辆 SUV 的驾驶位，车牌号是燕 E87×××。

周庸问我，要不要找车管所的小马，查一下这个车牌的信息，我说可以先试试挪车服务。

很多城市都有挪车服务，当路被别人的车堵住，对方又没留电话，可以打 114 报车牌号，114 会帮忙转接车主，并对双方信息保密。

打电话到 114，报出"地中海"的车牌号，说我把他车刮了，请客服帮忙转接一下车主。等了二十多秒，电话那边传来一个低沉的男声问是谁。我说:"不好意思,我把你车刮了,但我有事着急走,能不能留个电话,之后再联系?"

他说:"不行,你等等,我就在吴方桥,马上到停车场,十分钟,你别走。"

我用手机查了下吴方桥附近的停车场,十分钟内能到达的只有一个,我和周庸赶紧开车赶往那里。

到停车场时,已经过去了二十分钟,我和周庸把车靠到路边,只见那个"地中海"大哥边绕着自己的SUV检查,边疑惑地念叨。过了几分钟,大哥上车开走了。我和周庸跟在他车后,到了高北园小区。

我俩跟进地下停车场,没看见他从哪上楼,只能去小区唯一的出口守着。

下午两点多,"地中海"出门了,我们一路跟着他到了城南郊外,"地中海"在一个村口停下,我俩故意没停车,继续往前开。开出一百多米后,把车停在路边,然后下车往回走。

快到村口时,巷子里突然冒出来三个拿着棍子的人,周庸很警觉,把我拉住,躲在旁边的墙角。

那三人靠近"地中海",没等他说话,就用棍子一顿乱砸。

周庸问我:"救人吗?"

我说:"再看看,现在打得没那么狠,那三人故意避开了要害部位。"

"地中海"捂着头,蜷缩在地上,一边挨打还一边骂:"朱远!打人就打人,还薅我头发,你不得好死!"

三人把他一顿揍后，转身跑了。我和周庸等了两分钟，看没人回来，小跑过去，把他扶起来，送到了附近的医院。

到了医院，我去给"地中海"挂号，他说自己叫林海，周庸看了一眼他的头顶，嘀咕和现实不符，我踹了周庸一脚。

护士给"地中海"包扎后等着打针时，我跟他打听，这是惹谁了。

"地中海"说他是个记者，正在调查途中，没想到被人暗算了。

我问他方不方便告诉我们在调查什么。

他说他正在查一家做假生发产品的山寨工厂，又问我们去那儿干什么。

我说我们在找一个姑娘，这姑娘欠了我们点钱，并从手机里找出郑雪的照片，递给林海，想观察他的反应。

他接过手机，仔细看了看，说："嘿，这姑娘我见过！"

我问他在哪儿见过。林海告诉我，他在调查的山寨工厂负责人叫朱远，同时也是香港智德丝发公司燕市分公司的副总经理。郑雪经常在他身边出现。智德丝发主打生发产品，号称香港百年老品牌，燕市有很多销售点，出售生发口服液和自行研发的生发头盔等。

我忽然想起，我在郑雪家看到的那堆生发产品都是这个品牌的。

7月初，林海买了智德生发头盔，用了两个月，没什么效果，他怀疑产品是假的。出于记者的职业病，他开始调查产品问题，结果发现副总经理朱远是个内鬼。朱远瞒着公司，自己办了一家山寨工厂，打着总部的名义卖假货，用更便宜的价格卖给各个销售点。

今天林海本来是约了智德丝发公司的总经理，来智德丝发工厂和他谈朱远的事，做个采访。不知道从哪儿走漏了信息，被朱远带人堵了,揍了一顿。说完,他拿出手机,给我俩看他拍的一些照片:"你们找的那姑娘,十有八九是朱远的小三。"

我和周庸翻了一下,照片里确实是郑雪,有她和一个身材高大的男人走在一起的,还有那天在 SN 服装店里挑衣服时被偷拍的。但有点儿怪的是,有几张照片里的郑雪是长发。而手机上显示的拍照时间,让我有点疑惑。

我留了个心眼儿,问林海:"郑雪长发的照片是什么时候拍到的?"他说就是 9 月 10 日下午。

在医院折腾完,我们把林海送回了家,他老婆睡眼蒙眬地给我们开门。林海让我们进去坐坐,我们说太晚了,不用了。

出了门,我和周庸上了电梯,只下了一层,又悄悄走楼梯上来,拿出"隔墙听"放在门上,偷听林海和他老婆说话。

他们聊了几句家常之后,林海老婆问:"最近'开车'吗?有好几个人想'上车'。"林海说:"最近没时间,赶紧睡吧,今天太惨了。"

我俩下了楼,周庸问我:"林海不是个记者吗?怎么还当司机呢,又开车又上车的?"

我摇摇头:"不知道,但这人肯定不对劲。他说自己是个记者,调查山寨工厂,连是谁干的都查到了,还用去找总经理聊吗?真正的记者,肯定选择先把这事尽快曝光,免得节外生枝。还有,他手机里郑雪长发的那几张照片,说是 10 日下午拍的,不觉得奇怪吗?根据你辅导员提供的照片,郑雪长发得是两年前的事了。"

周庸说:"可能接了发吧,最近不是流行吗?但你说一个调查记者,为什么追着人私生活拍呀?会不会是要敲诈?"

我们决定先去找朱远,按林海的说法,他肯定认识郑雪。

第二天上午,我们去了城南郊外的智德丝发工厂,拜访朱远。

没想到的是,朱远一口否定,说自己不认识郑雪。于是我们拿出了他和郑雪走在一起的照片,他没回答,问我们是什么人。

他说:"走在一起的人多了,都得认识啊?你俩有没有正事?没有赶紧走,我还以为是来谈生意的呢!"我说是记者。朱远急眼了:"别以为我不知道,你们和林海是一伙的,来帮他勒索是吧?"说着他走到门口,挥手招呼几个人到办公室这边来。

我拽着周庸赶紧离开。朱远没有追上来,在后面喊道:"我能揍他,就也能揍你们!你们以为自己是什么玩意儿?靠讹人活着的杂碎!"

我出了工厂,怎么想觉得都不对劲。林海到底是做什么的?我给老金打了个电话,把情况详细说了一遍。

老金听完我们的经历,说林海肯定不是记者,应该是个职业打假人[1]。"开车""上车"都是打假人的职业术语。

周庸问我:"这么说林海干的还是好事了?"

我说:"不能这么判断,对职业打假人来说,没什么好坏正义,都是利益的事儿。这现在是个产业。他们经常去找对商家不利的证据,以曝光作为威胁,逼迫商家拿一笔所谓的'鉴定费'赔偿他们。"

这么看,林海的行为就说得通了,他一直不让这事曝光,是因

---

[1] 打假叫"开车",服装打假叫"服装车",食品打假叫"食品车"。有人希望参加,一起打假,就叫"上车",跟着老手捞一把。

为他还没有勒索到这笔钱。

我们找到林海,跟他直说,已经知道他是职业打假人,问郑雪的失踪到底是怎么回事。

他告诉我们他真的不知情,照片就是他拍朱远时拍到的,郑雪经常和朱远一起出入,他确实以为郑雪是朱远的情人,想拍下两人约会的照片,威胁朱远会把照片寄给他老婆,让他妥协给钱。

我们没办法,只好重新去盯朱远。根据林海提供的信息,朱远住在城南的一个小区,他每天早上九点出门,他媳妇每天早上九点半左右出门。

9月18日早上十点,我看到他们俩都出了门,让周庸在楼下把风,我潜进了朱远家。

他家有间书房,书房墙上挂着几幅光头女性的画,特别后现代,桌上摆着一台电脑,我打开电脑,点开工作分类硬盘后,发现了五百多个视频。我随便看了几个,都是漂亮姑娘被剃头的过程。

检查了浏览器,我在朱远的收藏夹里看到一个奇怪的论坛,叫"溜溜女孩"。

这个论坛建得很粗糙,页面设计还是十多年前的样式。最新的帖子是有人拍了一个女孩在理发店的照片,然后发帖悬赏这姑娘的剃发视频。我又随机点开了几个帖子,内容都是一些美女穿着漂亮衣服,然后把长发都剃光了。帖子下面,很多用户表示,太喜欢了。有几个帖子是女孩儿自曝,把自己理光头的视频和照片晒给大家看,下面很多人留言求认识。

我在朱远的历史发帖记录里找到了郑雪的视频。视频里郑雪正在玩手机,朱远拿了一个推子过去,郑雪喊着:"你干啥?别动我,你干啥？……"郑雪边挣扎边被强行剃光了头发。郑雪室友收到的那段语音，就是郑雪当时一不小心摁到语音按钮发出去的。在视频下面的评论区，很多人在追捧朱远，说喜欢看这种强迫性的剃发。太怪异了，竟然有人喜欢女孩被剃发的过程。

我把朱远的五百多个视频都复制到U盘，录下帖子里郑雪被剃光头的视频，继续浏览这个论坛。其中一个活动帖吸引了我。论坛后天有个线下活动——现场剃发展，地点在东城一座大楼内。活动只向论坛钻石以上级别的会员开放，还需要另外购买3000元的门票，而注册论坛会员需要邀请码。

把电脑恢复原样，离开朱远家。到家后，我上网查了查，发现有很多人曾提问：为什么看女孩儿剃发会产生快感？我真是头一次听说，看女孩剃光头竟能引起性快感。我开始在网上寻找这类特殊癖好人群的蛛丝马迹，终于找到了他们的QQ群。我们在群里加了一个是"溜溜女孩"钻石会员的群友，周庸给了他三倍的票钱，拿到了两张活动门票。

9月20日，我和周庸来到东城那座大楼。展览在大楼的五层，装修得非常有档次，一半区域是艺术展厅，主题是"人与头发艺术展览"，另一半，是个植发医院。

我把购买信息向检票员出示后，进了展厅。展厅像一个头发博物馆，事无巨细地介绍了头发的相关资料、文献、艺术创作等。展厅的一侧，播放着很多女孩被剃发的视频，大部分来看展的人都聚集在这儿看视频，互相之间也没有交流，有的人还露出奇怪的神情。

晚上八点，艺术展厅停止入场，展厅内的观众被请进了展厅拐角的一间小屋，里面的环境有点像话剧剧场。

等大家都坐下后，舞台中央的灯亮了起来，一个穿着旗袍的长发姑娘出来跳了一段舞，舞蹈结束之后，她在舞台中央的椅子上坐下，一个男人推着一辆小推车出来，里面摆着理发的工具。他站在姑娘身后，给她围上一块布，开始仔细地给姑娘剃发，台下甚至响起了吹口哨的声音。

很快，姑娘就变成了光头。

周庸张大了嘴，说："徐哥，这都什么玩意儿？"

我没多看，趁着昏暗溜进了"后台"，后面坐了好几个姑娘，正等着上台被剃光头。我挨个儿问她们认不认识郑雪，其中有个姑娘说："认识，她不是进去了吗？"

我问："她怎么进去的？"姑娘说郑雪是因为卖假货被抓，就关在城北的看守所。

一周后，郑雪辅导员的见面申请被看守所通过，我和她一起去看了郑雪。

郑雪因为要在校外租房，一直在朱远手下打工赚钱，帮他推销和管理送货。郑雪的一个客户前段时间向工商部门举报她卖假货，9月10日下午，郑雪从一家智德丝发经销点被带走，后来被判了三个月的拘役。

那天因为突然被朱远强行剃头，她一时半会没心思搭理同学，之后她戴着假发去智德丝发经销点办事的途中被林海拍到，所以照片里是长发。没多久她又直接从经销点被带走，所以学校这边一直没能联系上她。

我问她："警方为什么没通知学校？"她说她父母知道后怕影响

她的学业，恳求警方别通知学校。她把卖假货的事全都揽在自己身上，得到了一笔补偿，具体是多少钱，我没问。

而林海威胁朱远要向总经理告发，被一群打手揍了，是因为总经理和朱远根本就是一伙的，他也在假货产业链里抽成。他们不在乎香港总公司能赚多少钱，只在乎自己能赚多少钱。

这事儿过去后，周庸请我在南家庄吃羊宝，和我碰了一杯，问我："徐哥，你说那生发的头盔有用吗？"

我说："不知道。就像你问我，吃羊宝是不是想壮阳。我估计，即使有用，效果也非常微弱。"

羊宝不能壮阳，很多东西也不能生发，都是自己骗自己罢了。可能有点安慰，总比没有强。

WARNING
在校女生如何注意安全

1. 如需长时间外出,可向室友说明去向,万一出事,警方可以根据线索追查。
2. 如半夜独行被跟踪,尝试逆行、过马路,或向附近的居民、店铺求助。
3. 等车请选择在亮处,便于清晰观察车内有无异常,记住车牌号,并将行程信息告知好友。
4. 如果被抢劫,可以把财物丢向远处,歹徒去捡时,找机会往反方向跑。
5. 如果被困汽车后备厢,试着调整姿势,直到面向车尾的保险杠的方向;在黑暗中寻找一个发荧光的拉手或门闩,然后轻轻一拉(扣),后备厢门就会啪地打开。
6. 手机尽量保持有电,能随时与人联系,钥匙上常挂报警器或其他防身物品。
7. 不要随便搭乘陌生人的车,艳遇和性侵,哪个都可能到来,别冒险。

19

中国内每天有大量的人死于癌症，这几个死前还抱团去割了包皮

事件：包皮手术医闹事件

时间：2017 年 10 月 18 日

信息来源：在医院偶遇

支出：6280 元

收入：待售

执行情况：完结

我对医院特别熟,因为我妈是一个医生。小时候我经常跟她去值班,除了手术室不让进,从药房到太平间,我都熟。

对医院的药房,我一直有一个疑问——为什么跟银行柜台一样,取药只能通过小窗口?而且那玻璃特厚,像银行柜台的防弹玻璃。取药又不是取钱,有必要吗?

我上小学三年级的时候,一天晚上,我发现绝对有必要。

我当时正陪我妈在医院二楼值夜班,楼下突然传来"哐哐哐"砸东西的响声。我妈一个没拉住,我就跑到一楼去找声音的来源了。在药房门口,我看见一个脸色惨白、浑身颤抖的中年男人,正抡起一把消防斧,劈着药房的玻璃,嘴上骂骂咧咧:"你们快把杜冷丁交出来!"我当时年纪小,还不知道这哥们儿是犯了毒瘾,来医院抢杜冷丁解瘾。我妈追上我,把我拽回二楼后,我还问她:"杜冷丁是啥?很值钱吗?"她给了我一耳光,然后打了110。警方说已经收到报案了,马上就到。

从那以后,我妈再也不让我跟着她去医院了,除非看病。这正合我意，我不爱去医院，连看病都不想去。不是因为目睹犯毒瘾的人抢药房，有了心理阴影，也不是有反感和不满，我就是不太喜欢医院的气氛：不论医生还是患者，每个人看起来都不健康、匆忙、没精力、疲劳过度。

但现在失眠严重的时候，我不得不去医院。安眠药是处方药，只能去医院开。我用药量大又怕断，所以想了一个办法，集中一天多去几家医院，多开一些安眠药，省得老跑医院耽误其他事。

2017年10月18日，安眠药用光了，周庸开车带着我四处去开药。

下午四点，我俩到了第五家医院，是一家叫康会的公立医院，当时医院门口围了一大群人。

周庸把车停在路边："徐哥，这家你还去吗？人有点儿多啊，咱直接奔下一家吧？"

我说："来都来了，进去看一眼。"

走进医院大门才发现门口那群人都是看热闹的，中间围着什么看不见。周庸想往里凑，我干脆让他在这儿看个够，自己先进去开药。

折腾了一会儿，拿好药出来，周庸正在医院门口抽烟。他指了指人群："徐哥，过去看看吧，有点儿意思！"我问他多有意思，他不说，坚持让我自己看。我挤进人堆，看到被围着的是六七个男人，其中两个是二三十岁的年轻人，其余的年纪都在四五十岁。他们坐在地上，手里举着横幅和纸板，上面写的都是五个大字："还我性生活"。四周围着好些人在用手机拍照录像。

周庸也挤了进来："这仇恨可大了。欸，徐哥你说这是医闹吗？"

我说："不确定，他们闹的这事比较特殊，感觉不像假的。"

正说着话，地上坐着的几个人开始喊口号。我俩看着热闹，忽然闻到一股恶臭，周庸捂住口鼻："谁拉肚子了还在这儿看热闹？"

我拽了他一把，说先出去。

走出人群，没什么味了，我说安眠药差不多够了，暂时不用继续开了，这个"还我性生活"的事挺有话题性，说不定能写篇稿卖掉。

让周庸留在这儿拍照，我回车里拿了录音笔，正准备上前采访，几个闹事的人忽然站起来，收拾东西要撤了。周庸问我："怎么办？"我说："跟上。"

跟着他们出了医院大门后，这群人分成了两拨，一群人向左走，还有一个向右走的。我让周庸过去拦住那群人聊聊，自己往右去追那一个人，分开问正好能互相补充信息。

这哥儿走得挺快，我跟着走了几步，正准备小跑上去拦住他，一个戴金链子、穿黑背心、文着花臂的光头壮汉，拎着一根木棍从侧面冲过来，抢先拦住了他，一棍子就打在了他的腿上。把他打倒后，光头壮汉又踢了他几脚："让你们瞎闹事！"

我上去拽了光头壮汉的胳膊一把："哥们儿，差不多得了！"

这时周庸也跑过来，喊了声"干吗呢"。光头看我们一眼，转身跑了。

我过去把挨打那哥们儿扶起来，问他有没有事。他说："没事。肯定是医院报复。"

这哥们儿打电话报警时，我问周庸那边问出什么线索没有，他说:"没有,那帮人什么都不说,就让我去查'康会医院阴茎背神经阻断术[1]',然后就都上了一辆面包车走了。"

陪挨打的这哥们儿在原地等了会儿,向民警证实他确实被一个光头打了。事后这哥们儿特别感激,要请我俩吃饭。我们答应下来,在附近找了家阿婆烤鱼。点了烤鱼,要了几瓶啤酒,这哥们儿分别敬了我和周庸一杯,对我们的见义勇为表示感谢。

我问他在医院举的那条"还我性生活"的横幅是什么意思。他喝了口酒:"唉,说出来丢人,我在那儿做了一个包皮手术,把性能力做没了。"

周庸同情地点了点头:"你做的应该是激光的吧。我在网上看过,有人做激光包皮手术,结果被切得就剩一厘米了。"

他说:"不是那么回事。"

这哥们儿从小包皮有点儿长,但一直没当回事。年初他交了女朋友,开始有性生活后,发现自己早泄。在此之前,他一直以为早泄只存在于小广告上,没想到发生在了自己身上。

和女朋友分手后,他在网上查了很多关于早泄的资料,发现可能是自己包皮过长导致的。于是他去了家附近的康会医院,医生也是这个意思,让他做个包皮手术,而且医保可以报销,他就同意了。

做包皮手术之前,医生把他叫到办公室,说他早泄的毛病也有可能是过于敏感,近年来有很多医学研究表明,阴茎过于敏感也是引起早泄的原因之一。现在有一种手术,叫"阴茎背神经阻断术",

---

[1] 阴茎背神经阻断术:通过手术切断部分感觉神经,引起阴茎头敏感性下降,神经冲动传入减少,从而使射精神经达到兴奋阈值的时间延长。

可以切断部分阴茎背神经，降低敏感性，不仅可以治疗早泄，还能"金枪不倒"，不如一起做了。

他一听"金枪不倒"，没禁得住诱惑，同意了。术后一个月，这哥们儿拆了纱布，惊恐地发现自己完全硬不起来了——他成了永久性阳痿。

说到这儿，他喝了杯酒："我今年就是点儿背，先是早泄，做完手术又成了阳痿，去医院维权还让人打。"

我问这哥们儿："像你一样的人多吗？"

他说："应该多吧。今天在医院门口维权的，都是做手术出了事的兄弟。"

周庸问他们是不是熟人，他说："不熟，我是在网上看见的维权帖，说今天要聚众维权，就跟着来了。"

我问他有没有这些人的联系方式，他说都是在网上联系，只有时间地点。

我皱了皱眉，周庸说那群人一起上了一辆面包车，多少应该认识，但这哥们儿又说完全不认识。难道除了他，其他人都是有组织的医闹？

周庸问他为什么不起诉医院，这哥们儿叹了口气，不愿多说。

跟他吃完饭，互留了联系方式，我和周庸叫了个代驾回家。上了车，周庸点了根烟。"徐哥，你觉不觉得有点不对劲儿？"

我说："是有点。其他人可能都互相认识，就这哥们儿谁都不认识。最奇怪的是，这帮人只是闹，没有一个人真的去起诉医院。"

到家后，我上网查了查，很多人都吐槽康会医院有问题，明明是正规的公立医院,却把几个科室外包出去,其中就包括男科。

这么看起来,确实是医院的问题,那就更应该直接举报或者起诉了。

第二天晚上,我刚洗完澡,周庸给我发来一个链接。网上又有人发闹事帖了。我点开看了看,帖子里约定明天下午三点到五点,所有在康会医院男科受过伤害的人去聚众讨说法,横幅纸板都有人做,自备食物和水就行。

隔天下午三点,我和周庸准时到达现场,闹事的人已经开始静坐。我们观察了一下情况,差不多还是那天"维权"的那些熟面孔。

但挨打那哥们儿没来,我让周庸发微信问他什么情况,他说公司有事,让我们好好采访,干倒这家破医院。

看他们举牌静坐,我拽了周庸一把,让他假装性功能也出了问题,去和这群人套套近乎,看到底是真患者还是职业医闹,为什么不直接起诉。

周庸问:"凭什么啊,徐哥?凭什么让我装阳痿啊?你怎么不去呢?"

我说:"让你去就去,我在旁边观察他们。"

周庸假装阳痿去跟人套话,但一直没人理他。我观察了一下午,确定了一件事,除了周庸,其他人绝对是有组织的,他们经常互相低声交谈,还共享食物,但就是不跟周庸有任何交流。

下午五点,这帮人又开始收拾东西。我和周庸提前出去,开车在后面跟着他们,一直到他们在竹园路附近上了辆车牌号为燕DH1×××的面包车。

跟踪的路上,我问周庸有没有聊出点什么,他说:"没有,但我发现昨天咱俩闻到的臭味,今天还有,实在是太臭了。我怀疑在闹事的人里,有一个大小便失禁的人。"

到了诸葛路附近,面包车停下,那帮人下了车。我和周庸打算停车后再步行跟踪,但是这几个人已经消失在人群里。

我俩在附近正找着,周庸突然拍了我一把:"徐哥你看那是谁?"

我望向他指的方向,看见一个穿黑背心、文花臂的身影,拎着个塑料袋,正是那天在康会医院门口打人的那个光头。

周庸问我:"怎么办?"我看了一圈,附近好像没什么像他同伙模样的人,刚要上去拦他,他忽然和一个抱着盒子的姑娘说起话来。

说了几句,姑娘摇摇头。旁边走过来一个手提黑塑料袋的男人,和光头聊了几句后,从塑料袋里拿出一盒东西递给他,光头掏了些钱给那人。那人接过钱,摇了摇头,给他指了一个方向。

周庸问:"徐哥,那是光头的同伙吗?"

我说:"不像,怎么感觉他像在买东西呢?"

他说:"不能吧,咋没人找咱俩卖东西?"

正说着话,光头开始快速往一个方向走。怕他跑了,我上去一把拽住他的胳膊。光头大喊:"你们谁啊?哎呀,疼!把手给我松开,再不松开动手了啊!"

周庸说:"你咋这么弱,拽下胳膊就疼?"

我说:"因为他胳膊上的花臂是新文的,伤口还没好,所以一碰就疼。"

刚文完的文身会结痂,不过因为有颜色,痂不会太明显,但还是有区别的,看起来像有皱纹一样。

周庸特震惊,说:"这你都能发现!"

我说:"还行吧,其实我是摸出来的,而且他这文身还没文完。"

光头听不下去了,挥起没被拽着的右臂,一拳打了过来。

我往后退了一步闪开,招呼周庸上来一起架住了他。他大喊一声:"你们要干吗?绑架啊?"

我说:"别喊,记得那天你在康会医院门口打人吗?"

他看了我俩一眼,开始疯狂挣扎,手里刚买的那盒东西掉到地上,发出了一声玻璃破碎的声音。我快速捡起来,是盒药,里面的玻璃瓶已经摔碎了,包装上面写着"盐酸哌替啶"。

周庸问我是什么。

我没回答,看了光头一眼:"你再挣扎我就报警了。你不仅打人,还非法购买杜冷丁,吸毒吧?"

他不挣扎了,说:"你俩不是警察啊?不是警察你凭什么抓我?"

我说:"这你不用管,我就想问你点儿事。那天在医院门口你为什么打人?是不是医院雇你打的?为什么不去打另外一群人?你怎么知道这儿卖杜冷丁?你买杜冷丁要干什么?"

光头问我们到底是谁,我告诉他别瞎问了,要是不说马上就报警,打人加买毒,怎么着也得进去一段时间。他有点儿害怕,说和医院没关系,打人是因为那帮闹事的让他赔了一笔麻药钱。

这哥们儿叫张龙,葫芦岛人,来燕市务工后,感觉生活特别没意思。直到一天,他在短视频社区上发现一个群体,叫天安社,一帮光膀子的文身大汉每天喝酒吹牛,讲兄弟义气。他觉得很酷,想加入他们，联系后却被告知需要有文身。

有文身之前，他只能是一个预备成员，可以在线上跟大家聊天，但没法参加线下活动。

这难倒了光头，他特怕疼，所以便在各处找文身不疼的方法。

周庸问："等等，什么是天安社？黑社会吗？"

我说："哪有什么黑社会？就是一个帮派性质的联盟。里面有卖农产品的微商，有互联网创业者，有开文身店的等等各种人，通过这种方式在网上吸引眼球，宣传自己。"

光头没接茬儿，接着往下说。他查到有两种文身常用的麻药，分破皮型和非破皮型。破皮型一般是喷雾，在文身过程中使用，能短时间内降低文身者的痛感；非破皮型在文身前涂在皮肤上，四十到六十分钟后，擦干净，镇痛效果能维持三小时左右，一般大面积文身会用这种非破皮型的。但这两种麻药，来源都不好说，有很多是地下小药厂做的劣质麻醉药，甚至有文身时乱用麻醉药死亡的例子，他不敢随便用。

这时他就起了心思，想从正规渠道搞点"靠谱"的麻药。他在医院门口找了一个黄牛，问能不能搞到麻醉药，对方以两千元的价格卖给他一张"镇痛专用麻醉药品供应卡"。

周庸说："还有这种卡？"

我说："有。麻醉药一般供应给两种病人，做手术的和癌症晚期的，很多癌症晚期病人因为身体承受的疼痛太剧烈，需要长期使用杜冷丁、吗啡之类的麻醉药。为方便这些病人，国家允许他们申请'镇痛专用麻醉药品供应卡'，定期购买麻醉药。"

光头说："对，我当时拿的就是这卡。那黄牛告诉我，就说是给我妈取药,每次只拿一点点,就不会引起医生的怀疑。"

光头的文身面积较大,需要分几次文完,他都是文之前去取点麻药。没过几天,黄牛给他打电话,说他盗刷别人的供应卡这事被发现了,让他赶紧把卡还回来,再交三千元钱平事。他问黄牛怎么被发现的,黄牛说有人在医院门口闹事,上级主管部门正在调查医院,每个科室也在进行自查和回访。要是原卡持有人说没领过麻药,非法交易管制药品的人都得进监狱。

光头去康会医院看了看,门口确实有人闹事。他很害怕,把卡还给黄牛并赔了钱。出门时正好闹事的人散了,他看见有个人和大部队分开落单了,想起自己前前后后花了五千元钱,为了泄火,就冲上去打了他一顿。

我点点头:"那你怎么知道在这儿可以买到麻醉药?"

光头说还是黄牛告诉他的。这回学聪明了,没在黄牛那儿买卡,直接问他有没有药卖。黄牛收了他一百块钱咨询费,告诉他找一个有医院标志的塑料袋,到诸葛路对面的小巷门口,拎着塑料袋在那边转悠,自然会有人联系他。

光头厚着脸皮去附近医院要了个塑料袋,往里面装了两包烟,拎着就去了。在那附近转了不到两分钟,就有一个姑娘凑上来问他是不是卖药的。他说自己是来买药的。那姑娘问他买什么药,他说麻醉药,姑娘说没有,让他找别人。他当时蒙了,没想到有这么多人在私自卖药。姑娘告诉他有的是,又从旁边叫过来一个拎黑塑料袋的大哥。大哥卖给他一盒杜冷丁,他交了钱,但觉得不一定够用,就问有没有更多。这个大哥给他指了个方向,说那儿有一家私人旅馆,旅馆老板那儿有各种麻醉药。

光头把旅馆的方向指给我们看,我点点头,知道我们所在的位置是哪儿了。老金跟我提过一次。这个地方,地下叫法是"百草广场",说是广场,其实就是一片违建的密集建筑,之所以跟"百草"有关系,是因为这儿有群特殊的人。

在宽度不足三米,连通了多栋小楼的窄路上,到处可见走来走去的人,有男有女,而且他们手里都拿了点东西。有人手上拎着一个黑色大塑料袋,有人端着一个小纸箱,里面装的都是药。这群人都是倒药的贩子,他们从市民手里低价收药,再来这儿卖给有需求的人。凡是市面上流通的药品,你基本都能在这儿买到。不过一般来这儿的人,买的都是控制糖尿病、心脑血管病的药,这些药需要长期服用,这里的价格会比市面上便宜一些。

比他们高级一点的药贩子,会通过一些非法渠道获得他人的社保卡,然后用社保卡统一买药,再将药品统一分类,最后由专人负责销售,把这些分好类的药品发到固定的渠道,每年的销售额能高达几千万。

我忽然想起一件事,就问光头认不认识当天其他闹事的人,光头疑惑地摇摇头。又问了几句,没什么新信息,我拍下他的身份证,留下联系方式,就放他走了,准备好好逛逛这个"百草广场"。

它的位置很巧妙,正好位于燕市几家大医院的中间点,距离哪个都不远,既方便买药,也方便卖药。

这条路上的建筑基本都是自建平房和二层小楼,楼面要么刷成灰白色,要么是红色的墙砖直接裸露在外。如果夜晚从燕市西部的上空往下看,它一定是被明亮灯光包围的一片暗部,也是高楼林立中的一块洼地。

我和周庸穿过了一群倒药贩子，寻找光头说的旅馆。这个旅馆是栋灰色的二层小楼，外面没有招牌，只在门口的玻璃上写有几个小字——仁爱旅馆。

我们走进去，整个旅馆里有股潮湿发霉的味道，这在干燥的燕市非常少见。门口有一间值班室，里面坐着一位四五十岁的阿姨，正在看着韩剧嗑瓜子，见我和周庸进来，问我俩："住宿吗？"

周庸刚想说话，我推了他一下，说："对。"

她问我："长租还是短租？一张床还是两张床？"

我说："一天，两张床。"

她吐出瓜子壳，点点头："六十，押金一百。"

如果不来到这地方，我真是难以置信，燕市竟然有六十元钱一晚的标间。

周庸好奇地问："不用登记身份证吗？"

阿姨斜了周庸一眼："你要想登记身份证，去外边住酒店。"

我交完钱拿了钥匙，推着生气的周庸赶紧走了。

旅馆的走廊很长，走到尽头大概需要几分钟，越往里走越看不到阳光。房间分布在走廊的两边，用红字标着房间号。

找到我们的房间，开了门，发现特别小。里面的两张床又高又硬，像澡堂子里搓澡专用的床，床单有种潮湿的黏着感，带着各种未知的气味和液体痕迹。除了床，房间里还有一台老式电视机，电视柜锈迹斑斑，我和周庸都没有打开的兴致。

周庸的一身设计师品牌装和这环境格格不入。他看了一眼床，觉得坐不下去，站着点了根烟，问我为什么要开一间房。

我刚想回答他，隔壁忽然传来剧烈的咳嗽声，这墙完全不隔音。

我只好压低声音，小声告诉周庸，如果直接问，人家最多卖你点药，住在这儿的话，谁来买东西，谁来送东西，我们都有机会查到。

他点点头："有道理。"

我俩一直在房间里坐着，靠听声音和看猫眼监视着走廊。晚上八点，一个房间里忽然传出一阵男人的哀号，一个中年妇女冲出房门，跑到值班室，说："快给我支药，他受不了了。"她拿到东西，转身冲回去的时候，我和周庸开门出来跟上她。她连房门都没来得及关，就拿注射器抽出药，给了床上躺着的男人一针。

看她注射完，我问了句："没事吧？"

她跟我摇摇头，说："快不行了。"

我问她男人是什么病，她告诉我："是肺癌，晚期。"

回房间的路上，周庸忽然要上厕所。这个旅馆的房间里没有洗手间，只在每层的尽头有一个公用的。我俩来到公用洗手间，中间只有洗手台的这个小厅上方晾满了衣服。周庸方便完，走到门口，忽然使劲地吸了吸鼻子："徐哥，你闻！"

我说："我可不闻，你自己闻。"

周庸说："不是。这个味道，就是咱们在康会医院闻到的那个味道。这绝对不是屎味，这比屎味还恶心。"

我闻了闻，还真是。顺着臭味的来源，我俩找到厕所附近的一个房间。四处看了下，走廊里没有摄像头，我拿猫眼反窥镜看了看房间里的情形，一个男人正在剧烈地咳嗽，忽然他朝门口走来，我急忙拽着周庸闪到一旁，假装路过。那男人开门出来，冲到公用卫生间，在洗手池旁不停地咳嗽。随着他咳出很多带血的痰，厕所里的味道更浓烈了。

趁他发现我俩之前,我们躲回了房间,关上门。周庸看着我:"徐哥,下午在康会医院闹事的时候,他也在!"

我点点头:"巧了。这人咳成这样,还臭,八成是肺癌晚期。都晚期了还这么关注性生活,很可能有别的目的。"

我们决定继续观察,并在周庸的强烈要求下,去买了几套便宜衣服。

我和周庸在这破旅馆里待了三天,大致搞清了情况。这是一家癌症旅馆,大多数来这儿住的人,不是得了绝症,就是绝症患者的家属。

很多外地病人为了寻求更好的医疗条件,涌向燕市、吴市这样的大城市,但在异地,医保可以报销的费用更少,而且大城市的日常花销又高,长此以往,经济状况一般的病人便会力不从心。

他们需要寻找最便宜的住所,"癌症旅馆"应运而生。

当然,癌症旅馆里偶尔会有第三种人——面黄肌瘦的吸毒者,在这儿,他们能很轻松地从癌症患者手里买到杜冷丁或者吗啡类药品。对他们来说,在犯毒瘾又没多少钱的时候,这是一个好选择。

在这三天里,除了口臭那哥们儿,其他几个在医院闹事的人,我也都在癌症旅馆里看见了。但想知道他们为什么去康会医院闹事,还得再查。

为了获取更多信息,我跟周庸商量,让他假装癌症患者,我好借家属之名和邻居打成一片。

周庸想了想说:"行,那我装患了什么癌症?"

我问他睾丸癌怎么样,周庸急了:"徐哥,你怎么不直接弄死我呢?我给你演个死人成吗?"

我说:"不成,那就胃癌吧,你躺床上打滚儿,装装肚子疼,不出门,省得让那几个闹事的撞见认出来,毕竟他们见过你。"

于是周庸装成了胃癌患者,整天在床上躺着,我则到处串门儿,听"邻居"们诉苦。

10月27日,隔壁肺癌患者的妻子在和我聊天时,欲言又止。我问她怎么了:"姐,有什么话你就说呗,这都没外人!"

她点点头,问我:"是不是经济上有困难?"

我说:"那肯定啊,没困难谁住这儿啊!"

大姐拍了拍我,说:"我看你和你弟弟在这儿住了好几天,一直没去医院复查,也不买药,肯定是没钱了吧。是医保报不了吗?"

我顺着台阶就下:"对。我弟这病,现在只能吃进口抗癌药,但太贵了,一支一万多,医保还不给报。"

她说:"我懂,我爱人的病也是,在燕市看病,回老家报销,只能报一点,要是有燕市的医保,有些费用最多能报百分之九十多。"

我说:"那有什么用?咱也没有。"

大姐没接茬儿,问我有没有"镇痛专用麻醉药品供应卡"。我说"有",她点点头,说:"拿着这个卡,去找旅馆老板,他就能帮忙搞定报销。

"他可以提供跟你年龄长相相似的用户的燕市社保卡,你可以冒名顶替住院治疗报销,少花点钱。或者给你开一份高额的住院费用凭证,让你回老家能多报销点钱。看你想要什么了。"

我假装惊恐,说:"这不行吧,大姐?被人发现得判刑啊。"

大姐很冷静,说:"一般没事,我爱人都用两年了,也没出事,而且为了活命,谁管得了那么多!"

听完大姐的介绍,我大致弄明白了这个癌症旅馆老板的赚钱方式——虽然这家旅馆很破,但按照燕市的房价,仍然得算是赔本经营。不过这都没关系,他能从其他渠道赚回来这些钱。

癌症患者和家属,会把自己的麻醉药卡卖给他,他利用这些药卡,每年取出数量可观的麻醉药品,然后卖给瘾君子。除此之外,他会帮癌症患者冒用燕市"医保",或制造假票据,以此牟利。

我打电话给光头,让他帮我联系康会医院的黄牛。我从黄牛手里买了一张"镇痛专用麻醉药品供应卡",又转手卖给了宾馆老板。作为交换,他给了我一套燕市社保卡加身份证。看照片是一个二十七岁男孩儿的,长得和周庸还真有点儿像。

把"麻醉卡"卖给老板后,癌症旅馆里的病人和家属们对我彻底放下了戒心。他们甚至拉我加入他们的互助会——一些癌症旅馆的老客人,每晚会在一楼小聚,讨论新的抗癌药品和省钱办法,或者互相帮助一下。

我参加会议时,故意把话题往康会医院上扯,都说这家医院治疗胃癌不错,问应不应该带"我弟弟"去那儿看看。

结果好几个人都阻拦我,说千万别去,这家医院有问题——很多病友在康会医院用别人的医保看病或住院后,都被勒索了。有人打电话给他们,说已经知道他们冒用别人的医保,如果不想被举报进监狱,就打两万元钱给他。

我问他们:"给钱了吗?"

他们说:"给了,不给怎么办啊?本来是为了省钱,结果反倒还赔了!"

这时那个口臭大哥干咳了两声,说:"但也不能这么算了,康会医院的人让我们不好过,我们也让他们不好过!"

他告诉我,他们在网上查到,康会医院把男科外包给了一个公司,去那儿做包皮手术的时候,医生会劝诱病人再多做一个阴茎背神经阻断手术,以提高自己的性能力,很多人做完这个手术后都出事了。

于是他们想了一个办法,让几个病入膏肓的癌症患者去康会医院的男科做手术,然后打着"失去性生活"的口号定期去闹事,让医院赔偿损失费。

我听完都蒙了,说:"这么做值得吗?"

口臭大哥说:"嘿!有什么值不值得,反正没几天好活了,不如多赚点钱,就算给那帮混蛋添堵,也值了。"

第二天,我和周庸离开了癌症旅馆,又去了趟康会医院,找到卖"麻醉卡"给我和光头的黄牛。光头曾说过,自己没用几次卡,就被弄走了五千元钱,其实就是被变相勒索,肯定有问题。

我威胁黄牛,说要举报他,想让他承认勒索的行为,黄牛说:"我没勒索,是医院的人告诉我,有人查,让我出钱平事儿。"

我问他是谁说的,黄牛说是药房的一个人。这个人能在电脑上查询病人的医保信息,他每次给病人或家属拿药时,都会悄悄地对比信息,确认取药的人是否有问题。

比如那个光头操着一口浓重的东北话,说来给他妈妈取药,但他妈妈的信息却是一个燕市老太太,这肯定不对。药房那个人发现取药的人和社保卡上的信息不符,就会悄悄记录下来,然后实施诈骗或勒索;而被他勒索的人,因为盗用了别人的医保卡,也已经违法，都不敢声张。

我让黄牛带我去药房，指出了那个人的样子后，我打电话报了警。黄牛想让我放他走，我告诉他："别想了，你肯定也参与了，不然药房的人勒索冒用身份买药的人，为什么还得先通知你？"警方来后，我顺便举报了"癌症旅馆"出售杜冷丁的事。

这件事结束后，我和周庸去古楼的酒吧喝酒，他说有一件事儿想不明白："那些得了癌症的人，虽然做了违法的事儿，但也是为了活命啊。癌症旅馆的老板，虽然卖杜冷丁给吸毒的人，可能毁了别人的家庭，但他同时又帮助了许多癌症患者，让他们有住的地方，能看得起病。我们举报'癌症旅馆'的事，做得对吗？"

我说："这个世界上，有很多事情，难以分辨对错，你只能用相对正确的方式去解决。"

这一点，莎士比亚早就写在了《哈姆雷特》里——世间本无好坏，全因思想使然。

WARNING
如何避免医保卡被盗刷

1. 拿到医保卡后，要及时修改初始密码。
2. 不要把医保卡借给他人使用，也不要委托他人取药，取药后记得保留小票存底。
3. 接到告知医保卡欠费、冻结的电话时，不要输入任何账号和密码。只有两种情况医保卡才会被冻结：自己挂失；持卡人恶意违规消费，被限制使用。社保局不会打电话要求持卡人提供密码，谨防诈骗。
4. 发现医保卡丢失，要及时拨打官方公布的挂失电话，挂失后，医保卡会被停用。
5. 遇到药店刷卡机器故障，没有消费票据，可以拒绝刷卡；由于非正规药店可能会多刷金额，记得随时核对账户余额。
6. 如因药店违规操作，没有核实刷卡人身份，导致医保卡被盗刷，可以要求赔偿。

20

许多人借钱不还，
只有他把追债公司整倒闭了

事件：老赖欠款事件

时间：2017 年 11 月 20 日

信息来源：粉丝求助

支出：5200 元

收入：1.8 万元

执行情况：完结

我经常收到很多求助——狗走丢、被人骚扰、住酒店被偷拍、孩子得怪病等各种奇怪的事。

但最多的，还是关于钱。不是别人借钱不还，就是自己欠钱还不上。还有人把魔宙当成一家 P2P 公司，希望能跟周庸借钱，按月给利息。

对这类朋友，我一般会给点儿建议，但其他的实在无能为力，毕竟我不是干金融或追债的。但也有例外，前段时间，我帮人追了次债，可我查到一半时，他忽然人间蒸发了，没留下一点儿线索。

2017 年 11 月 20 日，一个叫王达的人疯狂地给我留言，还把自己的身份证、手机号发给我，求我一定要帮他，不然他就要死全家了。

我看他说的情况很严重，就给他留的电话打过去，问到底什么事这么吓人，还要死全家。

王达说他借钱在河北倒粮，因为粮价下跌，赔了七十多万元，天天被人堵门追债。他妈妈嫌丢人,直接气倒,没抢救回来。他爸爸也住院了,老婆带闺女回了娘家。这哥们儿连他爸爸的住院费都交不起了,急需一笔钱。

我问他是不是要借钱。王达说不是,他有一个朋友,欠他60万。只要找到这人,让他还钱,就能周转过来。

怕我不信,王达让我到他家看一眼:"你来了就知道我没骗人,我不借钱,你帮我找到这人,追回来的钱给你20%。"

我说:"那都再说。"

第二天上午十点,我带着周庸,去了伍胜路附近的弘武小区,在约定的地点见到了王达。他是一个挺壮的中年男人,看见我俩,过来问我是不是徐浪。

我点点头,指了下他身后的面包车,上面写着"职业讨债,专治老赖",问那车是不是跟着他的。

王达回头看一眼,告诉我们那是追着要债的,他爸爸病房门口、闺女学校门口都有人守着,就怕他跑了。

我让他带我们去家里看看。

进了单元,上到五层,周庸捂住鼻子,闷声说:"追债的怎么都喜欢来这套?"闻味就知道哪扇门是王达家的,防盗门上被红笔写了十几个字"还钱"。门口一看就被泼过粪,没打扫干净,从门上一直淌到地面,凝成黄色的一层。

王达打开门,请我俩进屋。我和周庸迈大步,跨过那摊黄色进去。

屋里放着些老式家具,看上去很有年头了,在墙角处的柜子上,

371

摆了一幅老太太的黑白照,前面供了几个苹果,还烧着香,应该是他妈妈。

王达让我俩坐下,倒了两杯水。"兄弟,要不是走投无路,绝对不想麻烦你。"

我问他怎么不起诉,他说告了,而且已经告赢了,但那人就是不还钱,已经藏起来很久了,谁都找不着,法院也找不到人执行。他借钱时留下的地址是荷塘东路附近的才源小区,他老婆还住在那儿。王达拿出一沓自印的讨债传单,说自己还去才源小区里贴了一阵,没什么用。

周庸说:"哥,插一句啊,这房子是你家的吧,怎么不卖了还钱?"

王达说他是想卖,但房子是他爸爸的,老人不同意,说除非自己死了。

他俩说话的时候,我瞥到传单上写着欠债人叫赵洲,底下有一张他的照片,像在一个聚会上拍的,背景在室内,右边还拍到了一个人的侧脸,我愣了一下,右边的这个人,是许其华!

我打断了他俩,告诉王达这个活儿我接了,让他等我消息,然后拿了一张传单,叫上周庸离开。

我们在伍胜路上找了家日料店吃饭。点完菜,周庸问我:"怎么接了这个活儿?追债的人这么多,如果天天帮这些事,就不用调查和写稿了。"

我把传单拿出来,让他看上面的照片,周庸沉默了。看来我确实没有认错人。

第二天，我和周庸开车去才源小区，和王达家差不多，也是个挺老的小区，在赵洲家那栋楼的一单元门口，停了一辆SUV，和昨天在王达家楼下看到的一样，也印着"职业讨债，专治老赖"的字样。三个穿黑衣服的小伙正在车边抽烟聊天，见我和周庸过来，打量了几眼。

我俩上了四层，敲了敲门，里面没人开，周庸说："屋里可能没人。"我说："应该不会。楼下那几个黑衣小伙肯定是追债的，不可能白在那儿等着，屋里肯定有人。"

周庸觉得说不定是等赵洲的，看他回不回家。我说："肯定不是，等赵洲的话，得隐蔽点，这么明目张胆地堵在他家楼下，赵洲一看见就跑了。这肯定是专门跟着他老婆，威胁赵洲还钱的。"

我让周庸回车里拿了猫眼反窥镜，透过猫眼看到屋里客厅沙发上坐着一位中年妇女，一点儿响动都没有，正假装不在家。

我俩又敲了敲门。我说："姐，知道您在屋里呢，我们不是追债的，是来采访的记者。"又敲了一会儿，大姐终于出声了，在门里问我："有证吗？"

我掏出了准备好的证，透过猫眼给她看了眼。大姐忽然打开了门，吓我一跳，她特别热情地让我和周庸进屋，说早就等着我们了。

周庸觉得奇怪："您早就等着我们了？"

她说："对，你们不是记者吗？我往你们邮箱发了好多封邮件，终于来了。"说完，她拿出一个黑色的电子设备，打开开关，让我俩靠近点，"这个有效范围是两米，你们别离我太远。"

周庸问她这是什么，大姐说是屏蔽器，用来防止别人偷听的。这大姐太专业了，连反监听设备都有，我问："是找你老公讨债的人在你家装了窃听器吗?"

她说:"不是,和我老公没关系,是有人想害我。"

和我们说话时,她特别紧张,不停地四处看,还趴墙上听隔壁声音,时不时起身拉开窗帘,往楼下偷瞄。

我和周庸都有点儿蒙,不知道她为什么这样。周庸试着打开话题,问她现在能不能联系上赵洲。听我俩一直问赵洲,大姐这才反应过来,问我俩是来找她的,还是来找她老公的。我说我们找她老公,但她有什么事,也可以和我们说。她想了一下,说她老公的事和她没关系,然后起身走到门口,不说话只看着我们,送客的意思很明显了。

我和周庸没办法,只好起身走人。临出门的时候,我把电话留给她,让她有线索联系我,遇到麻烦也可以联系我。

大姐好像很感动,关门的时候,忽然说了一句莫名其妙的话:"吃东西时注意点,别被人下东西了。"

周庸问什么意思,话音没落,大姐"哐"一下就把门关上了。他看着我,说:"徐哥,这大姐是不是精神不正常?"我说:"有点,可能被要债的催多了,有点儿神经兮兮的。"

下了楼,那几个穿黑衣服的哥们儿围上来,问我俩是不是去赵洲家了。给周庸使了个眼色,他拿出烟散给他们,我开始套话:"你们也是来追债的?"他们一听是同行,感觉放松了点儿,说"对",还问我们是怎么干儿活的。

我说自己是"韩冰派",一般都用"七寸打蛇法"。韩冰是很有名的职业追债师,号称中国追债行业的"祖师爷",属于非暴力追债的类型。他提出过一个追债方法,叫"七寸打蛇法"——任何人都有弱点，就像蛇的七寸一样。简单来说就是追债师要做好前期的调查，找到欠债人的弱点，利用这些弱点，制订要债方法，让他们不得不还钱。比如一个欠钱的人，喜欢嫖娼，还怕老婆，追债师就会拍下他嫖娼的证据，不还钱就把证据交给他老婆。

这种追债方法的技术含量，和私家侦探没什么区别，所以收费也很高，好的追债师，要拿债务的50%。

那几个哥们儿听我说自己是"韩冰派"的，都笑了，说我这种非暴力派的没用。

赵洲特别无赖，法院判了都不还钱，被放到征信黑名单也不还，估计只有暴力催收能有作用。他们不在乎进去个一年半载，要回赵洲身上的债，报酬够他们吃好几年。

但赵洲家的房子和车都在他老婆名下，而且是婚前财产。赵洲开始到处借钱潇洒后，和他老婆一直处于分居状态，所以法院判他老婆不用承担债务。

因为一直找不到赵洲，追债师们只能盯着他老婆。

他们也试着威胁过赵洲老婆，但没什么用，这大姐好像精神有问题，一点也不怕，让他们尽情监视，还说他们这么折磨她，不会有好下场的。

追债师在行动之前，会调查清楚欠债人的所有资料，包括名下资产什么的。周庸向他们要了份赵洲和他老婆的资料，我看完，发现一件事。

赵洲老婆名下有辆黑色的轿车，但我在楼下没看到车。才源小区没有地下停车场，一般人会把车停在自家楼下，即使楼下没车位，也会尽量停在附近。

我和周庸绕小区走了一圈，确认了没有赵洲老婆的车。

那这车，会不会是赵洲在开呢？

我给车管所的朋友小马发了条微信，让他帮忙查一下这辆车的违章记录，然后跟王达简单说了一下目前的调查情况。

挂了电话，我想起可以在最高院的失信记录里，找找赵洲还有哪些债主，看能不能从他们那儿摸到什么线索。王达之前告诉我，他借赵洲钱的事，法院已经宣判了，那这事应该在赵洲的失信记录里。

但我反复查看了他的失信记录，里面并没有和王达的纠纷。我又去非官方的老赖查询网站查了一下，也没有查到他和王达这事。

我心里一沉，马上给王达打电话，结果他也联系不上了。

第二天我让周庸继续联系王达，但他还是关机，我决定直接去他家。

下午我和周庸来到弘武小区，上楼后看到王达家门口已经被清理干净了。

周庸敲了敲门，一个老太太打开门。周庸见了她，大叫一声往后退了两步，拽住我胳膊，我也往后退了一步。开门的老太太，是那天我们在遗照上看见的王达死去的妈妈。

老太太听到周庸的叫喊声说："这孩子怎么这么没礼貌？你们找谁啊？"

我平复了一下心情，问王达在不在家。老太太摇摇头，说我们敲错门了，这儿没什么王达。

周庸也缓过来了,说:"您确定吗?就那浓眉大眼,挺壮的那个,不是您儿子吗?"

她说:"没见过这人。"然后不再理我俩,把门关上了。我俩再敲门,她怎么都不开了。

这事儿太蹊跷,我和周庸到楼下抽烟,他深吸一口:"徐哥,什么情况?"

我让他等一下,把王达发给我的身份证照片转发给做私家侦探的朋友老孔。他查了以后,告诉我没有这个人。

我大意了,只看照片是判断不了身份证真假的。现在我也有点儿蒙。赵洲和王达,必须找到一个,否则这事无解。

查了王达的手机号,发现他和我一样,用的是不记名的卡。

我们只剩下赵洲这条线索,好在小马查到了赵洲老婆那辆车的违章记录。就在昨天下午,也就是我和周庸去找赵洲老婆的时候,这辆车在东城的保险大厦违停了,被贴了罚单,而且这辆车近期因为在这儿违停,已经被罚了两次。

第二天上午,我和周庸来到保险大厦附近,把车停在路边,下车找那辆车。正找着,忽然收到一条陌生号码发过来的短信,让我记住明天会有大事发生,如果他从此以后失踪了,一定要永远记住有他这个人。

我以为发错了,就没搭理。过了一会儿又收到一条短信:"记者同志,一定要记住明天。我们在与邪恶势力做斗争,虽然我们很渺小,但这是在为善良的中国人努力,摆脱邪恶势力控制。"

我才反应过来,发短信的人应该是赵洲的老婆。

周庸觉得她也太夸张了，几个追债师，算不了邪恶势力。

我说："暂时别管她，咱们先找车。"

绕着保险大厦转了转，我在一家便利店附近发现了那辆车。车里没人，我和周庸把宝马 M3 停到马路对面，开始等。

下午四点多，赵洲出现了，他从车里取了点东西，又锁好车，步行拐进了西边的小街。我俩下车跟上，见他进了一家叫"精美怡家"的小宾馆。我俩跟着进去，看见宾馆大堂里，设了一个签名处，桌子上立有一块牌子，写着"NK 反对者联盟"。

有个姑娘站在那儿，问我们是不是 NK 群的群友，宾馆今天被他们包了。

我俩点点头，姑娘指了个表格，让我俩签字留电话。我俩分别签了假名，留了假电话。随后姑娘让我俩去 1012 房间。

我和周庸到了 1012 房间，里面已经有二十多人了，特别挤。关键是，这些人穿着印了奇怪文字的衣服，说着奇怪的话，做着奇怪的事。

靠门的一个小伙，不停地摇晃一瓶矿泉水。他旁边站了另一个哥们儿，拿着一台收音机，只有杂音，贴在耳边听沙沙声。坐在床边的一个姑娘，穿得花里胡哨的，怎么看也不像出家人，却拿着个木鱼，贴在脸边敲。

最让人不明白的，是卫生间里的一个哥们儿，他右手拿着花洒往身上喷水，左手不停地拍自己的脑袋，特别用力，打得砰砰响。

周庸有点儿看不下去了，上前问："哥们儿，你没事吧？"

那哥们儿一笑："没事，水能中和皮肤上的辐射。"

周庸转头看我："徐哥，他说啥呢？"

我说:"我好像搞明白怎么回事了。"

我指着围在墙角那一小圈人,说:"你看他们拿的仪器,熟悉吗?"

他看了几眼:"那不是赵洲老婆的反窃听器吗?"

我说:"咱们之前弄错了,那不是反窃听器,是脑电波屏蔽器。"

周庸说:"什么玩意儿?脑电波还能屏蔽?"

我说:"当然不能,那机器纯属扯犊子骗钱。这屋里的人,除了咱俩,应该都是'被脑控者',他们这些奇怪的行为,都是网上传的'反脑控'方法。"

脑控,就是有人觉得自己大脑被人控制了,身体行为都不是自己做主,而且脑袋里还有别人说话。

正说着,我俩面前走过去一个人,穿了一件黄T恤,后背上写着"打倒电磁波迫害"。

周庸问我这是怎么回事,我说这其实是一种精神疾病,宣称自己被"脑控"的人,一般有三种表现:第一种是被害妄想,坚信周围某些人或某些集团正对自己进行打击、陷害、谋害,而且手段神奇、多种多样,如施毒、监视、跟踪、搞阴谋、造谣诽谤、用自己做试验;第二种是物理影响妄想,认为自己的思想被高科技手段控制了,想摆脱思想控制,只能通过一些屏蔽脑电波的手段;第三种是内心被揭露感,感觉自己的每一个想法,旁人都知道,自己就是个没密码的路由器,谁都能来用一下Wi-Fi。

遇到这种"脑控受害者",应该赶紧把他送到精神病院,进行治疗——药物是能缓解这些精神分裂症状的。

有本叫《Me, Myself, and Them》的书,讲的就是这类事情。作者是个美国小伙子,一直认为自己被 FBI 脑控了,通过吃药和治疗好转后,把自己的经历写了下来,想告诉"脑控"群体,一定要积极接受治疗。

周庸点点头,问我:"现在是报警,还是给精神病院打电话?"我让他再等等,赵洲和王达的事还没搞清呢。

正说到赵洲,他忽然从人群中出来,走到门口,用力拍了拍手:"大家静一下,今天兄弟姐妹欢聚一堂,还记得为什么吧?就是为了反对'脑控狗'。明天我带大家去'脑控狗'的大本营,一定要给他们点颜色看看。"赵洲说完,"被脑控者"们一阵欢呼。我们正准备接近赵洲时,他带了几个人往门外走,我俩赶紧跟在后面,来到隔壁的 1013 房间。

打开门,里面一片漆黑。赵洲没去拉窗帘,而是打开了灯,床边的椅子上,绑了一个人,戴着眼罩,嘴被毛巾塞住。我从后面探头看了一眼,被绑在椅子上的人,就是失联两天的王达。

赵洲告诉身边的人,王达是一个"脑控狗"(以为受脑控的人,觉得有人用特殊仪器,通过脑电波与磁场,操控他们的大脑,影响心智,让他们痛苦万分,所以他们把假想中控制大脑的人统称为"脑控狗"),让他们不要客气。

这几个人上前把王达嘴里的毛巾拿出来,举着一个强光手电筒和一个莫名其妙的检测仪,在王达身上蹭,一边检查,还一边逼问他,芯片藏在哪儿,他脑控别人的目的是什么。

王达大叫:"你们疯了吧!"赵洲反手就给了他一耳光,几个人见赵洲动手,冲上去一起揍了他一顿,边打边问他到底有什么计划。

王达一直在求饶:"真没什么计划。哥,求你放我走吧,钱我不要了，算我倒霉。"

揍了一顿后，他们把王达重新绑好，返回1012房间继续跟"被脑控者"们商量"计划"。我让周庸过去盯着，听听他们说了什么，顺便给我把风。

我在宾馆里转了一圈，找到正在储物间休息的阿姨，趁她眯着，从她兜里掏出了万能房卡。

跟周庸确认了没有人去1013房间，我跑到1013房间，把王达连凳子一起拽了出来，又用阿姨的房卡开了隔壁的1014房门，把他推了进去。

打开灯，把眼罩儿和毛巾摘下来，王达看见是我特别惊讶："你是怎么找过来的？"

我说："别问我问题，你先看看自己的处境，告诉我这是怎么回事。"

王达装傻，咬定自己是被赵洲绑到这儿的。

我稍微威胁了他一下，假装要把他再送回1013房间。王达急了，承认自己根本就不是赵洲的债主，从头到尾，他都只是一个追债师。

赵洲在各个P2P平台上借了很多钱，好多追债师都在找他，搞定赵洲这单，可以好几年都不用干活儿了。

王达平时看我发在公众号上的故事，知道我的身份，就演了出苦肉计，希望我能帮他找到赵洲。

他带我去的"家"，是他追债的一户人家。那家人不堪骚扰，出去躲债的时候，王达潜了进去，用这家老人的照片，把屋里布置成灵堂。这招也让这家人很快把钱还了，他就是顺便废物利用，骗了我一次。我第二次去时，那家人已经还完钱回家了，开门的就是"死而复生"的"王达妈妈"。

从我这儿得到查车的思路后，王达通过他的渠道查到了赵洲的踪迹，便赶到这里，想抢先搞定赵洲，拿大头。结果被赵洲编造成"脑控狗"，带着几个"被脑控者"，把他绑起来了。

王达说完，我问他知不知道赵洲要搞什么事。

他说："不知道，但我知道赵洲之前搞的什么。"

赵洲建了个老赖群，凑集一帮借钱不还的人，整天商量怎么躲债，怎么报复催收。王达为了追债，卧底进了这个老赖群。他发现这帮人损招特别多，花钱雇写手编黑文，到金融办恶意举报，到处发帖抹黑 P2P 平台。很多 P2P 公司因为被抹黑，没人愿意用就黄了，那么欠平台钱的老赖们就不用还钱了。

王达的手机被赵洲拿走了，我把自己的手机递给他，让他登录账号给我看证据。我翻了下聊天记录，确实和他说的一样，里面是群老赖，讨论的话题都是怎么能不还钱。赵洲还在群里通知，明天自己要干件大事，让他们等着好消息。

我问王达，需不需要帮他报警，他想了半天，支支吾吾说不用。他是干暴力催收的，到了派出所，事情肯定没完没了。

给王达松了绑，看走廊里没人，让他赶紧走，我回到1012房间找周庸。

周庸已经摸清了明天"计划"的集会地点，上午九点在贸易大厦集合，也可以和大家一起从精美怡家宾馆出发。

留下来也没什么意义，我们决定先回家。

路上周庸问我，这些"被脑控者"是怎么聚在一起的，我说应该是有心人撮合的,患了精神病的,人和钱都比较好骗。比如那个脑电波屏蔽器,其实什么用都没有,但一个能卖好几千元钱。

第二天上午八点多,我和周庸提前到了贸易大厦,九点,赵洲带着一群人出现在大厦楼下。

这时我们看见赵洲的老婆也在这群人里。我和周庸躲在人群后面,以免她认出我俩。

清点人数时,赵洲发现了自己老婆,把她拽到一边,小声问她:"不是不让你来吗?"

赵洲老婆义正词严:"这是反抗命运的大事,我得和大家在一起。"

在贸易大厦楼下,赵洲做了次动员演讲,说他都搞清楚了,楼里有家优钱贷公司,是生产脑控芯片的,他们很多人脑子里的芯片,就是这家公司制造的,大家千万别客气。

我和周庸还没反应过来,这群人就冲向了优钱贷公司,开始打砸。我让周庸打电话报警,自己赶紧冲上去拉人。

现场特别混乱,这个公司前台的姑娘一上来就被人推倒了。周庸报完警,跑过去护住她,也挨了好几下打。

人实在太多,我和周庸根本拉不过来,而且因为拉架,我俩很快被注意到了。

赵洲指着我俩说:"他俩就是脑控狗。"他老婆也替他证实,说我们还假装记者去过她家,没想到是脑控狗。

一堆人拥上来把我和周庸围在中间,拿了一支强光手电筒,晃我俩眼睛,看我俩眨眼了,他们激动地说,肯定是脑控狗。

我告诉周庸抱住头,正准备挨揍时,警察来了,控制住了场面,把所有人都带走了。

下午做完笔录出来,我和周庸、鞠优去了一家加油站西餐厅喝酒。鞠优下午从我这儿拿到传单,帮忙问了赵洲和许其华的关系。赵洲经常去外地组织"NK联盟"的活动骗钱,传单上用的那张照片,可能是某次活动中参与的成员拍了发到网上的。至于是什么时候、在什么地方拍的,他都不记得了。而我们想知道的许其华,他并不认识。

鞠优说完,见我半晌没说话,放下啤酒杯。"至少我们现在知道了脑控这个线索,他肯定还会露出踪迹的。"

周庸点头:"如果他是'被脑控者',那就更好找了,咱们挨个儿精神病院找去!"

我被他气笑了,举杯敬他俩。

WARNING
借钱时应该注意什么？

1. 借出金额较大时最好写合同，一般也得写欠条留下字据。
2. 金额不多也最好写欠条。
3. 与借款人协商后，可以收取合理的利息，但不要高于法律规定，超出限度的利息不受法律保护。
4. 简单了解借款人借钱的用途，知道借款人借钱从事非法活动仍然借款的情况，不受法律保护。
5. 分清利益与陷阱，不要被P2P投资广告利诱。想投资理财产品时，应先查询该公司的相关信息，再做决定。
6. 《民法总则》第九章第一百八十八条：向人民法院请求保护民事权利的诉讼时效期间为三年。法律另有规定的，依照其规定。

如遇借款人逾期不还，尽早寻求法律帮助。

7. 一份规范的欠条应具备的内容：
1）应写清楚欠款人和债权人的法定全名；
2）应写清楚欠款金额，包括大写和小写的金额；
3）应写清楚欠款发生事由、发生时间及应归还期限；
4）应写清楚欠款是否有利息及具体的年利率或月利率，最终应支付的欠款利息总额（包括大写和小写金额）等约定；
5）应在落款处写明欠款人×××，并有欠款本人亲自签章、手印或亲笔书写的签字；
6）若有保证人应写清楚保证人×××，并有保证人本人亲自签章、手印或亲笔书写的签字。

后　记

大家好，我是徐浪。

三年前的夏天，我写了一篇发生在北京中关村的故事，使用了"夜行者"这个说法。这词在英文里叫 Night Crawler，是一种和狗仔记者类似的职业。

夜行者追逐社会事件，调查幕后情况，把第一手资料卖给媒体赚钱。作为创作者，我则把这些"社会事件"用故事的形式写出来，起了个名字叫"夜行实录"，在网上连载。

现在，它成了你手上拿的这本书。这已经是此系列的第二本书。

从三年前我写下第一行字，"夜行实录"系列故事就是明确针对移动互联网的作品，它在手机端分发，适应读者在车上读、排队时读，或者睡前读。可以说，我是移动互联网"网生代"的作者。

这并非某种刻意的选择。当我想把故事讲出来那一刻，就设想了这样的场景：你站在拥挤的地铁车厢里，滑动手机，快速地读完一个故事。这个故事，恰恰发生在你所在的城市，甚至你会经过的某一站。

微信、微博以及各种客户端已然构成你我的日常世界，或者说，手机已然成为你我不可或缺的感知器官。我不是个怀旧的人，希望为当下的世界写作。

实际上，早在真正开始动笔前，我就曾经花了很长时间研究，在碎片信息大行其道的当下，传统悬疑文学将发生怎样的变化。因此，即便我自己是个纸质书重度爱好者，也必须承认，用文字讲故事这件事，已随着媒介和阅读场景的变化而变得不同以往——可以说，某种"文体"的变化正在发生。

"夜行实录"系列故事就处于这样的变化过程中。除了文字风格，我还尝试过各种新媒体形式的综合，这些故事非常快速地在微信和各个内容媒体平台上传播。

这当然是种难以言述的欣喜和错爱，但大言不惭地讲，似乎也是必然的结果。针对阅读场景所做的文字风格调整，确实可以让更多人"进入"故事。

去年，"夜行实录"系列故事出了第一本纸质书，卖得还不错。我意外地发现，有很多魔宙粉丝之外的人也看到了书。也就是说，媒介的界限是模糊的，即使这些故事是我为移动媒介量身定做，它们也可以打动更多人。

于是，我想让更多的人进入这些故事——不只在手机屏幕滑动时，还可以在书页翻动中。如果一位不使用智能手机的大叔能看到它们，我会很感动。

这倒不是我想更多人认识徐浪——别人称呼我为"作家"时，我一般都是排斥的。因为就写作能力而言，我不觉得自己算个作家，充其量是个写作者或者讲故事的人。

相反,我很功利,非常明确《夜行实录》的价值是对人有用,有警示意义,能教人点东西。

我并不擅长写类似福尔摩斯或波洛那样的大侦探,他们通过智慧和理性,推导出案件的真相——发现一火车的乘客都是杀人凶手这样的故事。这种超人的思考逻辑能力,一般人学不来,起码我在现实里没见过。

《夜行实录》更像指南手册型的小说,讲的都是生活中可能遇到的和需要预防的问题,以及教你面对这些问题的方法。

独居女孩网购或订外卖时不要使用真实姓名,最好去楼下取,以防止私人信息被泄露;门口可以摆男士球鞋,睡觉前记得将门反锁,防止一些不必要的危险。

为了让大家注意到这些内容的警示作用并能留下印象,我在创作这些故事时,会特别思考它们的呈现方式,有意地接近你此刻的生活,看起来就像发生在你身边。

有时,这些故事简直离奇,但总有现实会超越我的想象。

我写了这样一个关于"女德班"的故事:

一个姑娘参加了去国外相亲的旅游团后失踪,她的同事找到我,希望帮忙找人。

我调查时发现,这名失踪女孩的所有身份信息都是伪造的,只能到她曾经报名过的一个女德班去找线索。没想到这个女德班还跟一家婚介机构有合作,将经过女德培训的姑娘作为婚介机构的资源,用来吸引高端男客户。

再比如,说到日常收快递、叫外卖,我又写了这样一个故事:

一篇求助微博@了我，说有个女孩突然死在自己的出租房里，死前遭遇了很诡异的事儿。

因为她曾跟同事聊起过，自己被偷拍、被跟踪，还收到非常奇怪的短信，出事前正好订了份外卖。

我怀疑她是被偷拍、跟踪，然后凶手从外卖信息里知道了她的住址后找上门杀人。我调查后发现，偷拍她和跟踪她的，并不是同一个人。

这些故事里困扰受害人的问题，都能在日常生活里找到相近的例子。

《夜行实录》，如果作为一本悬疑小说，有很多不够好的地方，很多人在文笔以及其他方面，都比我优秀得多；但要从故事中的现实性来讲，我可以臭不要脸地说，《夜行实录》比大多数悬疑小说都更有用，它提供了能让人们在生活里直接运用的方法。或许，写小说对我来说，更像一种日常的沟通方式。

多一个人知道反锁防盗门，多一个姑娘住酒店时使用了安全门挡，或许就可以多避免一起不好的事情发生。

话说回来，既然出版纸质书能让这种沟通更有影响力，我自然也必须重新思考：作为一本书的《夜行实录》，该如何在文字风格、版式等方面设计更适合纸质书应有的阅读场景。

就像当初动笔写公众号之前，我找了几个互联网产品经理聊天，这回我找了几个出版编辑。她们告诉我该如何修订内容，如何调整风格，才能让你拿到书时，更好地进入故事。

希望你真的进入了这些故事，并有所启发。如果愿意，把它借给朋友翻一翻。

这就够了。